小林秀雄の批評思想形成

——〈生の認識論〉と西欧近代知の危機

有田和臣

鳥影社

小林秀雄の批評思想形成
――〈生の認識論〉と西欧近代知の危機

目次

小林秀雄の批評思想形成

――〈生の認識論〉と西欧近代知の危機

序文

本書は、小林秀雄の批評方法論（初期から晩年に至るまで）が、以下①〜⑤の影響を受けた結果、独自の特質をもって形成された事実を、事例を挙げて資料実証する試みである。

①大正期に流行した和辻哲郎『ニイチェ研究』経由のニーチェ思想、およびその周辺に発展した所謂「大正生命主義」

②和辻が強く影響を受けたと考えられるルドルフ・シュタイナーのニーチェ論

③認識論をテーマとする哲学思想家としてのルドルフ・シュタイナーの初期著作

④シュタイナーの認識論の影響を強く受けたと考えられる西田幾多郎の特に初期思想

⑤同じくシュタイナーの影響下に成立したと考えられる「現象学的還元」の概念を確立して以降の、エトムント・フッサールの主要著作

右は、小林が影響を受けたと考えられる順序と流れであり、本書もそれに沿った構成になっている。これらすべての事例が裏づけるのは、小林秀雄が、従来指摘されてきたフランス系の文芸や哲学思想よりも、ドイツ系哲学思想の強い決定的な影響を受けて、その批評姿勢の根幹部分を形成したという事実である。

小林秀雄の批評作品には、上記①〜⑤の文献からの、ほとんど引用に近い「影響」または「借用」の痕跡が多数発見される。それらには、ほぼ一切「引用」元への言及は見られない。小林に

影響を与えたと見られる、西田幾多郎、および西田が京都大学に呼びよせた和辻哲郎の著作にも、それぞれ右の③および②からの強い影響の跡が確認できるにもかかわらず、その影響元への言及はない。そして①〜⑤のすべてが、所謂「生の哲学」の思潮に属する一つの流れを形成しており、またこの流れは、所謂「客観主義」を標榜するヨーロッパ近代知の乗り越えと、それに代わる新たな知の基盤の提示をめざす方向性をもっている。したがって小林秀雄の批評文も同じ方向性をもっていたと判断されるのである。本書では、なるべくこれら全体の関係が明らかになるような事例を示すよう努めた。

小林秀雄は仏文科出身であり、フランス文学の翻訳者でもある。その批評作品はヴァレリーやベルクソンなど、フランスの文学者、哲学者の影響を強く受けたものと考えられてきた。しかし本書が主張するのは、小林秀雄の批評思想（「思想」という言い方が適切でないとしても、当面のところより端的な語を思いつかない）の形成には、その初期から晩年に至るまで、ドイツ系の哲学思想が主要な影響力を持ったという事実である。この主張が世に簡単に受け入れられるとは思っていない。むしろ突飛な空説と受け取られる可能性が高いと思っている。しかし、根拠として本書中に示した事例は、いわば氷山の一角であり、発見される類例はおびただしい数にのぼる。それらがこぞって示す方向を、論者はただ自分の能力の及ぶ限りでつたなく取りまとめたにすぎない。これらは論者と同じ視点に立った者が見れば、いつかは当然の事実として発見されただろうという確信を持っている。本書は、それを世に問う試みである。

それぞれ別個にゲーテ（ヨハン・ヴォルフガング・フォン）の著作から影響を受けたフリードリッ

ヒ・ニーチェおよびルドルフ・シュタイナーが、反近代学問的な独自の思想を形成し、さらにそれらがエトムント・フッサール、西田幾多郎、和辻哲郎らに影響を与え、「生の哲学」に分類されるひとつの認識論としての思想潮流を形成した。生命力を重視するその方向性に、特に日本では教育論に由来する「人格主義」的な発想が加味され、「大正生命主義」と呼ばれる思想潮流となった。以上に名前を挙げた思想家たちの著作からの影響を示す文言が、初期から晩年に至るまでの小林秀雄の文章に発見されるのであり、それらは単なる語句の借用ではなく、彼の批評姿勢、批評思想の根幹をなす核の部分に深く関わっているという事実を、本書は事例をあげて明らかにすることをめざしている。

　シュタイナーはニーチェの思想に触れた際、大きな親近感をもったと告白している。両者の思想の親近性は、両者がともにゲーテの著作に啓発されて自らの思想形成をなした事実の結果だと考えられる。[1]近代学問とりわけ認識論分野の混迷（客観的に存在する外部世界を人間がいかに正確に理解し得るかという問題をめぐる袋小路）を解くための道筋を、ゲーテに学ぶことによって探求しようとしたニーチェとシュタイナー、および両者に連なる思想家たちの足跡をたどることで、そこからの多数の「引用」に満ちた小林の文章の背後に存在する文脈に、本書はある程度は迫ることができたのではないかと考えている。その試みを通して論者の眼に映る小林秀雄像は、「文芸批評家」としての風貌から、思想史の中の最先端をめがける認識論探求者のひとりとしての風貌へと、変貌していくように思われた。

　没後四二年を経てなお、批判や再評価の動きが絶えない小林秀雄という「思想家」の本当の姿を、我々は知っていただろうか。知ったうえで批判・評価をしていただろうか。小林の文章が本来持っていた文脈を踏まえた上でこそ、より正当な批判・評価が可能になるのではないだろうか。そのような疑問を持ったところから、ここにまとめた本書の試みは始まった。本書が、未だ正体不明の部分を残すかに見える小林秀雄への、ひとつの有効なアプローチの道筋となり得ていれば幸いである。

末筆ながら、通常では困難と思われる本書の出版に際して二〇二四年度佛教大学出版助成を受けることができた。記して謝意を示したい。また、修正と加筆のための再三の入稿遅延を御容認下さった鳥影社の百瀬精一社長にも深く感謝申し上げる。

注

1 参考論文として、清水紀子『ニーチェのゲーテ観における二面性』(『Stufe』上智大学大学院STUFE刊行委員会、一九九六年十二月三十一日)、大石昌史『自然・芸術・神話——ニーチェにおけるゲーテ的世界観の変容』(『モルフォロギア：ゲーテと自然科学』第十九号、ゲーテ自然科学の集い、一九九七年)などがある。

第一章　教育論の中の大正生命主義

【抄録】

片上伸による文芸教育論をはじめとする大正期芸術教育論、大正生命主義（大正神秘主義）、和辻哲郎によるニーチェ論、小林秀雄の初期批評、以上四者に共通して見られる「生命」をキーワードとする論調を検討し、これらが相互に影響関係を持っている事実を明らかにした。

序

大正期の教育論にあらわれた特徴のひとつとして、「生命」をキーワードとする論調がある。これは「大正生命主義」と呼ばれる思潮の流れの中に、当時の教育論も関与していた事実を示している。この、大正期に興隆を見せた教育論、とりわけ芸術教育論に見られる「生命主義」が、小林秀雄の初期批評に影響の痕跡を残している点、さらにそれがニーチェ思想との関連も持っている点を確認し、小林の批評が大正生命主義の思潮の流れを汲んでいる可能性を検討する。

一　生命主義思潮の中の教育論

「大正生命主義」の定義を確認する。この名称の核にある「生命主義」の概念について鈴木貞美氏は次のように説明している。

「生命主義（vitalism）」とは、思想一般において、「生命」という概念を世界観の根本原理とするもので、一九世紀の実証主義に立つ目的論・機械論による自然征服観に対立する思想をいう。[1]

この「生命主義」という名称に、この思潮の隆盛が見られた大正期の年号名を付したものが「大正生命主義」である。つまり大正生命主義とは、『生命』の自由な発現を求める二〇世紀初頭の思潮」であり、科学的実証性に対して懐疑的姿勢をもち、人知を超えた生命力を標榜するところから、「大正神秘主義」とも呼ばれることもある。

日本におけるこの思潮は、フランスの哲学者アンリ・ベルクソンが『創造的進化』（一九〇七）で提出した、「生命力が自由にランダムに発現することによってこそ文化が創造的に発展する、というヴィジョン」に代表される「近代の思想の枠組みを根本的に超えようとする……二〇世紀初頭の哲学や思想の傾向」が「日本にも受け入れられ」て誕生した。[2]

鈴木氏らの研究の対象となっているのは主に文学者、哲学者だが、大正初期から興隆を見せた新しい教育論の流れの中にも、この生命主義の影響が見られる。大正三年に発刊された『新時代の教育』において成瀬仁蔵は、「自ら生きんと欲するの意志」の尊重を説き、次のように言う。

吾人に此の根本生命あり。故に吾人が生命の要求に向かつて動くに当りては、其の動くに従つて涸るゝことなき慧智となりて現はれ、要求をして満足しむべき、一切の方法を備へ、万般の手段を設け、滾々として尽くるの期なし。[3]

「根本生命」に向かって行動すれば「一切の方法を備へ」た「慧智」があらわれるという考え方に、『生命』という概念を世界観の根本原理とする」ところの生命主義の概念との親近性が見られるものである。さらに成瀬は「人格的生命根本の動力」について「満足は唯自家の真要求に聴いて、切々自ら創造建設する所に於てのみ、始て発見せらるゝものなることを、思はざるを得ざるべし。……自己の人格的生命に生くるの人は、又自ら運命を作るの人なり。彼は其の根本の要求に聞いて生活し、根本本能の内発力よりして自己の幸福を生み、自己の功業を成就す。」と主張し、「自己人格の価値の如何に尊貴崇高なるか」、「自己の生命力の如何に強大偉麗なるか」を知らしめることが教育の目的であり「教育は此の根本の自覚自信を得しむるより急なるはなし」と結論する。

成瀬の強調する「根本生命」、「人格的生命根本の動力」といった用語のニュアンスが、『生命』という概念を世界観の根本原理」とする、大正生命主義における「生命」という用語のニュアンスに一致しているのを確認できる。

また大正期文芸教育論の論客の一人であった片上伸（天弦）は、「往々にして教育の方面からは、文芸は危険有害なものとして、更に甚しきは恐るべき誘惑として排斥せられてゐる傾きがある」と嘆き、「しかしながら、真の文芸は、教育の方面から見て、勿論危険有害なものではあり得ない」としながら次のように言う。

> 文芸は人間生活に対する寛大な、余すところなき、細やかな包容力と、自ら癒す生命の力の尊さに対する信頼の念とを養ふものである。[4]

片上の言う「生命」概念の眼目は、「自ら培ひ自ら癒やす力の、一種神秘的のはたらきを信ずる」[5]ところにあり、成瀬の言う「生命」と同様、人知を超えた力の発現をめざしている。そして片上もまた右の教育論の中で、成瀬の言う「自ら生きんとするの意志」に通ずる「人間の生きんとする意欲」という言い方をしているのであり、「人間の生きんとする意欲」すなわち「人間生活に対する寛大な包容力と、中心生命の力の尊さに対する信頼の念」[6]を養うのが教育の目的だと結論する。成瀬、片上の論の類同性は、両者がある同じ思潮の中に身を置いていたことの証左であろう。

二　和辻『ニイチェ研究』と小林秀雄の同質性

教育論の分野でも論陣を張った片上伸（天弦）は、自然主義陣営にありながら自己主観を重視した批評家でもあった。「文学成立の源を訪ねても、またその窮極するところを考へても、所詮文学は自己を語り自己を表白するものである」[7]と言う片上はまた、次のように言う。

自己の批評は必ず自己の創造と一つになる傾向と動力を有するものでなくてはならぬ。……批評心の深さ鋭さ強さは、自己の生命の深さ鋭さ強さであらねばならぬ。強い深い鋭い生命の力でなければ、自分をも他をも所有することは出来ない。[8]

批評においても片上は「強い深い鋭い生命の力」を重視する。先にあげた成瀬仁蔵の、「根本生命の「要求に向かつて動」けば「凋るゝことなき慧智」があらわれるという主張と、次の片上の言葉とをひき比べて見ると、批評家片上伸の主張にも、教育論における生命主義と通底する姿勢が読み取れる。

個性をして謙遜誠実ならしめる深刻な批評精神と、それが、必然に伴うてゐる自己の現実を熱愛する力とが内に溢れるに至つて、初めて表白が自然なもの生命あるもの統一あるものとなつて来る。[9]

文学者の「表白」が、「現実を熱愛する力」をもてば「自然なもの生命あるもの統一あるもの」になるという主張には、一見片上とはかけ離れたところにいる小林秀雄の文壇デビュー作「様々なる意匠」（昭和四年）をはじめとする初期批評作品を思わせる考え方を含んでいる。小林は「生命」という語をキーワードとして強調しているわけではないが、「兇暴な現実の夢に貫かれてゐる」作品、「眼前に生き生きとした現実以外には何物も欲しなかつた」作家、「常に生き生きとした嗜好を有し、常に溌剌たる尺度を持つ」ような批評家を肯定している点に同質性が認められる。

もちろん、「批評の対象が己れであると他人であるとは一つの事であつて二つの事でない。批評とは竟に己れの夢を懐疑的に語る事ではないのか」という小林の有名な一節と、「文学者」の「表白」を言う片上の言葉をただちに結びつけてしまうことはできない。しかし「根本生命」の発現を主張する片上および成瀬の考え方と小林の発想とは、その根底で通ずるところがある。

小林は次のように言う。

凡そあらゆる観念学は人間の意識に決してその基礎を置くものではない。マルクスが言つた様に、「意識とは意識された存在以外の何物でもあり得ない」のである。或る人の観念学は常にその人の全存在にかゝつてゐる。その人の宿命にかゝつてゐる。……観念学を支持するものは、常に理論ではなく人間の生活の意力である限り、それは一つの現実である。

（「様々なる意匠」第三節）

小林秀雄の言うのは、人間を動かしている「意識」をこえた原動力であり、それが「その人の全存在」、「その人の宿命」、「人間の生活の意力」と言い換えられる。意識をこえた何かが、その人間のものの考え方の根本にあるということである。この、超意識的な原動力とでも言うべきものを小林が意識していたことを、次の一節からも看取できる。

詩人は如何にして、己れの表現せんと意識した効果を完全に表現し得ようか。己れの作品の思ひも掛けぬ効果の出現を、如何にして己れの詩作過程の裡に辿り得ようか。……恐らくこゝに最も本質的な意味で技巧の問題が現れる。だが、誰がこの世界の秘密を窺ひ得よう。たとへ私が詩人であつたとしても、私は私の技巧の秘密を誰に明かし得よう。（「様々なる意匠」第四節）

こうした小林の発想が、[10] 和辻哲郎『ニイチェ研究』（大正二年）に負うところ大である事実を、以前に拙稿で指摘した。たとえば次のような箇所にその痕跡が見られる。

意識は吾人にとつて最も確実な事実であり凡ての研究の出発点であるとせられた。ニイチェはこれに対して最も確実なのは意識の事実ではなく意識を通じてその奥底に活らいてゐる生活の力ではなからうかといふ問題を提出した。[11] ニイチェのいふ本能は、感覚や恣意の内に動力とし評価者としてひそみ全然原子的に相互の連絡を欠いてゐる所の意識に対して、方向と活力とを与へるものである。権力意志である。神秘な直接な内的事実である。純粋なる心的活動はニイチェにあつては人間の全的活動に外ならぬ。[12]

右で和辻はニーチェの「権力意志」を「人間の全的活動」「生活の力」と言い換えている。先に引用した箇所で小林は、自らの言うところの「宿命」を「その人の全存在」的働き、「生活の意力」と言い換える。そしてどちらも、人間の意識をこえた原動力をあらわすものとして、これらの語を用いている。用語の上でもその用法の上でも両者の類同性は高い。

以上をひとまずとりまとめて言えば、和辻の説くニーチェの「権力意志」の語義と、小林の説く「宿命」、成瀬仁蔵の説く「人格的生命根本の動力」、および片上の説く「自ら癒やす生命の力」の語義とは、相互にほぼ一致するわけである。

三　生命主義教育論に見られる「根本動機」

ここで、片上伸もまた「人間の生きんとする意欲」という言い方をし、「生活」という語を多用していたことを思い起こしたい。片上は「人間の生活が、複雑微妙な生活意欲の集合して造りなせる一大交響楽であること」を主張しつつ次のように言う。

文芸は、人間生活の一切の意欲を断片的に小刻みにして、或る部分を避けたり抑へたりしながら、こはごは人間生活を生きていかうとするものではないのであるから、即ち一切の人間生活の意欲を抑殺せずして、総てを十分に生かすことによつて根本の生活を強く逞しくして行かうとするのであるから、どんな人間生活の渦巻の中へも、その人間の力を十分に現して行くために喜んで進んで行くのである。[13]

ここに見られる「根本の生活」「人間生活の意欲」といった用語が、和辻および小林の使う用語に形の上でも類同性があり、その意味ニュアンスにおいても類同性がある点に注目したい。小林の「生活の意力」は片上の「人間生活の意欲」とかなり近い位置にある。

和辻が解説するニーチェの「権力意志」は、意識以前の場所で動いている、人間の生きようとする力をさしている。この概念は、教育論における「生命の力」に共通する意味内容をもっている。生田長江訳『ニィチェ全集』には次のようにある。

要するに、意識されるところの一切の物は、一の現象であり、一の結論であり、――そして何物の原因ともならない。[14]

意識的生活の全体は、魂を伴へる、温情を伴へる、徳を伴へる精神は、抑もそれは何への奉仕に於て働くか？　動物的根本機能に対する手段（栄養を取り、又高い階段へ進む為めの）のあり得べき最大の完全化に於て。とり分け、生命の挙揚。[15]

「意識」されたものは「原因」ではない。「意識的生活」はとりわけ「生命の挙揚」、およびその「最大の完全化」に奉仕するものである。「生命」こそが根本動機である。

生命主義的な教育論におけるキーワードであった「生命」は、ニーチェ思想においても同じくキーワードであり、両者の意味ニュアンスもきわめて近接している。「根本生命」の「要求に向かつて動」けば「渦るゝことなき慧智」があらわれるという成瀬仁蔵の主張を今ひとたび思い起こしたい。

和辻は次のように解説する。

感覚や思惟は凡て権力意志によつて内から動かされてゐる。権力意志は生物学の云ふ生活の意味ではなく、直接にそれ自らとして生きらるべき根本の生命である。感覚や思惟に先天的に活らいてゐるのは知力の形式ではなくこの生命の力である。[16]認識を説明するためには必ず認識以上の立場即ちこの生命の力から出発しなければならぬ。

右で「根本の生命」は「知力の形式ではなくこの生命の力」と言い換えられており、片上の言う「根本の生活」と語義を同じくするのがわかる。たとえば片上はその教育論で、「年少の子弟は、……先ずその一切の意欲を如何にして思ふままに伸び行かしむべきかを、無意識のうちに最も重大と感じて居る者である[17]」と主張している。この根本の生活意欲を「如何にして思ふままに伸び行かしむべきか」を重視する姿勢は、『ニイチェ全集』にある「意図にもとづく総ての現象は、権力を増大する意図に帰してしまへる」[18]、すなわち意図的な現象の根本に「権力意志」があるという一節と発想を同じくするものである。

「権力意志」を、和辻は「神秘な直接な内的事実である」[19]とも言い換える。ニーチェ思想と、生命主義的教育論が、極めて近い位置にあるのを確認できる。

四　教育論、生命主義思潮、小林秀雄の共鳴

小林秀雄と、ニーチェ思想及び生命主義の関係をさらに見ていく。「根本の生命」、「神秘な直接な内的事実」といった言い方そのものが小林秀雄に見られるわけではない。しかし次のような言葉に、それらと同じ発想がうかがえる。

作家は、己れの情熱に関して、どんな精密な意識を持たうと、これが制作といふ行動に移る時には幾多の無意識を許さねばならぬ事も知つてゐるのだ。

（「アシルと亀の子II」昭和五〈一九三〇〉年）

作者を、本当に動かし導いたものは、彼のよく知つてゐた当時の思想といふ様なものではなく、彼自らはつきり知らなかつた叙事詩人の伝統的魂であつた。彼自ら知らぬ処に、彼が本当によく知り、よく信じた詩魂が動いてゐた……

（「平家物語」昭和十七〈一九四二〉年）

右と、和辻によるニーチェ思想の解説を引き比べる。

生理学者や哲学者は意識の明度を以て確実の度を量り、最も冷静な論理的思考を最も尊重するのであるが、ニイチェは意識として明らかならざる物ほど生活の深味を暗示するとしている。凡て人間の活動には意識以上のものが根本動力となつて活らいてゐるので、これなくしては例へば芸術の創作や恋愛などを根本的に了解することは出来ない。[20]

和辻の言う「意識として明らかならざる物ほど生活の深味を暗示する」という考え方と、作者が「彼自ら知らぬ処に、彼が本当によく知り、よく信じた詩魂が動いてゐた」という小林の考え方に類似の発想を見ることができる。また和辻が説くニーチェの「意識以上」の「根本動力」なくしては「例へば芸術の創作や恋愛などを根本的に了解することは出来ない」という考え方と、小林による、「芸術家が各自各様の宿命の理論に忠実である事を如何ともし難い」のであり、この「作者の宿命の主調低音をきく」のが批評家のあるべき姿だとする主張（「様々なる意匠」）との間にも、根底にある考え方において同質性がある。両者とも、意識の奥底で人間を突き動かす力を想定している。

片上伸は『文芸教育論』で次のように言う。

如何なる特殊の実用的な知識や技能を獲得せしめる学科に於いても、徹底的には、一個の人間としての全体的な生活を生かすことを忘れるものではあり得ない筈である。例へば、純粋の知識的教育として考へられて居るところの数学の如き学科に於いても、それが教育事業の有機的な生命を分担する限りに於いて、決して単に、数理に関する知識を理解せしめることに止まるべきではないのである。[21]

片上は右に続いて「各の学科は人間生活の根本に向つて深き感化を及ぼさずには居ない筈である」[22]から、「人間生活の根本性を深く逞しくすること」[23]すなわち「生々伸長しようとする根本の力を強め深めて行こう」[24]とすることによって「生々伸長して止まない生命の力の発現」[25]を可能にするべきだと論を進めている。

こうした、知識技能の根底にある力を称揚するところが、和辻による「感覚や思惟に先天的に活らいてゐるのは知力の形式ではなくこの生命の力である」[26]というニーチェ思想解説と重なり合いを見せている。

悟性より感性を尊ぶ一般論が偶然重なっただけだと受け取ることもできるかもしれないが、それでも片上が「実用的な知識や技能」と対比させつつ「生命の力」を称揚している点と、和辻が「知力の形式」と対比しつつ「生命の力」を称揚している点とには、偶然とは言いがたい一致が見られる。

小林秀雄は「普偏性」、「真の世界」と対比させつつ芸術における「人間情熱」に注意を促す。

ここで私はだらしの無い言葉が乙に構へてゐるのに突き当る、批評の普偏性、と。だが、古来如何なる芸術家が普遍性などといふ怪物を狙つたか？……
芸術の性格は、この世を離れた美の国を、この世を離れた真の世界を、吾々に見せて呉れる事にはなく、そこには常に人間情熱が、最も明瞭な記号として存するといふ点にある。……吾々が彼等の造型に動かされる所以は、彼等の造型を彼等の心として感ずるからである。

（「様々なる意匠」第三節・第四節）

右も単なる感性主義の言葉と見ることもできようが、しかし小林の言う「人間情熱」は、芸術家にとって「彼自ら知らぬ処に」動いている「詩魂」であり、芸術家自らが意識化できないものである。「確かなものは覚え込んだものにはない。強ひられたものにある」（「新人Xへ」昭和十年）と小林が言うのも、意識よりも意識をこえた原動力に注意を促しているのであり、一見偶然の一致に見える片上・和辻の文脈と小林の文脈との類似性の底には、同じ発想がある。

さらに和辻の言葉を示す。

ニイチェの見たる芸術家は、斯くの如く、科学を以て明かにすることの出来ない境地より出で
て創作する。……芸術創作を外面より見れば種々不純なものを含んでゐる様であるが、芸術家の内生活より見れば最も純粋な美的活動である。自己目的なる生命の高潮とその必然性の表現

とである。もしさうでないとすれば、それは真の芸術創作ではない。[27]

「科学」より心情、という一般論に過ぎないように見えるが、「芸術創作」を「生命の高潮」としてとらえる、その用語の使い方に特徴がある。和辻の言葉が、「生命」を根本原理として科学的実証性をのりこえようとした「生命主義」の潮流と、同じ思想的文脈の中にある事実を、その特徴が指し示している。くり返すがこのように、生命主義的教育論と和辻のニーチェ解説には同じ用語が頻繁にあらわれる。またその用語の用法においても両者には明らかな共通性がある。[28]

結

大正期の教育論、ニーチェ思想、大正生命主義の三者に共通する用語、およびその用法がある点を見てきた。「生命根本の動力」、「根本生命」といった用語において教育論とニーチェ・和辻は共通性をもち、「その人の全存在」、「人間の全的活動」といった用語で小林秀雄とニーチェ・和辻は共通性をもち、また「生活の意力」、「生活の力」、「人間生活の意欲」といった用語で三者は共通性をもっていた。そして三者とも、意識をこえた原動力のようなものが、人間生活の根本にあるという考え方を示している。その原動力を高め強めるところに三者の眼目がある。

以上より、何らかの、三者に共通する思想的根底があったと考えるのが妥当だと結論される。生命主義と、特に和辻の説くところのニーチェ思想に親近性があり、その思想的文脈の中に、小林の批評の発想もあったと考えられるわけである。
次に示すのは生命主義的な教育論に理解的であった教育学者、槇山栄次による芸術教育論である。

> 賞翫とは如何なることかと云ふに、芸術品の作者が其芸術的活動を為すときと同じやうにその心持を進めて行くことである。尤も賞翫する人々の個性の異なる従つて同じ作品でも色々に受け取られるけれども、ともかく作者と同じ様な想像を為さんとするものである。それであるから賞翫は個性化されたる模倣であるとも云ふことが出来る。[29]

次に、和辻のニーチェ解説を示す。

> ニイチェは美学の多くが受くる者即ち鑑賞者の側より人間の美的活動を見やうとするのを攻撃し、鑑賞も亦間接の創作である故に、美学は必ず創作者即ち与ふる者の側より出立しなければならない、とするのである。[30]

小林は次のように言う。

観念的美学者は、芸術の構造を如何様にも精密に説明する事が出来る、なぜなら彼等にとつて結局芸術とは様々な芸術的感動の総和以外の何物も意味してはゐないからだ。実証的美学者等は、芸術がこの世に出現する法則に就いて如何様にも正確な図式を作る事が出来る、何故なら、彼等にとつて芸術とは人間歴史が産む様々な表現技術の一種に他ならない為である。然し芸術家にとつて芸術とは感動の対象でもなければ思索の対象でもない、実践である。作品とは、彼にとつて、己れのたてた里程標に過ぎない、彼に重要なのは歩く事である。（「様々なる意匠」）

小林は創作活動を行う芸術家の側に立ち、その創作現場の活動に視点を定めている。その創作現場の活動を「実践」という言葉で言いあらわしている。小林の言う「実践」は、槇山の言う「芸術品の作者が其芸術的活動を為すときと同じやうにその心持を進めて行く」ような「賞翫」を称揚するための語であり、また和辻の言う「創作者即ち与ふる者の側より出立」するような「美学」を称揚するための語である。

また槇山は言う。

賞翫者は自ら創作し得ざる代りに批判を為す。批判は賞翫の最後の作用である。要するに芸術家は其自我を作品の上に表はすに対して賞翫者は其自我を批判の上に表はすものである。[31]

小林は「ボオドレエルの文芸批評を前にして、舟が波に掬はれる様に、繊鋭な解析と溌剌たる感受性の運動に私が浚はれて了ふといふ」体験を語りつつ次のように言う。

この時、彼の魔術に憑かれつゝも、私が正しく眺めるものは、嗜好の形式でもなく尺度の形式でもなく無双の情熱の形式をとつた彼の夢だ。それは正しく批評ではあるが又彼の独白でもある。

（「様々なる意匠」）

「無双の情熱の形式をとつた彼の夢」が彼の「批評」であり「彼の独白」である。この小林の言葉と、さらに和辻の言葉をひき比べる。

芸術創作は高められたる生活として説かれる。芸術鑑賞も亦この芸術創作の弱い場合である。……強烈なる生命表現の芸術に接する時、鑑賞者の生命は力を受けて興奮し、その芸術に自己の表現を見るのである。[32]

小林の「無双の情熱の形式をとつた彼の夢」は、表現こそ違うが和辻の「強烈なる生命表現」に通じる意味合いをもっており、しかもそれに接した「鑑賞者」はその芸術に芸術家の「自己の表現」を見る。小林がボードレールの批評に「彼の独白」を見るように。

右で小林が言うのは、鑑賞対象としての批評文にあらわれた批評家の「独白」であり、必ずしも批評家としての自己自身の様態を指していないように見えるが、小林はさらに、「傑作の豊富性の底を流れる、作者の宿命の主調低音をきく」とき「私の心が私の言葉を語り始める」（「様々なる意匠」）として、批評家としての自身の様態に言及しており、やはり主張の方向は同じであると判断できる。

これらの、一見偶然に見える類似も、以上見てきたような教育論、生命主義、小林の三者の発想の共通性を念頭に置くと、偶然ではない何らかの必然性が考えられるのである。

注

引用文中の中略箇所は「……」で示した。小林秀雄「様々なる意匠」（『改造』一九二九年九月、『新訂小林秀雄全集　第一巻』新潮社、一九七八〈昭和五十三〉年五月）よりの引用は、論中に題目のみ示した。その他の新訂全集（一九七八～一九七九年）よりの引用は、題目と発表年のみ示した。旧字は適宜新字に改めた。

1　鈴木貞美編『大正生命主義と現代』河出書房新社、一九九五（平成七）年三月三十日

2　鈴木貞美『「生命」で読む日本近代　大正生命主義の誕生と展開』日本放送出版協会、一九九六（平成八）年二月二十五日

3　成瀬仁蔵『新時代の教育』博文館、一九一四（大正三）年一月三十一日、二七二頁、上記直後の引用はそれに続く二七五頁までの部分。

4　片上伸「文芸教育の提唱」一九二〇（大正九）年十月（『文芸教育論』文教書院、一九二二〈大

正十一〉年九月十日、二〇頁）

5 「文芸教育の意義」一九二〇（大正九）年十月（『文芸教育論』六五頁）

6 同、七〇頁

7 片上伸（天弦）「自己の為めの文学」（『東京二六新聞』一九〇八〈明治四十一〉年十一月十一日）

8 片上伸「告白と批評と創造と」（『文章世界』一九一二〈大正一〉年十二月）

9 片上伸「現実を愛する心」（『文章世界』一九一三〈大正二〉年一月）

10 拙稿「初期小林秀雄の思想形成——ニーチェ『力への意志』と『宿命』」（『稿本近代文学』一九九四〈平成六〉年十一月）

11 和辻哲郎『ニイチェ研究』東京内田老鶴圃、一九一三（大正二）年十月一日、六二頁

12 『ニイチェ研究』六六〜六七頁

13 片上伸「文芸による人間の教育」一九二二（大正十一）年三月（『文芸教育論』文教書院、一九二二〈大正十一〉年九月十日、三四六頁）

14 ニイチェ『権力への意志（上）』四七八節（生田長江訳『ニイチェ全集　第八編』新潮社一九二五〈大正十四〉年）

15 『権力への意志（下）』六七四節

16 『ニイチェ研究』八六頁

17 「文芸による人間の教育」（『文芸教育論』三三八頁）

18 『権力への意志（下）』六六三節

19 『ニイチェ研究』六七頁
20 『ニイチェ研究』六六頁
21 「文芸による人間の教育」（『文芸教育論』三三〇頁）
22 同、三三二頁
23 同、三三三頁
24 同、三三六頁
25 同、三三七頁
26 『ニイチェ研究』八六頁
27 『ニイチェ研究』三二九頁
28 ニーチェの日本への紹介者の一人であり、高等師範学校の独語教授であった登張信一郎（竹風）が、明治三十六年に『新教育論芸術篇』（有朋館）を刊行している。これは反科学・非合理主義を称揚した独国人ラングベーン（*Langbehn, Julius.* 1851-1907）の『教育者としてのレンブラント』（*Rembrandt als Erzieher,* 1890）の訳であった。「反科学・非合理主義」は生命主義の特徴でもある。
29 槇山栄次『新教育論』目黒書店　一九二五（大正十四）年二月十三日、一四一頁
30 『ニイチェ研究』三一四頁
31 『新教育論』一四二頁
　槇山栄次はまた、芸術教育を論じて次のようにも言っている。ドイツの芸術教育論者「ハインリヒ、シャルレルマン」の主張を紹介し援用している箇所である。

科学は常に進歩発達を期してをるため昨日の真理は最早今日の真理ではない。……此外形的真理に対して別に内部的真理があると為し、それは智を支配する頭脳に依てゞはなく情を支配する心臓に依て生ずるものである。悟得せられるものではなく感得せられるものである。而かも決して間違のない直覚的のものであるとしてをる。学校では如何なる材料も如何なる発表も又如何なる練習も此内部的心理の下に立たなければならない。（『新教育論』一四八頁）

32　『ニイチェ研究』二三二頁

第二章　生命主義芸術教育論と小林秀雄の〝自己表白〟

【抄録】
生命主義芸術教育論と武者小路実篤との親近性に言及しつつ、生命主義芸術教育論圏内に属すると見られる文学者・思想家の、「自己表白」の様相に焦点を当て、検討を進める。具体的には、武者小路実篤、片上伸、小林秀雄の三者の文章と生命主義芸術教育論との「自己表白」に関わる記述の異同を検討し、前三者が生命主義思潮、とりわけ生命主義芸術教育論思潮の中に位置づけられるべき特質をもっている点を確認した。

序

白樺派と片上伸の近しい位置について、吉田精一『近代文芸評論史　大正編』にすでに指摘がある。もともと自然主義陣営にありながら片上伸には、主観・個性、および自己表白を重んずる、「殆ど『白樺』の方向に一致する理想主義的志向[1]」があった。

両者の関係はそれだけにとどまらず、いわゆる大正生命主義の影響下にあった点でも共通項をもっていた。そして両者の思索志向は、大正生命主義と歩調を合わせて最盛期を迎えていった大正期芸術教育論、とりわけその部分集合である生命主義芸術教育論とかかわりをもっている。白樺派、とくに武者小路実篤と志賀直哉に見られる生命主義的な傾向については、今村忠純による論考がある。[2]また、片上の生命主義傾向については以前に拙稿で例証した。[3]

本稿は、今まで触れられることのなかった、生命主義芸術教育論と武者小路実篤との親近性に言及しつつ、片上伸ら生命主義芸術教育論にかかわる文学者・思想家に見られる自己表白の様相に焦点を当て、検討を進める。

一　武者小路実篤の「自我」と「人類」

武者小路実篤らの自我尊重主義は知られるところだが、本稿では、その自我尊重主義と生命主義芸術教育論との親近性を検討する。武者小路の「自我」は、次のように、人類普遍の価値につながるものであった。

○自分はたゞ自分の為を計ることが同時に社会の為になり、人類の為になる時にのみ、社会の為、人類の為を計らうと思つてゐる。自己の為を計ることが同時に群集の為になる時にのみ、群集の為に働かうと思つてゐる。

○しかし社会の為、人類の為、群集の為を計ることが自己の為になる時は社会の為、人類の為、群集の為に働く気はない。さう云ふ気が出だすと堕落をするのだと思つてゐる。この処理屈では説明が出来ない、尊徳の所謂理外の理である。[4]

「自分の為を計」つて、それが「人類の為」になればよい、意図的に「人類の為」には働かない、という「自分」を本位とする主張である。しかしこの「自分」は、自分以外の人間存在の総体である「人類」を無視してあるわけではない。武者小路はまた次のように言う。

「すべての人の根本の強さは、その人の根の深さに正比例する、自我の権威を主張してゐながら自我の内に人類や、自然の意思を感ずることの出来ない人があるとすれば、その人は真に自我の権威を感じてゐない人だ。さう云ふ人の自我はきつと浮かされてゐる。……」[5]

自己の内に人類がゐるのだ。だから徹底した利己主義者は人類の不幸を我がことのやうに考へるのだ。……自己を徹底して幸福にしやうと思ふと、人類を先づ幸福にしなければならなくなるのだ。其処が自然の意思なのだ。[6]

つまり徹底した「自分」本位、「徹底した利己主義者」の思考は、「人類」の「幸福」に向かってゆくのが「自然の意思」だとされている。「自己」を「徹底して幸福にしやう」とつきつめていけば、まず「人類」を考えざるをえない。そこまで行き着かない利己主義は、「徹底した利己主義者」ではないわけである。

このような考えかたは、大正十年前後に最盛期を迎えた「芸術教育論」とりわけ「生命主義教育論」にも共通している。たとえば千葉命吉著『創造教育　自我表現の学習』には次のようにある。

「余の生命」即ち「我」と思つてゐることは決して単純な「我」ではなくて「民族我」である。余の生命が万物の尺度であるといふ事は同時に「民族我」が即ち凡ての価値の規範であるといふ事と等しい。故に自分の強き衝動をのばせ、その衝動は何になりとも徹底さへすれば善であり真であり喜であるといつたのは決して一個の我儘ではなくて、民族我の当為だから、さういはねばならぬ。……民族我のみは天壌無窮の永久動であるから、これの助長発展に努むることは全教育の目的であるは勿論である。[7]

生命主義芸術教育論については別稿で論じたので、[8]ここでは詳しく述べない。右の場合、「余の生命が万物の尺度である」から「故に自分の強き衝動をのばせ」、といった生命伸長を標榜する論点に、如実に生命主義的傾向が見られる。

ここで注目したいのは、「我」の行き着くところが「民族我」であるというように、個人的存在たる「我」を「民族」とダイレクトに結び合わせている点である。生命主義芸術教育論の特徴として、自己の生命の力を伸ばしてゆけば、それがひいては国家社会に貢献するところとなる、という論法があった。「民族」意識を高めるために生命主義がいわば利用されていたわけで、右もそうした特徴をもっている。

先の武者小路の言葉と比較してみれば、「自己」を「幸福」にしていこうとする「利己主義」がつまるところ「人類」の幸福をもたらす、というその論点と、「我」を「徹底」するのは「我儘ではなくて、民族我の当為」だとする論点とは、同一線上に並列されるものである。ただし、武者小路の「人類」に対して千葉の「民族」では、「自己」「我」の及ぶ範囲が矮小化されている。そこには、国民国家の一員としての意識を国民の中に育成するという〝教育者の配慮〟が見え隠れしている。これもまた生命主義芸術教育論の多くに共通する特徴であった。

もう一例あげる。松原寛『芸術教育』は次のように言う。

人格が、偉くなればなる程自己自身に於て、単なる個人的なものを否定するのである。……個人的なる人格を没し、之を超越する処に、真の偉人の面目が現はれて来る。……人格は自己以上のものである事に依つてその歴史的の意義を獲得する。超個人的なる価値を自己の中に開展し、更に之を外界に形作るのが、偉人の真面目であり、偉人の本質なのである。[9]

自己を野放図に伸ばし解放するのではなく、「人格」が「偉く」ならねばならない。そうした正当な自己伸長であれば、「単なる個人的なものを否定」するに至ると言う。もちろんこれも、「民族」を包含する自己を想定しての発言である。生命主義芸術教育論の多くにはこうした比較的に色濃い政治色が認められるのに対して、「人類」につながる道を示す武者小路の理想主義的自我観には、政治色は比較的に希薄である。しかし両者の「自我」が伸びていく先について言えば、その方向性は同じであると言える。

二　片上伸および小林秀雄における「批評」と「独白」

片上伸は彼の「生命論的、芸術至上主義の時代といわれる第二期[10]」にあたる明治末から大正初期に、たとえば「自己の為めの文学[11]」で、「文学成立の源を訪ねても、またその窮極するところを考へても、所詮文学は自己を語り自己を表白するものである」、「自己を表白するといふ一要求が、あらゆる文学上の努力の根本の約束である。即ち自己表白の要求が第一である」としている。また「告白と批評と創造と[12]」では、「強い深い鋭い生命の力でなければ、自分をも他をも所有することは出来ない」と言う。こうした自己表白指向が、白樺派寄りと言われる所以である。

片上のこのような自己表白指向と、昭和初期に本格的文筆活動を開始する小林秀雄の批評姿勢とに、それぞれの源泉を同じくする一面があることを別稿で述べた。[13]小林は、「ボオドレエルの文芸批評」は「正しく批評ではあるが又彼の独白でもある」（「様々なる意匠」第二節、昭和四年）と言い、また、「批評するとは自己を語る事である、他人の作品をダシに使つて自己を語る事である」（「アシルと亀の子Ⅱ」昭和五年）と言う。その他、いくつもの用語とその文脈上の趣旨において、小林、片上、さらには大正二年刊の和辻哲郎『ニイチェ研究』[14]に高い共通性が見られ、しかもその共通項はこの三者間のみならず、生命主義芸術教育論思潮の中に広く見出せるのだった。

本稿ではこれら共通項の源泉として想定される、ある思想圏を、「生命主義芸術教育論の勢力圏」ととらえ、その「自己表白」指向の様態を探るものである。右にかいつまんであげた〝類似〟は、単なる類似でなく、同じ思想潮流から流れ出た支流どうしの関係にあるからこその共通性なのだ。

たとえば大正十三年刊、帝国教育会編『芸術教育の最新研究』に寄せられた水鳥川安爾「鑑賞批評の態度」には次のようにある。なお、水鳥川の言う「作家」とは、主としてミレーをはじめとする画家を指す。

芸術作品は作家の普遍特殊の生命を宿したものである。……しかして鑑賞、とは、この作家の普遍特殊の生命を表現した作品を、同じく普遍特殊の生命を有する鑑賞者が己の個性によつてその作品を観ることである。したがつて、鑑賞者は作品を透して作家の生命を観るとともに、鑑賞者自身の生命を観るのである。作家が体験によつて深まりつゝゆく自己の生命を自由と必然の絶対融合の境地に於て表現して新しき意味の世界を創造したのに対して、鑑賞者は作家の掲げた鏡の中に自己の姿を発見するのである。作品を透して自己の生命を観るのである。[15]

まず「芸術作品」が「作家の普遍特殊の生命を宿したもの」だという観点が生命主義教育論の典型的特徴であり、「批評心の深さ鋭さ強さは、自己の生命の深さ鋭さ強さであらねばならぬ」[16]といった観点をもつ片上にも見られるものだった。

そして「鑑賞」は「同じく普遍特殊の生命を有する」ところの「鑑賞者が己の個性によつてその作品を観ること」であり「鑑賞者は作品を透して作家の生命を観るとともに、鑑賞者自身の生命を観るの」だという主張には、「様々なる意匠」の小林秀雄がまさに二重写しにされるかのようである。

すでに論じた内容なのでここで詳しくは述べないが、小林秀雄が「様々なる意匠」で開陳した自身の批評理論に言うところの「作者の宿命の主調低音」は、和辻『ニイチェ研究』に言う「権力意志」(現在のニーチェ研究者による訳語ではほとんどの場合「力への意志」)すなわち「生命の根本動機」あるいは「意識の事実ではなく意識を通じてその奥底に活らいてゐる生活の力」[17]と同じ語義範囲をもっており、これは片上の言う「自ら癒す生命の力」[18]および「人間生活の意欲」[19]といった用語とも同様であった。なお、小林は「宿命」を「人間の生活の意力」と、同じ文章の中で言い換えている。

つまり右に水鳥川が言う「作家の生命」は、和辻、片上、小林らが属するある思想圏の中に置いてみれば、小林の「作者の宿命の主調低音」と同じ源をもつ用語であり、実際、その意味する語義範囲はほとんど重なっている。この場合、主張の意味内容の類似よりは、その言いかた、すなわち使用されている用語とその語義用法の重なりかたが重要である。

水鳥川の「鑑賞者は作品を透して作家の生命を観るとともに、鑑賞者自身の生命を観るの」だという主張についても、意味内容を言えば、あるいは偶然、それと同じ主張があらわれる場合もあり得るわけで、きわだってユニークな主張をしているとまでは言えないだろう。しかし水鳥川と同じく生命主義的傾向をもつ和辻が次のように言う場合、それぞれの論者の主張するところの重なりには、ある必然性が見えてくる。

　芸術創作は高められたる生活として説かれる。芸術鑑賞も亦この芸術創作の弱い場合である。……強烈なる生命表現の芸術に接する時、鑑賞者の生命は力を受けて興奮し、その芸術に自己の表現を見るのである。[20]

「芸術創作」すなわち「高められたる生活」が「強烈なる生命表現」と言い換えられているのがわかる。さらにその「強烈なる生命表現の芸術に接」した「鑑賞者の生命」が「その芸術に自己の表現を見る」という言いかたと、水鳥川の「鑑賞者は作品を透して作家の生命を観るとともに、鑑賞者自身の生命を観る」、つまり「作品を透して自己の生命を観る」という言いかたは、「生命」という用語の用法においても主張の趣旨においても高い類同性を示している。和辻も水鳥川も、芸術作品に鑑賞者が自己の内にある「生命」を見出すところに「鑑賞」の意義を認めている。
　大正十四年、水鳥川と同じ教育プロパーに属する槇山栄次も言う。

　賞翫者は自ら創作し得ざる代りに批判を為す。批判は賞翫の最後の作用である。要するに芸術家は其自我を作品の上に表はすに対して賞翫者は其自我を批判の上に表はすものである。[21]

「賞翫者」、「自我」といった用語自体は、和辻および水鳥川とはやや異なるが、その用法と主張の趣旨はほぼ重なっている。水鳥川の場合は「表現」と「鑑賞」を同等と見なしている点を鑑みると、もしも影響関係があるとしたら、槇山は和辻の影響下にあると考えるべきだろう。その場合『ニイチェ研究』の影響力の一例証と考えられる。今後の調査に期したい。また、槇山の教育論には、特に大正期芸術教育論の影響が用語、趣旨の上に認められるが、生命主義的傾向は明らかには見られない。生命主義の強い影響下にあったとみられる水鳥川との用語の違いはその点に由来すると言える。[22]

昭和四年、小林秀雄の「様々なる意匠」は、「ボオドレエル」の「批評」はまた「独白でもある」としつつ言う。

人は如何にして批評といふものと自意識といふものとを区別し得よう。彼の批評の魔力は、彼が批評するとは自覚する事である事を明瞭に悟つた点に存する。批評の対象が己れであると他人であるとは一つの事であつて二つの事でない。批評とは竟に己れの夢を懐疑的に語る事ではないのか!

（「様々なる意匠」第二節）

水鳥川や槇山とは、用語も主張のしかたも異なっている。しかし小林と、片上、和辻との用語、用法の共通性を思い起こせば、結局のところ「生命主義」を共通項として、小林は水鳥川とも接点をもつのであり、「芸術教育論」を介して槇山ともつながってくる。

ここでは、小林秀雄が生命主義芸術教育論の勢力圏内にあった、という事実を指摘するにとどめざるを得ないが、おそらく小林の批評思想の有力な源泉の一つが、その圏内にある教育論、文芸批評等の文章であった。小林は自在に〝出典〟を変形し、自らのスタイルに吸収しているとはいえ、その痕跡は残っている。「批評するとは自覚する事である」、「批評の対象が己れであると他人であるとは一つの事であ」る、という主張が水鳥川らのそれと趣旨において同質であるのは明らかだ。しかも、「自己」「己れ」の用法で共通性をもっている。

批評が「他人の作品をダシに使つて自己を語る事である」(「アシルと亀の子Ⅱ」)といった小林の言いかたは、強引な主観批評の方針を語っているようだが、あながちそうとは言えない。これは「生命主義」の思想を認識論的に処理した言いかたであり、意識理性を超えた次元で人間の根本にある〝力〟の表現として芸術作品およびそれに対する批評作品の存在意義をとらえると同時に、批評における客観とは、せいぜい自己の感覚に映じた対象の映像としての「己れの夢を懐疑的に語る事」でしかありえないという論理的必然性をそこに織り合わせて表現したものと言える。それはこの小林の言葉の源泉をたどれば、単なる主観批評、あるいは自由な創作としての批評、とは違った批評態度を形成するはずの素材が見つかるからであり、背景が見えてくるからだ。[23] この〝源泉〟にある文章群を参照すれば、小林秀雄はむしろそれらの中にあって、抜きんでて論理的であった。

三　「強烈なる生命表現」の芸術

片上伸は批評家としての態度を次のように言う。

現実の描写は即ち個性の徹底的全力表現である。完全なる描写は謂はゆる傍観的態度によつて成されるのではなく、個性の徹底的発散——表出によつて生命を帯びる。個性をして謙遜誠実ならしめる深刻な批評精神と、それが、必然に伴うてゐる自己の現実を熱愛する力とが内に溢れるに至つて、初めて表白が自然なもの生命あるもの統一あるものとなつて来る。[24]

ここにも生命主義的傾向が顕著である。「傍観的態度」ではなく「個性の徹底的発散」によって、「現実の描写」が「生命を帯びる」。「個性」を野放図に解放しないための「批評精神」は必要だが、「自己の現実を熱愛する力」があってはじめて、「表白」が「自然なもの生命あるもの統一あるもの」となる。

水鳥川も言う。

由来作品は批評家の趣味好尚によつて決定され易い要素を持つものであるが、さりとて趣味好尚によつて作品の価値をあげつらふことは単なる小主観に捉へられての批評である。主観批評とは決してかゝる意味に於て謂はるべきものではない。[25]

「作品を透して自己の生命を観る」のは「主観批評」ということになるだろうが、しかし「趣味好尚によつて作品の価値をあげつらふ」べきではない。それでは「単なる小主観に捉へられての批評」である。批評家は「小主観」を超えた境地の「主観」に至らなければならない。さて、批評が「己れの夢を」語るものではあっても「懐疑的に語る事」だと言う小林は次のように言う。

「自分の嗜好に従つて人を評するのは容易な事だ」と、人は言ふ。然し、尺度に従つて人を評する事も等しく苦もない業である。常に生き生きとした嗜好を有し、常に溌剌たる尺度を持つといふ事だけが容易ではないのである。……生き生きとした嗜好なくして如何にして溌剌たる尺度を持ち得よう。

（「様々なる意匠」第二節）

批評の基準が「嗜好」であるか「尺度」であるかは問題ではない。「溌剌たる尺度」であるか、「生き生きとした嗜好」であるかが問題である。この「生き生きとした嗜好」と片上の「自己の現実を熱愛する力」は、「個性の徹底的発散」を指向する点で、同じ使われ方をしている。また小林は和辻同様、表現者が描写対象から「力を受けて興奮」する状況を求めている。

彼〔スタンダアル〕は己れの仕事が世を動かすと信ずる前に、己れが世に烈しく動かされる事を希つたのだ。

（「様々なる意匠」第三節）

「世に烈しく動かされる事を希」うのが、スタンダールの「仕事が世を動かす」前提であった。片上の言葉を使えば、それによって作品は溌剌たる「生命を帯びる」のだと読める。さらに「傍観的態度」を否定する片上との共通点は、次のような箇所にもあらわれている。

> ……論理家等の忘れがちな事実はその先にある。つまり、批評といふ純一な精神活動を嗜好と尺度とに区別して考へてみても何等不都合はない以上、吾々は批評の方法を如何に精密に論理附けても差支へない。だが、批評の方法が如何に精密に点検されようが、その批評が人を動かすか動かさないかといふ問題とは何んの関係もないといふ事である。
>
> （「様々なる意匠」第二節）

「批評の方法」を「如何に精密に点検」しても、「人を動かす」批評は書けないのであり、それには「ボオドレエル」に見られるような、「嗜好の形式でもなく尺度の形式でもな」い「無双の情熱の形式を」とった「夢」すなわち「独白」が必要である。「無双の情熱の形式」も片上が創作家の態度として言う「現実を熱愛する力」に対応するのだし、先の和辻が「鑑賞者」の側から言っていた「強烈なる生命表現の芸術」という表現にも対応する。片上が「自己の批評は必ず自己の創造と一つになる傾向と動力を有するものでなくてはならぬ[26]」と言うときも、この「動力」すなわち和辻の言う「強烈なる生命表現」によって、批評が同時に「表白（独白）」すなわち「自己の創造」であらねばならぬという趣旨だと解釈できる。

また片上が「批評心の深さ鋭さ強さは、自己の生命の深さ鋭さ強さであらねばならぬ。強い深い鋭い生命の力でなければ、自分をも他をも所有することは出来ない[27]」と言うとき、「無双の情熱」がなければ「人を動かす」批評にならない、という小林の言葉がただちに想起される。

それぞれに表現を微妙に異にしながらも、「内に溢れる」生命の力の発露を「自己表白」の「動力」として想定する点では共通している。生命主義思潮圏内にある武者小路には次のような言葉があった。

自分は自分の内からの要求で進んで来た。……自分は内心の要求さへしなびなければ可なりの仕事をしないではゐられない。……自分は小さくなつてゐる必要は認めない。自分が肯定的な人間に見えすぎるのはこの内から強ひられる力が強すぎて、進むことを知つても退くことを知らないらしい態度にあると思ふ。[28]

ここに言う「自分の内からの要求」もまた、自己の奥深くから湧き出る意識を超えた原動力である点で、片上、和辻、水島川らの「生命力」と同類項に属するものであり、生命力と語義範囲のほぼ重なる小林の「宿命」（人間の生活の意力）とも同源である。これらの文学者・思想家たちの「自己表白」は、同じものを「動力」として行われる点、しかも彼等が強い動力を要求している点で、その用途用法の共通性が明確に認められるものである。

四　生命主義芸術教育論の「内観」

これらの文学者・思想家たちの、批評に対するとらえかたの様相を、続けて検討していく。武者小路は「賞翫者と批評家と創作家に」と題して言う。

> 文芸の人の最もつとむべきは云ふまでもなく個性の発揮である。……個性を発揮した作品は他《ひ》人《と》の模倣を許さない作品である。……個性を発揮した作品の内にのみ人類の存在するかぎり不滅な作品を見出すことが出来るのである。……すべて偉大なる文芸の士は彼独特の領土を有してゐる、さうしてその領土の最高の処まで進んでゐる。何者もその領土ではそれ以上には達しられないと思はないではゐられない処に達してゐる。かくこそ不滅なり得るのである、……[29]

先の片上同様、武者小路が右のように「個性の発揮」を重んじたとしても、それ自体は偶然の一致の域を出ない。しかし両者はともに、「自己」に徹底してこだわった文学者どうしであるという事実をふまえれば、そして両者ともにその思想の源泉として生命主義を背負っているとすれば、この一致に必然性の裏打ちが生じてくる。両者の言う「個性」の用法が、どちらも共通の履歴をもつものとしてとらえられるからだ。同時に、この一致は武者小路と片上との間だけのものではないであろうことが予測される。

たとえばこの、武者小路の言う「偉大なる文芸の士」の「独特の領土」、および「何者もその領土ではそれ以上には達しられないと思はないではゐられない処」にかかわる話題を、小林の言葉から拾うことができる。小林は、「各人がそれぞれの経験に固着した他人には充分傳へ難い主義を抱いて生きてゐる」（「Xへの手紙」昭和七年）こと、つまりそれぞれの人間が他人に理解されがたい個性的な生きかたを有していることを確認した上で、最上の芸術表現について次のように言う。

> 頂まで登りつめた言葉は、そこで殆ど意味を失ふかと思はれる程慄へてゐる。絶望の表現ではないが絶望的に緊迫してゐる。無意味ではないが絶えず動揺して意味を固定し難い。俺はかういふ極限をさまよふていの言葉に出會ふごとに、譬へやうのない感動を受けるのだが、俺にはこの感動の内容を説明する事が出来ない。だがこの感動が俺の勝手な夢だとは又どうしても思へない。
> （「Xへの手紙」）

小林の言う「頂まで登りつめた言葉」と、武者小路の言う「偉大なる文芸の士」の「その領土ではそれ以上には達しられないと思はないではゐられない処」とが表そうとしている意味内容もまた、同質のものと考えてよい。これが「強烈なる生命表現」の様態の、いわば具体例と考えられる。小林は「強烈なる生命表現」に接して、それに「力を受けて興奮」させられ、「無双の情熱の形式をとつた彼の夢」を見ているわけだ。これは主観としか表現しようのない「心」の動きかもしれないが、小林にとって疑いようのない経験でありその「感動」が「勝手な夢だとは又どうしても思へない」ような「夢」である。

教育者水鳥川は、「作家」は「自己の生命」を「表現して新しき意味の世界を創造」するとしていた。これについても「他人《ひと》の模倣を許さない作品」と見てよいだろうし、そのような「強烈」なる「個性を発揮した作品」と見てよいだろう。

水鳥川はさらに、「鑑賞者は作家の掲げた鏡の中に自己の姿を発見する」としていた。「作家」の個性の表現としての作品、すなわち「鏡」に、「鑑賞者」が「自己の姿」を見る様相はどのようなものか。[30]「およそ芸術作品を知的観念によつて観ることは芸術に対するの態度ではない。それは科学の態度である」とした上で水鳥川は言う。

> 皮相の観察は如何に数を重ねても決してこれに與ることは出来ない。作品の中に沈潜することによつて始めて之に到達することが可能なのである。冷然として道行く人の眼を見よ、そは如何に鮮に透明であつてもその眼の底に輝く何者がある。これに反して愛する人の眼にはその一瞥にも胸奥深く見透して、そこに動く限りなく複雑な感情意志の発露を観ることが出来るではないか。批評もこの例に洩れぬ。恰も路傍の人に対するがごとく冷然たる一瞥をもつてするものは真にこれを批判することが不可能である。忠実に作品に内在し作者の生命を内観して、その作品の価値を観ねばならぬ。[31]

「皮相の観察」ではなく「愛する人の眼」が、「限りなく複雑な感情意志の発露を観ることが出来る」。そして「批評もこの例に洩れぬ」と言う。前節で片上が「謂はゆる傍観的態度」を否定し「現実を熱愛する力」を肯定していたのを思い起こしたい。理知に対して懐疑的姿勢を示し、のみならず理知を超えた内なる「力」に行為の根拠を求めるのは生命主義の特徴である。これもまた偶然の一致ではあり得ないのであり、片上と水島川が同じ生命主義芸術教育論の圏内にいて源泉を共有した事実を示す証拠である。

小林が「理性的な判断」に偏った態度を批判しつつ言った言葉を、小林の実妹、高見沢潤子が次のように証言している。

まずはじめに愛せよ、信ぜよ、だね。批評してから信じたり愛したりするんじゃなくてね。これがいちばんだいじなんだ。批評家になるものは、まず、すなおな気持ちで、いちばん先に信じる人でなければだめだ。[32]

同じく小林による、「様々なる意匠」の次の一節にも同様の姿勢が観測できる。

私は、私の解析の眩暈《げんうん》の末、傑作の豊富性の底を流れる、作者の宿命の主調低音をきくのである。この時私の騒然たる夢はやみ、私の心が私の言葉を語り始める、この時私は私の批評の可能を悟るのである。

（「様々なる意匠」第二節）

作品の豊富性の裡をさまよう「解析」の「騒然たる夢」がやんだとき、「私の心が私の言葉を語り始める」。理知による「解析」がやみ、「私の心」が「私の言葉を語り始め」るならば、「私の批評」は「可能」となる。これも単純に小林の心情主義と取ることはできない。こうした小林の言いかたの根底に生命主義思潮の存在があればこそ、同じ思想圏内にあると見られる水鳥川の、「忠実に作品に内在し作者の生命を内観して、その作品の価値を観ねばならぬ」という主張についても、対応する小林の次のような言葉を見つけられると考えるべきだ。

彼等が、古典を自力で読まうとしたのは、個性的に読まうとした事ではない。彼等は、ひたすら、私心を脱し、邪念を離れて、古典に推参したいと希つたのであり、……人間的事物といふ非合理な実体は、私達に、その中で生きて考へて欲しい、考へられなければ感じて欲しい、といつも要求してゐる。この要求は、こちら側の見方や考へ方の御都合な整備などには一顧も与へはしない。

（「弁名」昭和三十六年）

「弁明」と題されたこの文章で小林が言うには、「人間的事物といふ非合理な実体」は、「私達に、その中で生きて考へて欲しい、考へられなければ感じて欲しい、といつも要求してゐる」。しかもそれは「私心を脱し、邪念を離れて」行われなければならない。これは水鳥川の言う「忠実に作品に内在し作者の生命を内観」することと同義であり、「小主観」を超えた「主観」を獲得することと同義であろう。

では右の、「この要求は、こちら側の見方や考へ方の御都合な整備などには一顧も与へはしない」とはどういうことか。和辻のニーチェ思想解説に次のような一節がある。

ニイチェは……芸術家が或者を表現しやうとして努力するといふよりも、その或者が自ら必然的に表現を迫るのだとした。或者とは生命の本質であり、また芸術家の自己である。こゝに何が芸術家を動かしつゝあるかが明瞭となる。[33]

「芸術家が或者を表現しやうとして努力する」と対比される「その或者が自ら必然的に表現を迫る」のを待つという、和辻による言葉は、先の小林「弁名」の「私心を脱し、邪念を離れて」古典に対するという様態に対応する。そしてその「或者」は作品に表現された「生命の本質であり、また芸術家の自己である」と言う。和辻の言葉は「芸術家」の創作の側に立っての言いかただから、それを批評家に置き換えた場合、作品に対する際、その作品のありかたが批評家に「自ら必然的に表現を迫る」ような対しかたを批評家がする様態を、推奨していることになる。それはまた、批評家の「自己」すなわち「彼の生命の本質」が必然的にその批評家自身に表現を迫るような様態である。それはふたたび、小林の言葉に対応させて言えば、次のような態度だ。

「古事記」を釈く為につくした心力は、誰の心力でもない、宣長自身の心力に違ひなかつたが、それでゐて、彼が、学問の道を踏み外さなかつたのは、どのやうな釈き方にも動じない原文の確固たる姿に立ち向かつて、已れの心力をつくすとは、已れの心力の方が先方から試され、量られるといふ事だつたからだ。

（「本居宣長補記」Ⅰ・二、昭和五十四年）

つまり小林によれば、宣長は彼「自身の心力」で「古事記」を解釈したのだが、恣意的な思いなしで行ったわけではない。宣長は「学問の道を踏み外さなかつた」のだし、それは「已れの心力の方が先方から試され、量られるといふ事だつたから」だ。「先方」とはこの場合、「古事記」である。一見主観的恣意的批評姿勢を標榜しているようでいて、いわゆる主観的な態度そのものを言っているのではない。対象に即して「忠実に作品に内在し作者の生命を内観」する独特な批評姿勢を言い表そうとしている。この態度が「学問」として正当であるか否かという議論はさておき、それは典型的に生命主義思想に即した表現として理解され得るのだという点を確認しておきたい。

こうした批評姿勢を小林はさらに次のように表現する。

彼〔宣長〕の古学の道に、〔批評家小林秀雄が〕何処までも沿ひ、想像力を働かせやうと努めさへするなら、……その心ばへを想ひ描くのは、難かしい事ではない筈だ。

（「本居宣長補記」Ⅰ・三、昭和五十四年）

どんな激情も、そつくりそのまま受入れ、その感じ方を頼りに、これをわが物にしやうとする一と筋を行くのである。

（「本居宣長補記」Ⅱ・三、昭和五十五年）

これらは水鳥川の、「作者の生命を内観」せよという主張の言い換え、解説の様相を呈している。こうしてみると、小林の批評文の独特の主観的批評姿勢のあらわれと見える色彩が、別の色合いをまとってくるのに気づかされる。その色合いは、生命主義芸術教育論思潮の中に位置づけられ、生命主義思潮との対応において理解されるべきものである。

結

以上に、武者小路実篤、片上伸、小林秀雄の「自己表白」指向の様相を検討し、それらが生命主義思潮、とりわけ生命主義芸術教育論思潮の中に位置づけられるべき特質をもっている点を確認した。個々に見れば、武者小路の「独白」は広く「人類」に開かれているし、片上、小林の「独白」は、あくまで文学者としての「個人」における生命力獲得を主として指向している。しかし三者ともに、その見かけの自我尊重主義、および主観主義的傾向とは違った色合いをたたえており、それはすなわち生命主義思想独特の表現の特質のあらわれなのである。それぞれの「独白」に共通する源泉をさらに詳細にたどることで、三者固有の色合いもさらに精密に検討されるところとなるだろう。

注

引用文において、固有名詞等、字体に固有の意味がある場合を除き、旧字は新字に改めた。引用文中の〔 〕内は論者による補足である。引用文中の中略・省略は「……」で示した。小林秀雄の文章はすべて『小林秀雄全集』（新潮社、二〇〇一～二〇〇二〈平成十三～十四〉年）による。ここからの引用は、出典題名と発表年次のみ示した。

1 吉田精一『近代文芸評論史 大正編』至文堂、一九八〇（昭和五十五）年十二月二十日、六九頁
2 今村忠純「メーテルリンクの季節 直哉、実篤、透谷、虚子、鴎外」（鈴木貞美編『大正生命主義と現代』河出書房新社、一九九五〈平成七〉年三月三十日、一七四頁）
3 拙稿「教育論の中の大正生命主義――小林秀雄と芸術教育論」（『文学部論集』第八五号、佛教大学、二〇〇一〈平成十三〉年三月）：本書第一章
4 武者小路実篤「○自己の為の芸術」明治四十四年十月十九日（『武者小路実篤全集』第一巻、小学館、一九八七〈昭和六十二〉年十二月十日、四〇一頁）
5 武者小路実篤「自己のある人」一九一三（大正二）年（『武者小路実篤全集』第一巻、五四九頁）
6 武者小路実篤「自己と人類」一九一三（大正二）年（『武者小路実篤全集』第一巻、五五〇頁）
7 千葉命吉『創造教育 自我表現の学習』同文館、一九二一（大正十）年一月十日、四三頁
8 拙稿「眼の陶冶と帝国主義（四）――大正期文芸教育論と生命主義芸術教育論」（『京都語文』第十号、佛教大学国語国文学会、二〇〇三（平成十五）年十一月）、本書第一章でも言及している。

9 松原寛『芸術教育』イデア書院、一九二三（大正十二）年十月二十日、一三九頁
10 日本近代文学館編『日本近代文学大事典』講談社、一九七七（昭和五十二）年十一月十八日、三八三頁、「片上伸」の項
11 片上伸「自己の為めの文学」（『東京二六新聞』一九〇八〈明治四十一〉年十一月十一日、『片上伸全集　第一巻』砂子屋書房、一九三八〈昭和十三〉年十二月三十日、九二頁）
12 片上伸「告白と批評と創造と」（『文章世界』一九一二〈大正一〉年十二月）
13 拙稿「教育論の中の大正生命主義」：本書第一章
14 和辻哲郎『ニイチェ研究』東京内田老鶴圃、一九一三（大正二）年十月一日
15 水鳥川安爾「鑑賞批評の態度」（帝国教育会編『芸術教育の最新研究』文化書房、一九二四〈大正十三〉年六月二十日、三六八頁）
16 片上伸「告白と批評と創造と」（『文章世界』一九一二〈大正一〉年十二月）
17 『ニイチェ研究』六二頁
18 片上伸「文芸教育の提唱」一九二〇（大正九）年十月（『文芸教育論』文教書院　一九二二〈大正十一〉年九月十日）
19 片上伸「文芸による人間の教育」一九二一（大正十）年三月（『文芸教育論』三四六頁）
20 『ニイチェ研究』三三一頁
21 槇山栄次『新教育論』目黒書店　一九二五（大正十四）年二月十三日
22 拙稿「眼の陶冶と帝国主義（四）」を参照して頂ければ幸いである。

23　武者小路、小林にそれぞれ次のような言葉がある。
私はマーテルリンクによつて「自分の力」だけのことをしなければゐけないこと、さうして「自分の力」をだんく養つてゆくこと、又「自己」と云ふものゝ深さのわからない代物だと云ふことを教へられました。
それから私は一本立になることに苦心しました。自分の経験しない主観については一言も云はないやうに苦心しました。さうしてなるべく主観を広く深くするやうに苦心しました。（武者小路実篤「『自己の為』及び其他について『公衆と予と』を見て杢太郎君に」一九一二〈大正一〉年一月二十三日朝、『武者小路実篤全集』第一巻、四二八頁）
意識される自分のあれこれの個性などは、どれも皆疑はしい代物だと批判出来るには、もつと全的な個性を要するだらう。もつと大きな価値の為に、小さな個性が否定出来る為には、自負を知らない自覚が、個性的な信が、必要であらう。（小林秀雄「ヒューマニズム」一九六二〈昭和三十七〉年、『小林秀雄全集』第十二巻、二〇〇一〈平成十三〉年四月、三〇六頁）
24　片上伸「現実を愛する心」（『文章世界』一九一三〈大正二〉年一月、『片上伸全集　第一巻』砂子屋書房、一九三八〈昭和十三〉年十二月三十日、二一頁）
25　水島川安爾、三七七頁
26　片上伸「告白と批評と創造と」（『文章世界』一九一二〈大正一〉年十二月、『片上伸全集　第一巻』三二一頁）

27　同

28　武者小路実篤「自分の内からの要求で」一九一七年（『武者小路実篤全集』第三巻、小学館、一九八八〈昭和六十三〉年四月十日、五四四〜五四五頁）

29　武者小路実篤「賞翫者と批評家と創作家に」一九一〇（明治四十三）年（『武者小路実篤全集』第一巻、三三二四頁）

30　高見沢潤子は次のような小林の言葉を紹介している。

客観的に歴史を見るなんて意味をなさないよ。歴史という鏡の中に自分を見るんだからね。これが、ほんとうの、歴史を学ぶ、ということなんだよ。そうしなければ、過去の人間がよみがえってこないんだよ。そうしなければ、よみがえってきて、個性のある人間像を、今日のおれたちの心に、結びつけることはできないよ。（高見沢潤子『兄　小林秀雄との対話』講談社現代新書、一九七〇〈昭和四十五〉年一月十六日、一〇三頁）

31　水鳥川安爾、三七六頁

32　高見沢潤子『兄　小林秀雄との対話』七五頁

33　和辻『ニイチェ研究』三三〇頁

第三章　初期小林秀雄と生命主義思潮

【抄録】

初期小林秀雄の作品群には生命主義的な発想の痕跡が見られ、その痕跡には、日本の「生命主義」（大正生命主義）がもつ特質であるところの人格主義的発想が明らかに認められる。西欧から日本に受容された「生の哲学」は、非合理な生命の力を認識の根本原理として称揚する思潮であり、それが人格陶冶主義と結びついて「大正生命主義」を形成した。初期小林の作品群には、その過程が縮図として刻印されている。以上の事実を論証した。

序

小林秀雄が生命主義思潮の影響下にあった痕跡は、文壇デビュー前後の初期の小林の文章から比較的容易に探すことができる。生命主義のキーワードである「生命」を、文壇デビュー以前の小林秀雄もしばしば使用している。そしてその「生命」という用語は、初期小林の批評のキーワードである「宿命」と深く結びついた形であらわれる。

一九世紀末から二〇世紀にかけての西欧に登場したのが「生の哲学」（独 Philosophie des Lebens, Lebensphilosophie ／仏 philosophie de la vie ／英 philosophy of life）だった。「合理的な知的認識」への否定的姿勢、「非合理的な直観や心情的体験」の称揚、「人間の生」の「全的な」把握への希求は、初期小林秀雄および小林の生命主義的な批評思想形成に影響を与えた和辻哲郎『ニイチェ研究』にも顕著に見られる特質だった。

しかし日本の「生命主義」（独 Vitalismus ／仏 Vitalisme ／英 Vitalism）あるいは「大正生命主義」（独 Taisho-Vitalismus ／仏 Taisho-Vitalisme ／英 Taisho-Vitalism）は、和辻、小林らが関与したかぎりでは、「生の哲学」と同じ根から発しながらも、それとは微妙に異なる力点をもっている。神秘主義と融合した側面が強い点もあげられようが、とりわけ人格主義と結びつき、人格陶冶の方法論としての利用価値に力点がおかれた点に特徴があった。こうした状況が初期小林秀雄の文章に与えた影響を検討する。

一　「生の哲学」と「生命主義」

これまでに、初期小林秀雄に観測される、和辻哲郎『ニイチェ研究』の影響を明らかにしてきた。和辻がニーチェ思想の核心として説く「権力意志」と、小林が批評の要として説く作家の「宿命」とがほぼ同一の意味内容をもつ事実、またそれらが片上伸をはじめとして、生命主義的傾向をもつ教育論を説いた一群の教育論者の説く「生命根本の力」といった言いまわしの語義ともほぼ一致する事実を指摘してきた。[1] つまり人間の内奥にひそむ生命力を標榜する点で、小林秀雄、和辻哲郎、および片上ら生命主義教育論者は、共通の思想基盤をもっていた。

『ニイチェ研究』は、「権力意志」をニーチェ思想の核ととらえた点で、同時代のニーチェ解釈の中にあって特異な位置を占めていた。「権力意志」は、人間の生命力を増大させようとする力であり、その人間自身には明瞭に意識されずその人間をつき動かす「根本動機」である。現代のニーチェ解釈では、「力への意志」と訳され、これをニーチェ思想の中心的な命題ととらえることは常識となっている。

和辻がこのような〝先進的〟なニーチェ解釈をなしえた背景に、彼が生命主義思想の影響下にあった事実があげられる。『ニイチェ研究』の主張が、当時流行しつつあった生命主義のそれと高い類同性をもつ事実については別稿で論じた。[2] 要するに『ニイチェ研究』はニーチェ思想を、生命主義の観点から解釈したものであった。それが『ニイチェ研究』に特異性と先進性を付与した大きな要因だったと考えられる。[3]

ここで言う「生命主義」とは、主に明治末から日本に流行した、いわゆる「大正生命主義」思潮をさすのであり、哲学史に言う「生命の哲学（一般的には「生の哲学」）」とは、根幹は共有しているものの、思潮としてのニュアンスに若干の相違がある。

「生の哲学」は、現代ではニーチェ自身がその先駆者として位置づけられている哲学思潮である（論者は最終的には、一八九五年に発刊されたルドルフ・シュタイナーによる生命主義的なニーチェ解釈の書『ニーチェ――同時代との闘争者』が、「生の哲学」思潮の主要な源泉だと考えるに至っている）。この思潮は「一九世紀後半、とくにその末期から二〇世紀の第一次世界大戦前後にかけて、ヨーロッパで展開された一連の傾向の哲学の総称」であり、「一九世紀後半以来の実証科学の発達に影響された実証主義、あるいは唯物主義的思想の盛行に対立する動きとしておこった。具体的には、ショーペンハウアー、ニーチェを先駆者として、ディルタイ、オイケン、ジンメル、ベルクソンらの哲学が通常その代表的なものに数えられる」。この哲学思潮の特徴は、「人間の、あるいは人間をも含めての生物の、さらには宇宙全体の『生』は、実証科学を典型とする合理的思考の網の目によってはとらえられず、むしろ覆い隠されてしまうと考えるところにある」[4]。

青木書店版『哲学辞典』には次のようにある。

この哲学は〈生〉を世界のいっさいの事物に優先させ根本的なものとみなし、これをとらえ理解するには合理的な知的認識では不可能だとして科学に背をむけ、非合理的な直観や心情的体験によらねばならないと説く。ここに明らかにされる〈生〉とは、活動的、不断の躍動、多様な姿をとってあらわれるとし、人間の生もこれによって真に具体的、全的なものになると主張される。[5]

右に見られる「合理的な知的認識」への否定的姿勢、「非合理的な直観や心情的体験」の称揚、「人間の生」の「全的な」把握への希求は、冒頭にあげた和辻『ニイチェ研究』、一群の生命主義教育論者、さらに初期小林秀雄にも共通する特質だった。[6]
しかし日本の「生命主義」あるいは「大正生命主義」は、少なくとも和辻、小林らが関与したかぎりにおいては、「生の哲学」と同じ根から発しながらも、それとは微妙に異なる力点をもっている。神秘主義と融合した側面が強い点もあげられようが、とりわけ人格主義と結びつき、人格陶冶の方法論としての利用価値に力点がおかれた点に特徴がある。
例えば、生命主義的な教育論をとなえた、日本女子大の創立者である成瀬仁蔵は、「凡そ人たる者は、悉く、霊妙なる人格生命を有す」[7]としつつ次のように言う。

人格生命自具の自発的活動性を、実地具体の功績に於て発揮し、特殊独特の事業を成就する者を創造的能力と為す。[8]

成瀬は「霊妙なる人格生命」を「根本生命」とも言い換え、「吾人が生命の要求に向かつて動くに当りては、其の動くに従つて涸るゝことなき慧智となりて現はれ、要求をして満足しむべき、一切の方法を備へ、万般の手段を設け、滾々として尽くるの期なし」[9]としている。「人格生命」は、その力の方向に従っていれば「生命の要求」をみたす「一切の方法」が与えられるような神秘主義的色彩をたたえた力の源泉である。
まさに「合理的思考の網の目によってはとらえられ」ない「生命」の力が述べられている。そしてその「生命」は「人格」と緊密に結びつけられており、「生命」の「自発的活動性」は、「人格」とあいまって「発揮」されることになる。

東京専門学校（現早稲田大学）教授であり、ドイツの人格教育学の紹介につとめた中島半次郎もまた、生命主義教育論者に数えられる一人である。中島は次のように言う。

理想的人格は、……宇宙の生命と人性とを代表し其個性に依り自己独特の創造的生活をなし以て単に自己の人格を実現するのみならず其属する国家社会の進歩発達の為に活動する所の十分の意力ある者で無くてはならぬ。[10]

ここにも「宇宙全体の『生』」をとらえようとする「生の哲学」の特徴が明瞭に見られ、しかもその「宇宙の生命」は「人格」とは切り離せない関係性の中でとらえられている。明治末から大正期にかけてあらわれた生命主義教育論の多くに、この傾向は顕著に見られる。こうしたところに、明治から大正期にかけて流行した日本の「生命主義」、いわゆる「大正生命主義」の、西欧の「生の哲学」とは異なる力点のおかれ方があらわれているのである。

「生命主義」が人格との結びつきに力点をおくこの傾向は、教育論の範疇にとどまらず、哲学、および文芸批評の分野にも認められる。ただおそらく、この傾向は教育論分野を発祥とするものと思われる。これについてはすでに第一章で言及し、さらに第四章でも論及する（ドイツの人格主義教育論およびそれと親密な関係にある芸術教育論が、日本において生命哲学思潮と融合する様態について述べる）ことになるので、ここでは詳述しない。

二　初期小林秀雄と大正生命主義思想との交点

小林秀雄が生命主義思潮の影響下にあった痕跡は、文壇デビュー前後の初期の小林の文章から比較的容易に探すことができる。生命主義のキーワードである「生命」を、文壇デビュー以前の小林秀雄もしばしば使用している。この「生命」という用語は、初期小林の批評のキーワードである「宿命」とともにあらわれる。「宿命」は周知のとおり、「様々なる意匠」による文壇デビュー後も継続して使用される用語である。そして初期小林秀雄の言う「宿命」が、生命主義教育論および和辻『ニイチェ研究』に頻出する、人間の「根本生命」とほぼ同義であることは、すでに論じてきた[11]。

小林は東京帝国大学文学部仏蘭西文学科に入学した翌年、大正十五年十月刊『仏蘭西文学研究』第一号（東京帝国大学文学部仏蘭西文学科研究室編集、白水社）に掲載された「人生斫断家アルチュル・ランボオ」（のち「ランボオⅠ」と改題）で次のように言う。

あらゆる天才の作品に於けると同様ランボオの作品を、その豊富性より見る時は、吾々は唯眩暈するより他能がない。然し、その独創の本質を構成するものは、断じて此処にないのである。例へば「悪の華」を不朽にするものは、それが包含する近代人の理智、情熱の多様性ではない。其処に聞えるボオドレエルの純粋単一な宿命の主調低音だ[12]。

この箇所では「生命」という用語さえ使っていないが、「近代人の理知」と情熱の「多様性」に対して「純粋単一な宿命の主調低音」を称揚する姿勢がすでに見られ、「合理的な知的認識」に背を向ける生命主義的な方向性をうかがわせている。[13] この「宿命の主調低音」は、理知的認識によってはとらええない、その作家の根本的な創作動機である。理知的認識でとらええないということは、創作過程に無意識の要素が介在するということだ。

右に続けて、小林は「宿命」を次のように規定する。

あらゆる天才は、恐ろしい柔軟性をもつて、世のあらゆる範型の理智を、情熱を、その生命の理論の中にたたき込む。勿論、彼の錬金の坩堝《るつぼ》に中世錬金術士の詐術はないのだ。彼は正銘の金を得る。然るに、彼は、自身の坩堝から取出した黄金に、何物か未知の陰影を読む。この陰影こそ彼の宿命の表象なのだ。[14]

ここで「生命」が登場し、「宿命」との、「未知の陰影」を仲介とした緊密な関係が提示される。「世のあらゆる範型の理知」も「情熱」も、芸術家自らの「生命の理論」の中に投入され、融解され、「正銘の金」に変貌をとげる。生命の「理論」という言い回しではあっても、得られた「黄金」には、「何物か未知の陰影」すなわち芸術家自らの意識的な制御をのがれた要素が認められるのであり、その「陰影こそ彼の宿命の表象」であるとされる。この「陰影」は要するに、芸術家の無意識から生まれたものだ。ここで言う「生命の理論」とは、決して明瞭な理知的認識の側にあるものではなく、理知的認識をのがれるはたらきに他ならない。

つまり、意識なしに作品制作はできまいが、しかし意識的行為が芸術家の「生命の理論」というブラック・ボックス（「坩堝」）を経て変成され、意識を超えたはたらきと「交錯」したとき、「生命の理論」はその芸術家の「宿命」を宿した「作品」を結晶させるということである。その、「自意識」を保持しながらも必然的に意識的制御不能の要因を呼び込むようないとなみを、小林は昭和二年の文章で次のように言い換えている。

芸術は二二んが四では出来ぬと言ふ時、諸君は必度次の事を忘れる、つまり芸術家は彼の理論によつて、二二んが五であると明らかに意識しなければ作品は出来ぬといふ事だ。[15] 勿論芸術作品には一絶対物があるのである。あらゆる自意識の化学を越えた、あらゆる批評の埒外に出た一絶対物があるのである。……絶対とは誠実なる自意識の極限値なのだ。不断の理論の影像は遂に絶対に収斂するのである。芸術活動が遂に神との協作であるとはかゝる自意識の苦痛に堪へた人のみが言へる事なのだ。[16]

芸術家の「誠実なる自意識」が「極限値」にまで行使されるとき、明らかな「意識」のもとにある「理論の影像」は、「あらゆる自意識の化学」にもとらええないところの、また「あらゆる批評」によってもとらええないところの「一絶対物」を生む。しかも芸術家はこの過程に意識的でなければならず、それは例えば「二二んが五であると明らかに意識」するようなものだ。そのような「自意識」をもちえた芸術家にとって、「芸術活動」は「神との協作」となる。つまりその芸術家の理知的意識的な制御をこえた「宿命」を宿した作品を創作し得る。この「宿命」は芸術家の意図的な操作をこえたところで作品に移入された、その作家の個性であり、人知をこえた神秘な様態である。

以上のように小林は芸術創作の過程を語るとき、「宿命」とともに「生命の理論」という用語を用いており、それが理知認識をのがれつつ芸術創作の要をなすものであるとする趣旨は、生命主義の方向性そのままである。小林は同文章でこれを「作者内奥の理論」とも言い換えている。

和辻哲郎は『ニイチェ研究』で次のように言っている。

> 芸術の価値はその手法形式によつて定まるのではなく、生命の横溢より創作せられたか否かに依つてのみ定まる。……ニイチェの見たる芸術家は、斯くの如く、科学を以て明かにすることの出来ない境地より出でて創作する。……芸術家の深い内的生活が現象的のものを形式として表現せらるゝ所に、始めて芸術があるのである。創作の真理は決して意識的に解剖の出来るものではない。――この見方は科学としての美学には何等貢献し得るものではないが、その代わりに美学のはいり得ぬ所を明かにしやうとしてゐる。[17]

「意識」や「科学」を否定し、それによっては明らかにすることができない「生命」や「芸術家の深い内的生活」を創作の原動力とする和辻の文章と、小林の文章の類似に気づかされる。「美学」に批判的な立場をとる小林の姿勢とも合致する（小林は「様々なる意匠」や「無常といふ事」などで、繰り返し「美学」・「美学者」に批判的に言及していた）[18]。

右のように小林は、「宿命」とまったくのイコールではないが、それときわめて近親的な関係にある用語として「生命」を使っていた。「宿命」と同様、この「生命の理論」もまた、意識・理性によって制御され得ない働きである。こうした、超意識的な原動力とでも言うべき概念に、小林はくり返し言及する。

三　「生命の理論」を発見する批評

先に引用した「ランボオＩ」の文章（芸術家は彼の「生命の理論」という坩堝から「宿命」という「未知の陰影」を生み出す）は、次のように続く。

この時、彼の眼は、痴呆の如く、夢遊病者の如く見開かれてゐなければならない。或は、この時彼の眼は祈禱者の眼でなければならない。何故なら、自身らの宿命の相貌を確知しようとする時、彼の美神は逃走して了ふから。芸術家の脳中に、宿命が侵入するのは、必ず頭蓋骨の背後よりだ。宿命の尖端が生命の理論と交錯するのは、必ず無意識に於いてだ[19]。

芸術家は「自騙らの宿命の相貌を確知」することはできない。「宿命」とは、意識的な制御をのがれるようなものだからだ。「確知」しようとすれば「彼の美神は逃走して了ふ」、つまり「神との協作」であるような宿命に彩られた作品を生むこと自体が不可能になる。彼の「宿命」が作品に移入されるのは「必ず頭蓋骨の背後」から、すなわち「必ず無意識に於いて」である。意識的な制御をまぬがれる場所で、彼の「宿命の尖端」は彼の「生命の理論と交錯する」、つまり彼の「生命の理論」というブラックボックス的なはたらきを介して、彼の「宿命」があらわれる。だからその時、芸術家の「眼」は、意識的な制御を止めた無意識状態、「痴呆の如く、夢遊病者の如く」である必要がある。それはまた、人知をこえたものに対して祈る、神秘的な「祈禱者の眼」でもある。——以上の趣旨にも、「無意識」と「宿命」および「生命」の緊密な関係が示されている。

このように、「生命の理論」は「宿命」と同等の重要なキーワードとしてあらわれている。これも先に引用した昭和二年発表の「測鉛Ⅱ」には、次のように「生命」が語られている。

芸術家は生命を発見しただけでは駄目である。発見した生命が自身の血と変じなければならぬ。芸術家の真の苦悩とは、この葉緑素的機能の苦悩である。批評論とは生命の発見を定著したものだ。作品とは生命の獲得を定著したものだ。……批評とは生命の獲得ではないが発見である。これ以外に批評の真義は断じて存せぬ。[20]

意識制御を超えたところで作品の創造性が生み出される様はさながら、水と光から炭水化物を造りだす「葉緑素的機能」だろう。この「作品とは生命の獲得を定着したものだ」という表現にも、作品創造と「生命」との緊密な関係が認められる。そして批評家と芸術作品との関係も、「批評とは生命の獲得ではないが発見である」と説明されている。「生命の獲得」という芸術家の作品創造とは異なる活動だが、芸術家が作品創造をとおして獲得した「生命」を「発見」する活動だとされる。

やはり焦点は「生命」(意識をこえたところで人間を動かし方向づける根本的な力)なのである。ここでは「生命」が、「宿命」とほとんど同義に近いニュアンスで使われている点に注目したい。「批評論とは生命の発見を定著したものだ」という言い方で、小林秀雄自身の「批評論」が、「生命の発見」を核とするという事実を告白している。それはまた、彼の文壇デビュー作「様々なる意匠」で言う「宿命の理論」の発見でもあるだろう。「様々なる意匠」で小林は次のように言っていた。

私には常に舞台より楽屋の方が面白い。この様な私にも、やっぱり軍略は必要だとするなら、「搦手《からめて》から」、これが私には最も人性論的法則に適つた軍略に見えるのだ。[21]

批評家は「頭蓋骨の背後」から「侵入」する「宿命(生命)」を見よ、という「ランボオⅠ」および「測鉛Ⅱ」の主張と、「搦手《からめて》から」作家の「宿命」を見よ、という「様々なる意匠」での主張との間に齟齬はない。さらに例えば、右の「人性論的法則」というやや特殊な言い回しも、そして同じ「様々なる意匠」中の「観念学を支持するものは、常に理論ではなく人間の生活の意力である」という言い回しに見られる「意力」という語も、先にあげた生命主義的教育論者、中島半次郎の文章中（注10参照）と同じニュアンスであらわれる点にも注意しておきたい。

これらの語句は、「生命」というキーワードと深い関連をもってあらわれる。これらは、生命主義的な発言をする際、共通してあらわれる決まり文句のひとつだと言える（当然、和辻『ニイチェ研究』にも同様の語句が見られるのだが、別稿〈本書別章〉で示したのでここでは例示しない）。「生命」と「宿命」、二つのキーワードが繰り返し提示される初期小林の文章には、生命主義の用語が、生命主義的な文脈の中で登場している、ということである。

「生命」と「宿命」という、これら二つのキーワードは、初期小林の文章で、同様のニュアンスをもつ様々な語に言い換えられて登場する。「測鉛」の翌月に発表された「芥川龍之介の美神と宿命」で小林は、「宿命」を次のように言い換える。

彼の作品と彼の自殺とは何等論理的関係はない。重要なのは自殺なる行動ではなく、自殺の理論である、つまり彼の自殺的宿命である、氏自身の言葉を借りれば彼の「星」である。少なくとも僕には、批評の興味といふものは作品から作者の星を発見する事以外にはない。[22]

ここでは芥川の言葉を借りつつ、批評は「作品から作者の星を発見する事」だと言う。「測鉛」

で用いられた「生命の発見」という言い方と文脈的に同義である。「生命の発見」を自己の批評理論の核とする姿勢は一貫しているのである。

芸術作品に作者の「生命」「宿命」を発見せよ、という主張はまた、初期小林の文章の中で「人格」と関連する表現で言い換えられる。以下にそれを例示する。

四　「生命」と趣味・性格・人格

大正十五年『文藝春秋』に発表された「性格の奇蹟」という文章では、「宿命」や「生命」とほぼ同じニュアンスで、「芸術家の性格」という表現が見られる。小林は「芸術家にとつて、人間の性格とは、その行動であつて断じて心理ではない」[23]としつつ、次のように言う。

人間の性格が行動であつて心理ではないと観ずる事は、いはゆる概念が飛散した最後に残る芸術家の純精なイリユージョンに他ならぬ。このイリユージョンを摑んだ時、彼は芸術家の性格といふものを発見するのだ。そして又この時、彼の周囲のあらゆる性格が消滅するのだ。[24]

「いはゆる概念」による芸術家の「心理」の解析が「飛散した」のち、「最後に残る芸術家の純精なイリュージョン」が、「人間の性格が行動であ」ると「観ずる事」だ、という趣旨である。ここでの「行動」は作品創造のいとなみそのものであり、「心理」つまり意識的ないとなみに対立するものとして提示されている。

こうして「発見」される「芸術家の性格」は、「如何仕様もない魂の陰影」であるとされる。これは、芸術家は「性格の命令」に動かされて創作する、といった文脈の中であらわれる言い回しであり、これまでに見てきた「生命」「宿命」の語が用いられる文脈と一致する。

小林は続けて次のように言う。


真の芸術家にとつて、美とは彼の性格の発見といふ事である。そして彼の発見した性格の命令は唯一つである。独創性に違反する事はいかなる天才にも許されぬ。[25]

芸術家の「発見した性格の命令は唯一つ」である、とする主張はまた、先に見た「ランボオI」における「ボオドレエルの純粋単一な宿命の主調低音」と同じ文脈の中にある。これを「様々なる意匠」の次の箇所と比較すれば、これらの文脈の同一性がさらに明瞭となろう。

小林はここで、芸術家の「全身を血球と共に循る真実は唯一つあるのみだといふ事」を言いつつ、次のように続ける。


芸術家達のどんなに純粋な仕事でも、科学者が純粋な水と呼ぶ意味で純粋なものはない。彼等の仕事は常に、種々の色彩、種々の陰翳を擁して豊富である。この豊富性の為に、私は、彼等の作品から思ふ処を抽象する事が出来る、と言ふ事は又何物を抽象しても何物かが残るといふ事だ。この豊富性の裡《うち》を彷徨して、私は、その作家の思想を完全に了解したと信ずる、その途端、不思議な角度から、新しい思想の断片が私を見る。見られたが最後、断片はもはや断片ではない、忽ち擴大して、今了解した私の思想を呑んで了ふといふ事が起る。この彷徨は恰も解析によつて己れの姿を捕へようとする彷徨に等しい。かうして私は、私の解析の眩暈の末、傑作の豊富性の底を流れる、作者の宿命の主調低音をきくのである。この時私の騒然たる夢はやみ、私の心が私の言葉を語り始める、この時私は私の批評の可能を悟るのである。[26]

理知的な「解析によつて」は「捕へ」られない「作者の宿命の主調低音」は、先の「性格の命令」と同様「唯一つ」である。右の直前で小林は「世の所謂宿命の真の意味があるとすれば、血球と共に循る一真実とはその人の宿命の異名である。或る人の真の性格といひ、芸術家の独創性といひ又異なつたものを指すのではないのである」とも言っているのだから、ともに「芸術家の独創性」そのものであるところの「宿命」と「性格」の類同性は明らかだ。理知的解析をくりかえす「私の騒然たる夢」がやむとき、芸術家の「周囲のあらゆる性格が消滅」して、その芸術家固有の「性格」だけが明瞭になる、という文脈が見えてくる。

つまり初期の作品群には、「様々なる意匠」の下敷きとなった作品が散在しており、その下敷きとなった初期作品を参照すれば、「様々なる意匠」では覆い隠されていた生命主義的な発想が浮き彫りになってくる、ということが言えるだろう。

例えば、「尺度に従つて人を評する事も等しく苦もない業である。常に生き生きとした嗜好を有し、常に溌剌たる尺度を持つといふ事だけが容易ではないのである」といった「様々なる意匠」での言い回しの下敷きとして、「測鉛Ⅱ」の文章を参照してみる。

常に生生たる趣味を持つてゐるといふ事は洵《まこと》に信じられない程難しい事なのである。趣味とは心臓の理論である。深刻な良心である。[27]趣味のない批評家、つまり良心のない批評家は如何なる作品の前に立つても驚かぬ。何故つて徐《おもむろ》にポケットから物差を索《と》り出せばよいからである。……若し君が前にした天才の情熱の百分の一でも所有してゐたなら、君は彼の魂の理論を了解するのである。[28]

単なる理知的な解析の「尺度」であるところの「物差」に対して、「溌剌たる尺度」、あるいは「生き生きとした嗜好を有」すること、「生生たる趣味を持」つことを求める姿勢が一貫している。「生生たる趣味」は「心臓の理論」、「深刻な良心」と言い換えられていく。ここで言う「趣味」が「嗜好」と同義であれば、それらによって批評家が芸術家の中に見出す「魂の理論」は「宿命」の言い換えであり、「生命の理論」と同義である。

「趣味」と言う用語は、生命主義教育論においてもキーワードであり、その人格陶冶の姿勢と密接にリンクする用語だった。そして先に例示した「芸術家の性格」も人格にかかわる言い回しである。

さらに小林は「芥川龍之介の美神と宿命」（昭和二年）で、「僕は嘗て彼の作品に理知の情熱を感じた事がない」としながら言う。「現実をあらゆる点に於いて固形化しようと」し、「生命をあらゆる点に於いて凝結させようとする」、いわば「逆説的測鉛を曳く」行為が芥川の宿命である、彼は自らの方向性を見失って「彷徨」した、と。

続けて小林は次のように言っている。

彼の個性は人格となる事を止めて一つの現象となつた。[29]

この「人格」は、自らの宿命と芸術創作行為が一致することによって得られるものである。その一致を見なかった、と小林が見る芥川の「自殺的宿命」を右のように言ったわけである。ここで言う「人格」は「宿命」と深くかかわる語であり、「人格」と「生命」をセットにして考える大正期の生命主義教育論と文脈的な親近性をもっている。

「人格」にかかわる表現は和辻哲郎『ニイチェ研究』にも多数見られる。和辻は、芸術家が表現しようとする「或者とは生命の本質であり、また芸術家の自己である」としつつ言う。

芸術品が偉大なる効果を持つてゐるとすれば、それは芸術家と鑑賞者の間の人格的関係である。生活の深みに於ける力の関係である。効果は芸術家が意欲した故にあるのではなく、芸術家の人格その者にあるのである。[30]

一方小林は、芸術家にとって芸術作品は「己れのたてた里程標に過ぎない」としつつ次のように言う。

この里程標を見る人々が、その効果によつて何を感じ何処へ行くかは、作者の與《あづか》り知らぬ処である。詩人が詩の最後の行を書き了つた時、戦の記念碑が一つ出来るのみである。記念碑は竟に記念碑に過ぎない、かゝる死物が永遠に生きるとするなら、それは生きた人が世々を通じてそれに交渉するからに過ぎない[31]。

小林はこの箇所では「人格」という語を用いていないのだが、小林の文章と多くの共通点が見出せる和辻の文章に、右のようにあるとき、両者が同じ文脈の中で発言している可能性が高まる。生命主義的な特質を顕著に持つ教育論者、水鳥川安爾は次のように言う。

凡そ、芸術は生命の表現である。作家の個性人格の表現であり、理念の表出である。したがつて芸術作品は、作家の個性、作家の人格、作家の理念、すなはち作家の生命に満ちたものである[32]。

ここでも「生命」「個性」と「人格」が緊密に結びついた形で、芸術の本質が論じられているのが分かる。そして右引用には、小林、和辻の説く芸術作品の様態と、用語およびその文脈において高い類同性が見出せる。これらがすべて、生命主義という思潮に属し、発想の根を同じくする事実を示していると言えるだろう。

結

初期小林秀雄の文章に見られる、生命主義的な発想の痕跡を確認してきた。日本の「生命主義」(大正生命主義)がもつ特質のひとつであるところの人格主義的発想を、それら痕跡の中に見出すことができた。そこには、西欧に生まれた「生の哲学」が日本に受容され、非合理な生命の力を認識の根本原理として称揚するその姿勢が、おそらく主として教育論分野に流行した人格陶冶主義(ドイツで生まれた人格主義教育論の影響と考えられる)と結びつき、日本的な「生命主義」を形成した様が、縮図となって影を落としている。

また小林秀雄の初期の作品群には、「様々なる意匠」の下敷きとなったと思われる作品が散在する。それらを参照すれば、「様々なる意匠」では覆い隠されていた生命主義的な発想が、明らかに見られる。「生命」「宿命」「芸術家の性格」「人格」等は、すべて生命主義のキーワードであり、生命主義に特徴的な意味志向をもっている。これらは初期の小林の文章中に、生命主義的な文脈の中であらわれるのである。生命主義の視点からとらえなおすことによって、初期の小林の文章は本来の文脈の中で理解することが可能になる。「人格主義」が小林の批評思想に落とした影については、今後さらに具体的な検討を期したい。

注

引用文において、旧字は新字に改めた。引用文中の〔　〕内は論者による補足である。引用文中の中略・省略は「……」で示した。小林秀雄の文章はことわりのないかぎり『小林秀雄全集』（新潮社、二〇〇二〈平成十四〉年四月）による。ここからの引用は、出典題名と発表年次のみ示した。

1　以下の拙稿で述べた。「教育論の中の大正生命主義――小林秀雄と芸術教育論」（『文学部論集』第八五号、佛教大学文学部、二〇〇一〈平成十三〉年三月）：本書第一章、「眼の陶冶と帝国主義（四）――大正期文芸教育論と生命主義芸術教育論」（『京都語文』第十号、二〇〇三〈平成十五〉年十一月）、「生命主義芸術教育論の勢力圏――武者小路実篤、片上伸、小林秀雄の〝自己表白〟」（『文学部論集』第八八号、佛教大学文学部、二〇〇四〈平成十六〉年三月）：本書第二章

2　同

3　第六章以降で論ずることになるが、さらにその生命主義的なニーチェ解釈は、ルドルフ・シュタイナー著『ニーチェ――同時代との闘争者』（一八九五年）を受容することによって可能になったものだと考えられることを付言しておく。

4　『日本大百科全書（スーパー・ニッポニカ）』小学館、二〇〇二（平成十四）年二月

5　『哲学辞典〔第4版〕』青木書店、一九八五（昭和六十）年九月

6　例えば次のような箇所にそれが見られる（傍線は論者による）。

ニイチェのいふ本能は、感覚や恣意の内に動力とし評価者としてひそみ全然原子的に相互の連絡を欠いてゐる所の意識に対して、方向と活力とを与へるものである。権力意志である。神秘な直接な内的事実である。純粋なる心的活動はニイチェにあつては人間の全的活動に外ならぬ。（和辻哲郎『ニイチェ研究』東京内田老鶴圃、一九一三〈大正二〉年十月、六六頁）

多くの人は、人間の行為を決定し、指導するものは理性と意性とであると信じて居る。然も夫は誤であつて、感情こそ真に人間活動の本源的動力として、吾人の行為を統理し、その能率を発揮せしめるものである。（関衛「想像全盛期児童の芸術的陶冶」、帝国教育会『芸術教育の最新研究』文化書房、一九二四〈大正十三〉年六月二十日、二九五頁）

凡そあらゆる観念学は人間の意識に決してその基礎を置くものではない。マルクスが言つた様に、「意識とは意識された存在以外の何物でもあり得ない」のである。或る人の観念学は常にその人の全存在にかゝつてゐる。その人の宿命にかゝつてゐる。（中略）観念学を支持するものは、常に理論ではなく人間の生活の意力である限り、それは一つの現実である。（「様々なる意匠」昭和四年九月、『小林秀雄全集　第一巻』二〇〇二（平成十四）年四月）

7　成瀬仁藏『新時代の教育』博文館、一九一四（大正三）年一月三十一日、二八二頁
8　同、二八七頁
9　同、二七二頁
10　中島半次郎『人格的教育学と我国の教育』同文館、一九一五（大正四）年五月二十八日、四二頁
11　拙稿「教育論の中の大正生命主義」（本書第一章）、「生命主義芸術論教育論の勢力圏」（本書第二章）

12　小林秀雄「人生斫断家アルチュル・ランボオ」（『仏蘭西文学研究』第一号、東京帝国大学文学部仏蘭西文学科研究室編集、白水社、一九二六〈大正十五〉年十月）、「アルチュル・ランボオ　Ⅰ」（『地獄の季節』白水社、一九三〇〈昭和五〉年十月二十五日、九頁）　※引用は後者、文章末に「一九二六年八月」の日付がある。

以下にその後の書誌を記しておく。「ランボオ論」（『続々文芸評論』芝書店、一九三四〈昭和九〉年四月十五日）、「ランボオ」（『小林秀雄全集　第一巻』、新潮社、一九五七〈昭和三十二〉年五月二十五日）、「ランボオⅠ」（『小林秀雄全集　第二巻』、新潮社、一九六八〈昭和四十三〉年二月二十日）

13　この引用箇所が、とくに本書第七章で論じている、ルドルフ・シュタイナー、よびその影響を強く受けたとされる西田幾多郎、エトムント・フッサールの著作に共通する認識論の基本パターン（認識における多様から唯一への統一）を踏襲したものだと考えられることを付言しておきたい。

14　「アルチュル・ランボオ　Ⅰ」九〜一〇頁

15　「測鉛Ⅱ」昭和二年八月、『小林秀雄全集　第一巻』一〇七頁

16　同

17　和辻哲郎『ニイチェ研究』東京内田老鶴圃、一九一三（大正二）年十月一日、三二八頁

和辻はまた、次のようにも言う。

芸術創作を創作の手続から見た所で創作の活動その者を明らかにすることは出来ない。芸術家にとつては創作の急所は無意識的である。何故にこの語を用ひ、何故にこの色を塗るかと云ふことは芸術家には解らない。唯その語が意識に浮び、その色に注意が向く故、それを使用する

ので、論理的に説明せらるべきではない。（『ニイチェ研究』三二九頁）

小林にも次のような言葉がある。

あるが儘に見るとは芸術家は最後には対象を望ましい忘我の謙譲をもつて見るといふ事に他ならない。作品の有する現実性とはかかる瞬間に於ける情熱の移調されたものである。（「芥川龍之介の美神と宿命」一一四頁）

18　二例のみ示す。

芸術の有する永遠の観念といふが如きは美学者等の発明にかゝる妖怪に過ぎず、作品が神来を現さうと、非情を現さうと、気魄を現さうと、人間臭を離るべくもない。（「様々なる意匠」一九二九〈昭和四〉年、『小林秀雄全集　第一巻』、一四二頁）

あれほど自分を動かした美しさは何処に消えて了つたのか。……さういふ美学の萌芽とも呼ぶべき状態に、少しも疑はしい性質を見付け出す事が出来ない……だが、僕は決して美学には行き着かない。（「無常といふ事」一九四二〈昭和十七〉年、『小林秀雄全集』第七巻、三五八頁）

19　「アルチュル・ランボオ　Ⅰ」一〇頁

20　「測鉛Ⅱ」一〇八頁

21　「様々なる意匠」昭和四年九月、『小林秀雄全集　第一巻』一三四頁

22　「芥川龍之介の美神と宿命」（『大調和』昭和二年九月、『小林秀雄全集　第一巻』一一一頁）

23　「性格の奇蹟」（『文藝春秋』大正十五年三月号、『小林秀雄全集　第一巻』八一頁）

24　同、八二頁

25　同

26　「様々なる意匠」一三六～一三七頁

27　「測鉛Ⅱ」一〇七頁　※注17にあげた和辻の文章も参照して頂ければ幸いである。

28　同

29　「芥川龍之介の美神と宿命」一一六頁

30　『ニイチェ研究』三三〇～三三一頁

31　「様々なる意匠」一四三頁
直前には次のように、「美学者」を批判する文言がある。

　人は芸術といふものを対象化して眺める時、或る表象の喚起するある感動として考へるか、或る感動を喚起する或る表象として考へるか二途しかない。こゝに恐らくあらゆる学術中の月たらず美学といふものが、少くとも芸術家にとつては無用の長物である所以がある。（一四二頁）

32　水鳥川安爾「鑑賞批評の態度」（帝国教育会編『芸術教育の最新研究』文化書房、一九二四〈大正十三〉年六月二十日、三六七頁）

第四章　生命主義美術批評に見る「人格」と「肉体」

――白樺派の人格主義的美術批評と小林秀雄

【抄録】

主として昭和初年代から十年代にかけての小林秀雄の文章に見出され、異彩を放っている「肉体」を重視する記述の背後には、明治初期から連なる芸術教育論思潮を基盤として明治三十年以降に形成された「生命主義美術批評」がもつ、精神・肉体不可分の活動として「生命」を捉える観点がある事実を検証した。また、白樺派の人格主義的美術批評もその流れの中にある事実をあわせて示した。

序

生命主義的傾向を鮮明にもつ、高村光太郎、柳宗悦、和辻哲郎ほかの、文学、美術、哲学分野にわたる著述家の文章に現れた「人格」と「生命」にかかわる表現を検討する。それによって、明治初期の芸術教育論思潮が明治三十年ごろを境に「人格」概念、および生命主義の概念と合流し、「人格主義美術批評」さらにほぼ同義の意味を持つ「生命主義美術批評」を生み出していった様態を跡づけていきたい。さらに小林秀雄がそうした潮流の中に位置づけられる事実、そしてとくに昭和初年代から十年代にかけて小林が多用した「肉体」重視の記述が、その根拠となりうる事実を検証したい。

一　美術批評における「人格」の由来

明治期の半ば過ぎ、芸術作品を価値判断する際の主要な基準として「人格」概念が用いられ始めた。芸術作品解釈と作者の人格とを不可分のものとして結びつける作品解釈の観点は、まず美術分野において現れた。他の芸術分野ではなくまず美術、とりわけ絵画において作品と作者の人格との結びつきが意識化されるようになったのには理由がある。白樺派周辺の作家たちによる西洋美術解釈に典型的に見られるような人格主義的な美術批評には、それが現れる歴史的必然性があったのである。

美術史研究者の永井隆則は、近代日本におけるセザンヌ解釈の歴史的推移を辿りつつ、「一九一〇年から一九二〇年代にかけて、〝人格〟をその表現的価値とする立場が登場し圧倒的主流となっていく」[1]様を見て取ることができ、さらに「一九二〇年代に入ると、西田幾多郎、中井宗太郎、阿部次郎らによって〝人格〟概念は美術を記述する基本概念として、ヨーロッパの美学を包摂する高次の思想として展開されていった」[2]としている。永井の論の中心点はセザンヌ解釈にあり、それを起点にセザンヌ以外を対象とする美術解釈、さらに美術以外の分野の評者による美術解釈の様態へと視点を広げているわけだが、はからずも、まず美術分野の文章に人格主義的解釈が現れ、次第に他の分野の文章（哲学をはじめとする学術分野）にも広まっていった様が跡づけられている。

「人格」という語それ自体は日本でつくられた、主に哲学・心理学分野で使用される学術用語である。佐古純一郎によれば明治二十二年に初出用例が見られ、倫理学の用語として定着したのが明治二十六年から二十八年頃である。[3] 佐古は『哲学会雑誌』掲載論文を中心とする学術論文を調査し、井上哲次郎、中島力造、西田幾多郎ほかの論者について、哲学、心理学、倫理学等の学術分野における「人格」使用例を求めている。複数の分野にまたがって「人格概念」の普及して行った様が、これによっても確認される。

問題はこの「人格」が、どのようにして、美術作品との結びつきをもって世に意識されていくようになったかという点である。「人格主義美術批評」（永井による呼称）が生まれる土壌はすでに明治初年代にあった。これについては以前に論じたので、[4] 重複する点は簡略に述べる。

維新後、日本の開化をはかる動きの中で「芸術」による国民の教化の必要性が説かれ始める。明治初期の芸術教育論は明治三年、開化の方針を申し立てた大井憲太郎の書簡[5]を嚆矢とする。大井は、ヨーロッパ先進諸国の果たした「富国強兵」の礎は芸術教育であるとして芸術教育の必要性を訴えた。

この後、明治八年に二回にわたって行われた中村正直による演説[6]に典型的に見られるような、芸術によって人民の性質を改造し国家経済の底上げを図るべし、といった論調が現れはじめるのは、新体制の国家建設を進める動きとして自然な流れであった。このとき中村が説いたのは、「芸術」(技芸及ビ学術ノ教育)および「教法」(修身及ビ敬神ノ教育)の「二大分」の道以外に、程度の低い「人民」の「心」を「高等」にする道はない、という主張である。中村演説以後、「芸術」教育と宗教・道徳教育をセットにして「人民(国民)」を「教化」せよという論が芸術教育論の本流となっていく。この「芸術教育論」の流れはさまざまな変奏を経ながら、大正期末に全盛期を迎え、昭和期に至るまで脈々と受け継がれていった。

「芸術」の語義範囲は当初、「文武百工」を広く指すもので、今日言うところの文学・芸術に加え、武術をはじめとする技芸一般、および学術をも含んでいた。それが明治三十年代までには、ほぼ「美術」(主に絵画・彫刻)の意に絞られ、武術、学術等の意味は削ぎ落とされていく。芸術教育論の対象もそれに連動して美術に絞り込まれていく。これはまた、フェノロサらによる明治十年代の伝統美術振興運動および美術教育運動とあいまって、対外的に経済効果が大きく、政府の殖産興業政策に合致するものとなった美術とりわけ絵画が国民教化の方途として注目されるようになった動きと、連動している。[7]

フェノロサ自身は「美術とは、……宗教のように、人間の内なる最も気高いものの特別の勤行《ごんぎょう》であり、僧侶のような精進を必要とします」[8]といった精神主義を美術制作および鑑賞において標榜した。これは宗教・道徳を精神的支柱としてきた芸術教育論の方向性と合致するものだった。

ここに「人格」という用語が合流すれば、「人格主義的美術批評」の出現は自然な流れだった。現に『美術真説』には「装飾ナルモノハ人ノ心目ヲ娯楽シ気格ヲ高尚ニスルヲ以テ目的トナス。

此装飾ナルモノヲ名ケテ美術ト称ス」[9]といった表現がある。ここには「人格」という語さえ用いられていないものの、フェノロサは「気格」（大森惟中による訳語、英文原稿は現存せず）の高尚化が絵画の目的であるという言い方で美術教育の価値を説き、「気格」をのちに流布した「人格」と同等の意味に用いている。[10]

こうして「人格」概念の浸透した明治二十八年（佐古説）以降、具体的には明治三十年代に、芸術教育論にも「人格」という用語が多用され始める。美術作品の背後に作者の人格を読む観点と言えば白樺派の美術批評がまず想起されるが、それ以前にそうした観点が現れる土壌は準備されていたのであり、「白樺派」が現れるのは、その土壌が十分に整えられた後のことだった。いわば白樺派的絵画批評が現れるのは時間の問題だったわけで、たとえば日比嘉高は「絵画作品上に画家の人格を読みとろうとするといった、いわば絵画の〈読み〉の慣習」はすでに明治三十年代に成立しており、「一九〇〇年代を通じて、一定の集団においてはかなり浸透しつつあった」事実を指摘している。[11]

日比が根拠として挙げるのはフェノロサらの主導で生まれた東京美術学校の発行する『校友会月報』掲載の、明治三十五年十二月以降の記事用例だが、これ以前にも「美術」と「人格」を不可分の関係としてとらえる意識は存在していた。のちに雑誌『太陽』の主幹をつとめることになる浮田和民は、明治三十四年に教育と美術との関係を論じ、「国民」の「品性を陶冶」すれば「美術」はおのずと興隆するのだから「須らく帝国主義の教育は、人格の上に最も重きを置かざる可からず」[12]とし、美術教育における人格重視の姿勢を鮮明にしている。同箇所を浮田は「帝国主義の教育は倫理的ならざる可らず、道徳的ならざる可からず」と言い換えており、倫理・道徳といった用語と美術を結びあわせる芸術教育論思潮の枠組みを典型的になぞっている様とともに、その思潮が美術教育における「人格」重視に接合していく過程が読み取れる論旨となっている。

つまり白樺派以前に準備されていた土壌とは、明治初期以来、国民の教化を眼目としてきた芸術教育論思潮が、芸術の技術面と連動させる形で精神面での「品性」向上への意識を注入しようとした従来の論調はそのまま継承しつつ、「人格」という新たな用語を手に入れ、その論調に組み込んでいった様態そのものである。白樺派的な美術批評(永井のいわゆる「人格主義美術批評」)は、こうした芸術教育論思潮との交渉の中でこそ可能になったと考えるべきだろう。

教育論分野における人格重視の記述は、管見ではエルンスト・リンデ（Ernst Linde 1864–1943）による一八九六（明治二十九）年刊の著書『人格的教育学』（*Persönlichkeits-Pädagogik, 1896*）が最初のようである。篠原助市『独逸教育思想史』によれば、ドイツでは、「人格的教育学なる語はリンデが一八九七《ママ》年其の著に『人格的教育学』の表題を冠してから広く行はるるに至つた」[13]という。同書には「『教育第一の方法は教師の人格であり、其の主目的は生徒の人格である。』とし、就中、教師の人格に於て芸術的方面を重視するものが『人格的教育学』[14]“Persönlichkeitspädagogik”であり、之が主張者は、程度の差こそあれ、何れも芸術的天分を有する」という記述がある。人格の芸術的側面を介して教育が行われるべきであるとする考え方が「人格的教育学」なのであれば、芸術教育と人格主義教育との間に、あらためて強い関連が見えてくる。実際、教師であり教育論者であったリンデは芸術教育運動の推進者のひとりと目されていた。中島半次郎『人格的教育学の思潮』（大正三年刊）[15]の紹介によれば『芸術と教育』（*Kunst und Erziehung, 1901*）の著書もある。

つまり「人格的教育学」という語は、ドイツにおいて芸術教育との深い関連の中で生まれたものであった。リンデ著『人格的教育学』の邦訳は確認できていない。しかしリヒトヴァルク、ランゲ等、ドイツ芸術教育運動の有力な指導者と目される教育家たちの思想が未翻訳のまま、ほぼリアルタイムで当時の日本の芸術教育論者たちに影響を与えていた状況を考えれば、[16]「人格的教育学」の概念形成においてドイツと日本の同期性を推測しても不自然ではない。教育論分野において、ドイツでの「人格」主義教育と芸術教育との密接な関連がほぼそのままの形で日本にも影響を与えたと推測される。

これらに加えて、明治三十年ごろから流行を見せ始めた「修養主義」の流れもよく似たベクトルをもつものとして視野に入ってくる。筒井清忠によれば、明治三十年代に修養主義は人格主義と融合してほぼ同義のものとなった。[17]たしかに、明治初年代にはまだ「養生」を意味していた「修養」が「品性をみがく」意味に変化するのは、辞書の上では明治三十年代であり、明治四十年代にはその定着が見られる。[18]明治三十年代、芸術教育論に「人格」の語が使われ始めたときも、それらはきわめて修養論的な色彩を持っていた。

おそらく明治三十年を境に、芸術教育論は「修養主義」的色彩をともなう形で「人格」という用語を取り入れ、作品の背後にある芸術家の「人格」に宗教的高邁さを読み取ろうとする美術批評の枠組みが準備されるに至った。芸術作品に対する宗教的な崇拝の念と、その崇高さの根拠として芸術家の「人格」を芸術鑑賞の起点とする姿勢、および芸術鑑賞を通じての精神修養の姿勢は、筒井の指摘する、修養主義が大正期のいわゆる「大正教養主義」に接続していった過程を支える原理のひとつともなったと考えられる。

以上のように、さまざまな潮流が合流し、またそこから支流が派生していく中継点に「芸術教育論」思潮があった。人格主義的な美術批評はその一支流に位置づけられるという見取り図を、ここで確認しておきたい。まず芸術とりわけ美術が、人民の「気格を高尚に」する方途として注目され、そこに人格・修養の概念が加わって「人格主義美術批評」の形をとるに至ったのである。

さて、永井の指摘する「人格主義美術批評」はさらに、「生命主義」とも密接な関連をもった[19]。芸術教育論の潮流において、人格主義と生命主義の密着という事態は、それがニーチェ思想の受容とも関わってくる点で、重要なターニングポイントというべきものだった[20]。明治四十年代から大正期にかけて、いわゆる教養派や哲学者の文章に「芸術」（美術）と結びつけられた「人格」の用例が拡散していくが、それらの多くが生命主義的な文脈においての「生命」の語をともに用いている。「生命主義」とは「人格主義」の異名であるとすら言える、両者の不可分の関係が観測される。以下、「人格主義美術批評（生命主義美術批評）」と「生命」のかかわりを検討する。

二　高村光太郎の生命主義美術批評とその周辺

「人格」と「生命」を比較的早い時期に美術批評にもちこんだ人物として高村光太郎の存在があ

る。大正生命主義を発掘・研究した鈴木貞美も言及するように[21]、高村は、芸術作品を芸術家の人格および「生命」との関連のもとに評価しようとした。

高村が明治四十三年に発表した「緑色の太陽」は、明治四十二年第三回文展に出品された山脇信徳の「停車場の朝」をめぐる論争（「生の芸術」論争）の過程で書かれた。絵画の写実性を重視する立場に立つ石井柏亭に答える形になっている。ここで高村は、自分は芸術家（画家）の「PERSOENLICHKEIT〔人格〕に無限の権威を認めようとする」のだとしつつ次のように言う。

あらゆる意味に於いて、芸術家を唯一箇の人間として考へたいのである。その PERSOENLICHKEIT を出発点として其作品を SCHAETZEN〔評定、評価〕したいのである。[22]

芸術家の人格を「出発点としてその作品を評価」するとは、次にみられるように、芸術家の作品制作過程での人格の働きざまを「考へ」ることである。

僕が青いと思つてるものを人が赤だと見れば、その人が赤だと思ふことを基本として、その人が其を赤として如何に取り扱つてゐるかを SCHAETZEN したいのである。……自分と異なった自然の観かたのあるのを、ANGENEHME UEBERFALL〔好ましい不意打ち〕として、如何程までに其の人が自然に核心を覗ひ得たか、如何程までに其の人の GEFUEHL〔筆触、タッチ〕が充実してゐるか、の方を考へて見たいのである。其の上でその人の GEMUETSSTIMMUNG〔情調」を味ひたいのである。[23]

芸術作品評価における「人格主義」の特色はこのように、芸術作品制作時に作者の人格がいかに「充実」したはたらきをしているかを感じとろうとするところにある。高村は、「人が『緑色の太陽』を画いても僕は此を非なりとは言はないつもりである」、なぜなら「絵画としての優劣は太陽の緑色と紅蓮との差別に関係はない」からであり、「この場合にも、前にも言つた通り、緑色の太陽として其作の情調を味わひたい」としたうえで、作品の評価・位置づけを「DAS LEBEN〔生命〕の量によつて上下したいのである」[24]と結論づける。

「DAS LEBEN」はこの時期「生命」のほかに「生活、活力」等さまざまに訳され、特に明治末から大正初期にかけての生命主義的傾向を持つ美術批評、文学批評、哲学論の文章中に不統一のまま見出される。それらの語も元はこのドイツ語「DAS LEBEN」（英「LIFE」、仏「LA VIE」）である。

いずれにしても、生命主義における「人格」と「生命」の不可分の関係がここに表出されており、美術作品からその作者の人格を感じとることがイコール、作者の「生命」力の度合いを測ることとして意識されている。「緑色の太陽を画いた作家のPERSOENLICHKEIT〔人格〕に絶対の権威を有たし」めるとは、そのような観点に立つということであった。

大正四年刊の『印象主義の思想と藝術』[25]では、こうした姿勢がさらに深められている。ここで高村は色彩に注目する。「ドラクロワ」を評しては、「彼の色彩は色彩そのものに他のもので表はしきれない彼の内心の微妙な意味が伝へられる」とし、色彩の配置の奥に芸術家の「内心」の働きを読み取ろうとする。[26] その際、色彩という可視の現象の背後に感じ取られるべきものとして、芸術家の不可視の「人格」が想定される。その不可視の人格の働きにこそ、絵画の価値を測るための基準があると言うのである。たとえば次のように。

マイエルグレッフエが、「……色で敷物を作る事は出来る。だが画は出来ない。ドラクロワの色彩に免じて彼の一切の他《ほか》の事を許すといふ人がある。けれども其の他《ほか》の事が大事なのだ。丁度レムブラントに於けるやうに。」と言つてゐるのは同感である。彼は人格である。[27]

右の「彼〔ドラクロワ〕は人格である」とは、ドラクロワの絵画あるいはその色彩そのものよりむしろその奥にある彼の人格を見るべきだ、という考え方の強い宣言である。

このような視線で芸術作品の背後にとらえられた芸術家の人格はさらに、しばしば「全人格」「全人的」といった表現で言い表される。これらの表現は生命主義思潮においてもキーワードであった。高村は、ドラクロワを「崇拝」した「ミレ」について、「疑ひもなく彼は彼を全人的に了解した」[28]と言う。「全人的に了解」するとは、芸術作品の細かなディテールのひとつひとつについて、それらを制作した芸術家の「肉体の組織」と感ずることだ。

高村はセザンヌについて次のように言う。

偉人を考へるには全部に考へねばならぬ。偉人にあつては如何なる些事も皆一大事である。セザンヌの明るい画はセザンヌと切り離せないセザンヌの肉体である。肉体の組織である。レンブラントの暗い画がレンブラントの肉体の組織であるのと同じだ。[29]

つまり作品の背後に芸術家の「全人格」を見出すとは、芸術家の生命の活動の全体と切り離すことができないその一部分として芸術作品があると見なす姿勢である。ここでは「人格」「生命」「肉体」が、ほぼ連動する一続きの活動としてとらえられている。そしてこの「人格」を軸として心身の全的な活動をとらえようとする「生命」把握の観点が、日本的な生命主義、すなわち西欧の「生の哲学」とは微妙に区別される、いわゆる大正生命主義の大きな特質のひとつでもある。

高村は「分厘の生命の累積、例へば極小の細胞が一個の有機体を作るやうな調和[30]」をセザンヌの絵画に見ており、作品の細部のひとつひとつに芸術家の生命が宿るというイメージで作品をとらえているのがわかる。芸術作品は芸術家の内面とつながった、芸術家の「肉体」と同様のものであり、そこに「彼の内面生活」を見ることとは、彼の「全人格」を見ることとなる。高村は次のように言う。

彼の「静物」は一見無造作に置かれた様に見える。大変な違ひだ。其の静物の配置は即ち彼の心のリズムなのだ。彼の内面生活の具体なのだ。其は真に偉大な象徴なのだ。……そして其〈静物画〉の天地のやうに厚くて、深くて何処から何処まで充実し切つた恐ろしい程の力！　彼の偉大な心と肉体とをぶちまけた全人格の力なのだ。[31]

芸術家の「肉体」の働きすなわち芸術作品に表出された芸術家の「内面生活」「人格」「生命」は、互いに密着した一連のものとしてとらえられる。芸術作品を芸術家の「全人格の力」の表出としてとらえるということは、そのように一体化された芸術家の創作活動の全体をとらえるということを意味する。そのようにとらえられた芸術作品の背後には、芸術家の「宇宙的生命」の「躍動」を見ることが期待される。高村はこれを、作品の背後に芸術家の「生な血が通つてゐる」状態として説明する。

彼は空瓶一本と背後の壁紙とで無限に重圧力のある宇宙的生命を躍動させる。……固より背後にセザンヌの生な血が通つてゐるからである。[32]

つまり具象としての芸術作品には、その作品を創作しつつある芸術家の活動と不可分一体のものとして、「躍動」する「宇宙的生命」が刻まれている。高村は「素描と色彩とは決して離れない。『画』くに従つて『描』かれる」[33]と説明する。描くという行為と切り離せない、その行為と密着した芸術家の創意の働きとその具体的表現物があり、それらを「全体」としてとらえたとき、芸術家の「人格」が作品の背後に見透かされることになる。

高村光太郎が「緑色の太陽」を書く機縁となった山脇信徳「停車場の朝」をめぐり、明治四十四年に再び論争が起こる（「絵画の約束」論争）。山脇の絵に表現技巧の乏しさを指摘する木下杢太郎に対して、山脇は「今少し筆触と動勢に潜む内面の気分に注意して貰ひたかつた[34]」と反論する。描かれたものそれ自体のみを独立に鑑賞するのではなく、その描かれざまに表れた「内面の気分」に注意せよという主張は、高村の主張と重なる部分が大きい。山脇は「私は更らに絵画とは人格であつて技術以上であると云ひたい[35]」とし、人格主義的傾向をあらわにする。

> 私の称して人格といふのは、其外来刺激も、反応も、発表も総て之等のものを一團として人格即ち官能の全的存在だとしたのです。官能と云ふものは、生理の方面のみから考ふべき文字ではありますまい。心理の方からも考へた時、官能の全的存在即ち人格なるものが人間の全部を蔽ふことになる[36]。

山脇もまた「人格」を定義して、芸術家の生きた活動の「総て」を「一團」としてとらえたものだとし、「人格即ち官能の全的存在」と言い換えている。山脇の右の文に「生命」の語は見えないが、高村光太郎とも共通するその論調には生命主義の特徴が如実に表れていると言える。

山脇を特に評価したのは志賀直哉、武者小路実篤をはじめとする白樺派圏内の作家たちであり、上の二者には生命主義の影響が確認されている[37]。高村もそこに含まれる白樺派圏内にいた柳宗悦は、山脇とかなり近接した表現を見せながら、生命主義的な意味での「生命」の語を用いている。柳は「げに芸術は人格の反影である。そは表現せられたる個性の謂に外ならない」として「人格」

重視の立場を鮮明にしつつ言う。

芸術の権威とはそこに包まれたる個性の権威である。而して個性の権威とはそが全存在の充実に於て始めて発露せらる可きものである。空虚なる個性より未だ嘗て偉大なる芸術は生まれなかつた。従つて生命の統一的全存在そのまゝなる表現こそは芸術最後の極致である。永遠なる芸術とは感覚及手工の作為に非ずして、全人格の働きである。そは厳粛なる「自己」の存在に対する絶叫である。[38]

自己の個性に権威を認める白樺派らしい趣旨を述べながら、その権威は「作為」によってではなく「そが全存在の充実に於て始めて発露せらる可きもの」だと条件づけている。その上で、芸術家のすべての「生命」活動が連動して働く際の「生命の統一的全存在そのまゝなる表現」に「芸術最後の極致」を見るというこの論旨にも、生命主義的な特質が顕著である。「統一的全存在」はさらに「全人格の働き」と言い換えられる。この「全存在」「全人格」は、高村、山脇の用法と同じニュアンスで用いられている。

柳はまた「芸術が人生の厳粛なる全存在の表現」であるかぎり、「自己の人生、生命を離れてそこには何等の真理もなく美もない」[39]として、芸術作品と芸術家の「全人格」の不可分に一体化した関係を強調する。

こうしてみると、高村、山脇、柳らが言う「人格」とは、単なる内面の心理的な働きを指すのではなく、心理的な働きをも含みつつ、芸術家の創作活動の全体を含み込む意味範囲をもつと言ったほうがよい。この「全体」はまた、一人の芸術家の範囲をはるかにこえた「宇宙的生命」の「躍動」する場所でもあるわけである。

永井隆則は大正生命主義の潮流に言及しながら、言うところの「人格主義美術批評」の特徴として、「生命」を「純粋に精神の働きとするのではなく、心身一如の活動と見なし、人間存在全体の現れとして、作品を総合的に把握しようとする」点をあげる。永井は次のように言う。

> 生命主義隆盛の中で、人格主義批評が解釈の到達点として設定した「生命」を、他ジャンルでの「生命」概念から区別する特徴を挙げれば、それは「生命」を身体の介入を伴う精神の働きとして捉えている点にあるだろう。[40]

「心身一如の活動」としての「生命」、「人間存在全体の現れ」としての芸術作品のとらえ方を言う永井の指摘は、「人格」「生命」をめぐる論者たちの状況を的確にとらえている。ただし、「『生命』を身体の介入を伴う精神の働きとして捉え」る観点が、「人格主義批評」を「他ジャンルでの『生命』概念から区別する」特質かどうかは微妙なところである。身体活動と「生命」の活動との密着は、生命主義圏内の文章の中では、美術批評分野を超えてある程度広く見られる現象だからだ。

明治末以降に流行を見せた「生命主義」は、一般的に「人格主義」概念およびその旧概念としての「修養主義」概念とむすびついたものである。極言すれば「人格主義」と言い換えてよいほど、「生命主義」の「人格」との密着度は高い。「身体」の活動と人格・生命との密着はその文脈の中で以上に見てきたような論理的必然として発生するものである。

永井はまた、美術批評における「生命」概念と結びついた「人格主義」の流行を指摘しつつ、平行して他の分野にも同様の傾向が見られるとの指摘をしているが、これも単なる「平行」ではないだろう。それらすべての現象は連動しているのであり、美術、哲学、文学、教育等、複数の分野にまたがって発生している現象ではあっても、元来一つの潮流に属するものである。

これらを取り結ぶ鍵となる概念が「生命」である事実を考慮すれば、「生命」と結びついた美術批評については、特に「生命主義美術批評」と呼んだほうがその特質を明示できると思われる。以上の理由により、以下本稿では「生命主義美術批評」の呼称を用いる。

三　小林秀雄における心身の不可分

以上に確認してきた生命主義的な美術批評の流れの中に置いてみたとき、小林秀雄はどのように位置づけられるだろうか。初期小林秀雄に生命主義の影響を受けた痕跡が見られる事実を拙稿で指摘してきた。それは和辻哲郎『ニイチェ研究』[41]によって生命主義の立場からなされたニーチェ解釈・受容とも密接な対応関係を持っていた事実も確認してきた。

小林は「生命」「生命の理論」「芸術家の性格」「人格」等の語を、自身の批評理論の根本をなす語である「宿命」とほぼ同義の文脈で、互いに深く関連したものとして使用している。[42]小林の言う「宿命」は、和辻哲郎が紹介するところの「ニイチェ」思想に言う「権力意志」「根本の生命」「生活の力」と特に近しい意味働きをもっていた。これは人間自身には意識、制御できない不可視のものでありながらその人間を動かす、「根本の動機」であるような力の働きを指す。和辻哲郎のニーチェ論、片上伸の生命主義的評論および文芸教育論に共通して見られるのがこの意味での「生命」である。

前節までに見てきた生命主義美術批評における「生命」は、主体による意識・統御から逃れつつ主体を突き動かす原動力、といったニュアンスを明示的には欠いている。その点では、同じ「生命」の語を使いながらも、小林の言う「生命」とは若干、ニュアンスに懸隔がある。これは小林が、大きな流れとしての生命主義の思想潮流に属しながら（おそらく小林は白樺派美術批評を相当に読み込んでいる）、自らの批評思想の骨子となる部分では、特に和辻哲郎の生命主義的観点から書かれたニーチェ解釈書に負うところが大きかったという事情をあらわすものだろう。

小林は、人間の意識・観念・人為的尺度としての「理論」に批評の基準を置くことを否定する。それらを動かしているのは意識されない不可視の境域で根本動力となっている力の働きであり、意識・観念等はその働きの結果でしかないからだ。小林の言葉を追ってみる。

凡そあらゆる観念学は人間の意識にけつしてその基礎を置くものではない。マルクスが言つた様に、「意識とは意識された存在以外の何物でもあり得ない」のである。或る人の観念学は常にその人の全存在にかゝつてゐる。その人の宿命にかゝつてゐる。……観念学を支持するものは、常に理論ではなく人間の生活の意力である限り、それは一つの現実である。[43]

「或る人の観念学」とはその人のもつ思想体系全体であり、小林はそれが「常にその人の全存在に」依拠しているとする。「その人の全存在」は「その人の宿命」と言い換えられる。「宿命」は「生命」「人格」と近しい意味合いで使われていたのだから、するとここに言う「全存在」もまたそれらと同等の意味合いを持つことになる。さらに「理論」と対置される形で、「人間の生活の意力」が、それらと連動する表現として現れる。

ある人間の生命活動全般を支える、意識以前の働きとしての「全存在」、「生活」、「意力」はすべて、生命主義に属する文章、具体的には和辻『ニイチェ研究』、片上伸の評論文等に頻出するキーワードであった。[44] またこの「全存在」は美術批評に見られた「全人格」「全存在」とも近しいニュアンスをもっている。共通点は、「生命」を軸としてその人間（芸術家）の活動すべてをトータルにとらえようとする視点を表す点である。小林の文章に対応する和辻の文章には次のようにある。

> ニイチェのいふ本能は、感覚や恣意の内に動力とし評価者としてひそみ全然原子的に相互の連絡を欠いてゐる所の意識に対して、方向と活力とを与へるものである。権力意志である。神秘な直接な内的事実である。純粋なる心的活動はニイチェにあつては人間の全的活動に外ならぬ。[45]

ここでは人間の「感覚や恣意」の背後に意識されることなく存在してそれらを統御する「本能」つまり「権力意志」の十全にはたらく様を、「人間の全的活動」と呼んでいる。

同じく『ニイチェ研究』で和辻はまた次のように言う。


ニイチェに取つては、芸術は即ち生活である。然るにソクラテス以来、個別の原理の傑作たる理性が芸術を通じて語らうとしてゐる。かくの如きは芸術ではない。芸術は如何なる場合にもデオニソスの仮面、即ち統一の力たる権力意志の表現でなければならぬのである。[46]

「芸術は即ち生活である」という宣言は、美術批評に言う「芸術はすなわち人格である」と、ほぼ等しい意味を持つスローガンである。和辻の言う「生活」も美術批評に言う「人格」も、ともに「生命」の力・活動に接合していくべき意味志向をもっている。和辻は「理性」に依拠した芸術制作を排し、理性の対極に、「統一の力たる権力意志の表現」をおく。あらためて確認すれば、ここに言う「権力意志」は「生命」および小林の言う「宿命」と同義であり、人間の活動に有機的な統一を与える、見えない原動力を指す。

さらに和辻は「芸術創作」を「最も純粋な美的活動」であり「自己目的なる生命の高潮とその必然性の表現とである」としながら、「もしさうでないとすれば、それは真の芸術創作ではない」[47]としている。これは先に見た柳宗悦の文章中にある次のような主張と軌を一にしている。

自己の人生、生命を離れてそこには何等の真理もなく美もない。従つて美とは芸術の目標に非ずして、自己の表現こそは其目的である。美とは只其表現に伴ふ必然の開発に過ぎない。然も芸術が人生の厳粛なる全存在の表現たる限りそは常に真にして美である。[48]

先に見たように、柳の言う「自己」は「作為」をもって主張されるようなものではない。その人間の生命活動全体を含み込む「生命の統一的全存在」が連動してトータルな働きを実現したときに限り、おのずから現れる特質である。この「自己」は、生命主義美術批評の文脈で言う「人格」と、ほとんど同じ意味範囲となる。そうすると、同文脈で「人格」と近接した意味範囲を持つ「生命」とも、大きな重なり合いを見せることになる。

つまり柳の言う、「自己の人生、生命」と一体となって実現される「人生の厳粛なる全存在の表現」は、和辻の言う「統一の力たる権力意志の表現」「自己目的なる生命の高潮とその必然性の表現」とほぼ同義だとみなしてよいだろう。芸術が「生活」であるとは、芸術創作活動の基盤が「生命」の活動であり、充実した「生命」の活動は芸術家の「全存在」としての総体的な働きの中でこそ可能になるということを意味する。二者の主張と、芸術家の「人格」「生命」の働きを総体的にとらえようとする高村光太郎の主張との親近性も明らかである。

人格は権力意志である。征服と創造とに努むる権力意志である。[49]

右に和辻は「人格」と、「権力意志」すなわち「生命」とを明示的に等号で結んでいる。「征服と創造とに努むる」とは、人間の活動の全体に有機的な統一を与え、それによって創造力を与えることを比喩的に言うのである。和辻が「芸術」に言及し、しかもその際、「人格」「生命」といった、生命主義美術批評と共通するキーワードを用いた形跡がある事実は、彼が生命主義芸術教育論の圏内にいた事実を裏づけている。芸術教育論とのかかわりで「人格主義」は流行を得、人格主義とのかかわりで生命主義は流行を得たという経緯を、和辻もまた体現していることがわかる。和辻も高村と同様「生命の量」で芸術作品を測ろうとしている。

生命主義美術批評と小林秀雄、和辻哲郎『ニイチェ研究』とが、芸術家の「全存在」をとらえようとする点で、同じ軌道上にある事実を確認した。全存在をとらえるとは、芸術家の「生命」の活動を軸に、身体的活動を含めたその「人格」の活動全体を一体としてとらえることであった。本書第三章でも言及したように、小林は昭和二年発表の「芥川龍之介の美神と宿命」[50]で、芥川の「個性」は「人格」になりきれなかったとしている。これは芥川の生命活動の全体とその創作活動とがうまく連動・一体化せず齟齬のあった事情を指す。それに先んずる大正十五年に発表した「性格の奇蹟」では次のように言う。

真の芸術家にとつて、美とは彼の性格の発見といふ事である。[51]

右で小林は「性格」を「人格」とほぼ同義に用いている。「性格の発見」とは、「芸術家」の自己の「生命」が十全に活動し、その「人格」が理想的な形で作品に実現される様態を指す。これは、芸術家にとって自己の生命の表現でなければ「真の芸術創作ではない」とする和辻、および美とは「自己の表現」に「伴ふ必然の開発」だとする柳宗悦の表現とも響きあっている。

この「性格の奇蹟」で小林は「芸術家にとって、人間の性格とは、その行動であって断じて心理ではない」[52]とし、芸術創作における心身不可分の観点を示している。「性格」すなわち自己の「生命」は意識的に制御できるものではなく、芸術制作という「行動」とともにそれと密着して表れるものである。昭和二年の「『悪の華』一面」[53]に「魂は心臓の鼓動と同じ速力をもつて夢みる」と言うのも同じニュアンスである。「魂」は意図的・恣意的に統御できるものではなく、自己の魂に即した個性的な創造力は、常に意図を超えて発揮されると小林は言う。

昭和五年の「アシルと亀の子Ⅱ」において小林は、たとえば「芸術の為の芸術といふ思想」というものを歴史上に発見してもそれ自体に大きな意味はなく、「この思想がボオドレエルの生活理論に密着して多かれ少なかれ、意識的にせよ、無意識的にせよ存したといふ事情」が「生き生きとした複雑な事情」なのだと言う。この「生活理論」もまた「生命」とひとつづきの意味をもつ語である。生命と密着した活動の全体をとらえるには、芸術家の心理・観念を見ようとするのではなく、具体的な身体活動を含む創造活動の全体を見なければならない、と言うのである。

芸術活動は物質的技術を離れては成りたゝぬといふ宿命を持つてゐる。それは人の思惟活動が言葉といふ物質的技術を離れて成り立たないと一般である。作者の精神は常に彼の技術と不離である。人は思案するものが画家の頭であるか指先であるか知る由もない。[54]

絵筆を持ち絵の具を用いて描くという「物質的技術」すなわち具体的身体行動を通さねば画家としての表現はできない。同様に、「思惟」においては「言葉」を用いるという意味で「物質的技術」から離れられない。「作者の精神は常に彼の技術と不離」であり、「精神」それ自体が独立してあるのではない。表現のために「技術」を用いるという具体的身体的行為は、芸術家の「精神」の活動と別にあるのではなく、両者は一続きの一体化したものだと言う。だからたとえば、「思案する」のは必ずしも「頭」ではなく画家の「指先」かもしれない、ということになる。

小林はまた「何故人々がこの平凡な事実を忘れるかといふと、日常生活に於いても人人は精神の考へた処を言葉が表現するのだといふ迷妄を如何にしても忘れられないからである」と言う。「精神」は「言葉」から独立してあるのではなく、両者は密着した状態ではたらくのだという主張をそのように強調して言っている。

この表現は高村光太郎の「素描と色彩とは決して離れない。『画』くに従つて『描』かれる」という言葉を想起させる。高村の場合は対象を写実する「素描」とそれに「色彩」を与える行為との間の不離を言っているのだが、これまで見てきたように、「人格」「生命」と芸術表現の不可分の関係を言う趣旨は、生命主義美術批評と小林の文章とに共通している。

小林が同文章で「作者の技術論とは彼の認識論以外のものを指しはしない」と言い、「考へるといふ事と書くといふことは二つの事実を指してはゐないのである。言葉といふ技術を飛びこして何か考へる等とは狂気の沙汰である」といった言い方をするとき、精神の思惟活動と言葉を用いるという具体的・「物質的」なふるまいは別々にあるのではない、そしてとりわけ前者が後者に先んじてあるというのは「迷妄」であり、これらはすべてが密着した同時進行なのだと主張しているわけである。それはまた、芸術家の「人格」「生命」の活動と表現・創作活動の連動した密着の関係を言う生命主義美術批評と共通する文脈で言われているという事実に注意を要する。

四　生命主義と小林秀雄の「肉体」

さて、小林秀雄の「肉体」を重視する発言については、これまでにも問題にされてきた。[55] たとえば次のような箇所にそれが現れる。これは昭和五年、「画家」を例にしながら「社会学的」文芸批評に苦言を呈した部分である。

作家の制作理論には単なる学的思惟のみでは足りないであらう、そこにはあらゆる種類の熱情の参加が必要であらう。批評家が己れの鑑賞を点検する時だつて同じ事だ、この点検には彼の全肉体を要するではないか。……冷酷な自意識と正直な感動とを同時に所有する事が甘い事か、しょっぱい事か。[56]

右の「全肉体」は、芸術制作には「学的思惟」のみならず「あらゆる種類の熱情」が必要であること、つまり「冷酷な自意識と正直な感動とを同時に所有する事」のみを直接的には指している。しかし小林がその影響下にあったと思われる生命主義思潮圏内の文章、および小林の他の文章とも読み合わせて行けば、この「全肉体」は「全人格」を意味していると読みとれる。

同じ文章で小林はやはり、「作家」の「認識」と「技巧」との密着不離の関係を言う。ここでは「見る」と「書く」とは同時進行で連動する関係にある。

一体作家にとつて見るといふ事と、見た処を語るといふ事は不離である、如何に見る可きかといふ事と、如何に書く可きかといふ事は違つた事実を指さない、つまり作家にとつて、技巧論とは認識論以外のものを指さない……[57]

生命主義美術批評の文脈では、こうした論旨は精神（意識、理性）の非独立を意味していた。同じく昭和五年の「アシルと亀の子Ⅳ」で小林も次のように言う。

心理とは脳髄中にかくされた一風景ではない。また、次々に言葉に変形する太陽下にはさらされない一精神でもない。ある人の心理とは、その人の語る言葉そのものである。その人の語る言葉の無限の陰翳そのものである、と考へればその人の性格とは、その人の言葉を語る、一瞬も止まる事なく独特な行動をするその人の肉体全体を指す、といふ考へに導かれるだらう。[58]

「心理」は独立してどこか見えない場所に存在するわけではなく、それは「その人の語る言葉」と連動して働くものである。そのようにその人の活動全体を互いに一体として連動する働きと考えれば、「その人の性格」は「一瞬も止まる事なく独特な行動をするその人の肉体全体を指す」ことになる。これは高村光太郎が、具体的な作品と芸術家の「生命」を密着した一体のものとしてとらえようとして言う「肉体」と、ほぼ重なり合うニュアンスのものだとわかる。初期小林の文章で「性格」は「人格」「生命」「宿命」と重なるところの大きい用語であった点も考え合わせれば、ここで言う「肉体」とは、生命主義的な意味での、その人の「生命」の活動全体を指す語であると結論される。

いま少し事例を検討する。小林の批評思想形成過程に最も直接的な影響与えたと思われる和辻『ニイチェ研究』には次のようにある。

ニイチェは心身を権力意志に於て渾融した。意識としての心と生理学的人間としての体とは、論理の仮構した区別に過ぎない。[59]

和辻は「肉体」ではなく「身体」（または「体」）という語を使っているが、意味は同じである。「権力意志」すなわち「生命」の働きを軸に「心」と身体を「渾融」した一体のものとしてとらえる観点をニーチェ思想に見ている点からそれがわかる。小林は「性格の奇蹟」で次のように言っていた。

人間の性格が行動であつて心理ではないと観ずる事は、いはゆる概念が飛散した最後に残る芸術家の純精なイリュージョンに他ならぬ。このイリュージョンを摑んだ時、彼は芸術家の性格といふものを発見するのだ。[60]

芸術家の身体活動から切り離された「心理」や「概念」を介して作品や作品制作を見ることをやめたあとに獲得されるのが「芸術家の純精なイリュージョン」あるいは「芸術家（自分自身）の性格」だということになる。生命主義の文脈において見れば、この「性格」は「人格」と同義であり、「彼」（芸術家）の「生命」の活動の全体を指す。同じように和辻も、生命と身体活動の一体化された連続性を言う。

純粋なる心的活動はニイチェにあつては人間の全的活動に外ならぬ。独立した身体もなければ独立した精神もない。たゞ人間がある。権力意志としての人間がある。[61]

このように和辻『ニイチェ研究』は、芸術家の「精神」は孤立的に存在するのではなく、「権力意志」つまり生命の働きの中に組み込まれた一部分としてある、としている。次の箇所は、ちょうど右の「身体」に関する記述に対する補足説明となっている。

『我』の信仰を身体より導き出すに就ては、ニイチェは『力の中心』と身体とを合一して考へてゐる。こゝに云ふ身体は吾人の知力によつて解釈した生理学的のものではなく、主客未分の境に於ける直接な生命としての身体である。……個体として身体は時間空間に制限せられたる意味の個体ではなく、宇宙の本質と同一でありながらまた一つの特質の開展である所のものである。[62]

和辻はニーチェが、独立した「我」の存在を否定する根拠を「力の中心」である生命の活動と身体の活動を一体化させてとらえるところに求めていると言う。そしてその際に言う「身体」は目に見える生理学的肉体そのものを指すのではなく、「主客未分の境に於ける直接な生命としての身体」を指すのであり、それは「宇宙の本質と同一」であるものだと言う。まさにこれは「生命主義」における「身体」の解釈そのものである。和辻のこうした生命主義的身体観を、小林も受け継いでいるものと考えられる。

右引用に続けて和辻は言う。

吾人が論理的解釈と離れて純粋に生きる時、内より活らく真実の力として感ずるものは即ち上に云つた意味の『身体』の感じなのである。

この表現と比較すれば、小林の言う「いはゆる概念が飛散した最後に残る芸術家の純精なイリュージョン」がどのようなニュアンスのもとに発想されているのかも明らかになってくるだろう。右に言う「『身体』の感じ」は、生命主義の文脈の中で意味をもつところの、「宇宙の本質と同一」であるような「主客未分の境に於ける」芸術家の生きた活動の、分離不能に連なった全体を指すということになろう。

小林は昭和十五年に発表した「オリムピア」においても同様の認識を見せている。「砲丸投げの選手」は自分の筋肉のすべてがどのように「協力してゐる」かには無意識だとしつつ言う。

普段は彼の頭の中にあつたと覚しい彼の精神は、鉄の丸から吸ひとられて、彼の全肉体を、血液の様に流れ始めてゐる。彼はたゞ待つてゐる、心が本当に虚しくなる瞬間を、精神が全く肉体と化する瞬間を。[63]

「心が本当に虚《むな》しくなる瞬間」すなわち「精神が全く肉体と化する瞬間」とは、「いはゆる概念が飛散した最後に残る芸術家の純精なイリュージョン」が「摑」まれる瞬間と同義と見てよい。人間の活動の全体から切り離され孤立して存する「概念」や「精神」というものを、小林は信じないのである。「肉体」とは、そうした「迷妄」から脱するための補助線だと言ってよいだろう。小林が「芸術は自然を模倣する、いや肉体を模倣すると言つた方が、遥かに正しい[64]」というのはそのような文脈の中においてである。

そしてここでも小林の視線は「芸術」に戻ってくる。芸術とりわけ絵画を話題にしつつ「肉体」を語り、その視点を転用して文学とりわけ小説を語る小林の話しぶりに、芸術教育論から生命主義美術批評へと派生していった思想潮流がその背後にある事実を垣間見ることができる。

同じ「オリムピア」には「詩人にとつては、たつた一つの言葉さへ、投げねばならぬ鉄の丸であらう。……マラルメは、詩は観念で書くのではない、言葉で書くのだ、と答へたと言ふ」[65]とあり、昭和五年の時点から小林の姿勢に変化のないことが分かる。「言葉」を「物質的技術」として扱おうとする小林にとって、それは「鉄の丸」と同様、観念では統御しがたい不自由な重さをもったものに違いない。「観念」と「言葉」のどちらかがお互いに先んじるのではなく、それらが同時に連動してはたらくのであり、書く具体的な行為の中で書かれるものが同時進行的に生まれてくる、というイメージでマラルメの発言がとらえられている。

「オリムピア」から二年後に書かれた「當麻」には次のような一節があった。

美しい「花」がある、「花」の美しさといふ様なものはない。彼〔世阿彌〕の「花」の観念の曖昧さに就いて頭を悩ます現代の美学者の方が、化かされてゐるに過ぎない。肉体の動きに則つて観念の動きを修正するがいゝ、前者の動きは後者の動きより遥かに微妙で深淵だから、彼はさう言つてゐるのだ。[66]

謎のような言い回しだが、以上の文脈の中に置いてみれば、この「肉体」が、「観念」も「肉体」

も不可分に一体化した演技者の創造活動の全体を指しているとわかる。その全体（美しい「花」）から切り離され孤立して存する「観念」（「花」の美しさ）などないという立場に、小林は立っている。小林秀雄の背後にはこうした、その文言を支える確たる思想潮流が存在すると考えてよいだろう。

和辻『ニイチェ研究』の影響を指摘してきたが、ニーチェ自身の文章についてはどうか。小林がニーチェを直接読んだとすれば、大正十三〜十四年刊の生田長江訳『ニイチェ全集』であろう。その該当箇所の一部を参照してみる。

肉体の現象はより豊富な、より明瞭な、より補足しやすい現象である。それは整然と秩序正しく前方へ引き出されねばならぬ。そして其最終の意義について何等の説示もなされてはならぬ。[67]

大切なのは、身体からから出発し、それを手引として用ふることである。それはずつとより豊富な現象であり、またより明白なる観察を容《ゆる》すのである。身体に関する信仰は、精神に対する信仰よりもより善く確立されている。[68]

右二者のうち前者の訳文はやや難解である。大意は、理知によってはその究極の意義を解きがたい豊富さをもつ身体現象を認識の第一の基準とせよ、といったところだろう。原文がアレゴリー風の難解な表現である上に、長江訳は和辻による意訳・解説のようなこなれた文章ではない。たとえばこの訳文から直接、小林が影響を受けたとは考えにくい。訳者生田長江に生命主義的傾向が認められない点も、小林がダイレクトに長江訳から影響を受けた可能性を低くする。しかし小林と同じく「肉体」という訳語を用いており、また「宿命」という語も長江訳『ニイチェ全集』にあり、長江訳を参照した可能性自体を否定するものではない。

小林が『ニイチェ全集』のこの箇所から影響をうけたことはほぼ間違いない。和辻経由ではじめてそれが可能になったと考えれば、「小林秀雄」形成の筋道が見えてくるだろう。

結

芸術家の「人格」を作品評価の起点とする美術批評が生命主義と結合し、白樺派周辺の論者に典型的に見られるような、生命主義的な美術批評の流れが形成された。この流れは明治初期から続く芸術教育論思潮が、その前提となる土壌を用意したものであった。この流れにかかわる論者が一致して芸術論とりわけ美術論とのかかわりの中でその立脚点を形成しているところからもそれが裏づけられる。

この場合の「人格」とは、独立した精神としての芸術家の心理・観念のようなものを指すのではなく、むしろそれらを身体活動を含む生命活動全体の一部分とする観点である。生命活動、創作活動のすべてが密着した一体のはたらきを、総体としてとらえられるために補助線として設定されたのが、生命主義美術批評における「人格」だった。

和辻哲郎の生命主義的なニーチェ解釈と受容、および小林秀雄の批評思想形成は、この流れを受け継ぎつつ可能になったと考えられる。両者の言う「肉体」（身体）は、「生命」の活動の全体を総体的にとらえるための観点であり、芸術作品および芸術家の創作活動を生命主義的な観点から「全的」にとらえるための方法であった。それは美術批評における、芸術家の人格を全的に把握する視線を受容していればこそ、そこから必然的に引き出される観点だった。

また「人格」主義と密な関係にある日本的な生命主義思潮の中にあったからこそ、「性格」「人格」を「全的」にとらえよ、という視点が生ずる。そうした痕跡が、和辻『ニイチェ研究』および初期から戦前にかけての小林秀雄の文章中に観測された。小林秀雄の立脚点がすぐれて生命主義的なものであったという事実もまた、それによって裏づけられるだろう。

阿部次郎、西田幾多郎らをはじめとする、いわゆる大正期教養派周辺の思想家と、生命主義および小林秀雄との関係についてはここでは論じ切れなかった。続稿に期したい。

注

引用文において旧字は新字に改めた。引用文中の〔　〕内は論者による補足である。引用文中の中略・省略は「……」で示した。

1　永井隆則「日本におけるセザンヌ受容史の一断面――一九二〇年代の人格主義的セザンヌ解釈の形成と行方」（『ユリイカ〈総頁特集　還ってきたセザンヌ〉』第二八巻第十一号、一九九六〈平成八〉

年九月、一八九頁）

2　同、一九一頁

3　佐古純一郎『近代日本思想史における人格観念の成立』朝文社、一九九五（平成七）年十月

右で、「人格」の初出は国家主義的教育学者である谷本富《とめり》の『哲学会雑誌』掲載論文（一八八九〈明治二十二〉年五月）とされている。

4　以下の拙稿で述べた。

「花圃『露のよすが』と明治美術教育――殖産興業政策から陶冶主義へ――」（『明治期雑誌メディアにみる〈文学〉』筑波大学近代文学研究会、二〇〇〇〈平成十二〉年六月三十日）

「〈眼の陶治〉と帝国主義（一）――大正期文芸教育運動の〝芸術愛好《ディレッタンティズム》〟」（『京都語文　第六号』、平成十二年十月七日）

「『キング』における「人格」のベクトル――大正期芸術教育論、大正教養主義との相互交渉をめぐって――」（『大衆文学の領域』大衆文学研究会、二〇〇五〈平成十七〉年六月）

5　大井憲太郎は「芸術百工盛ニ御開ニ相成度事」と題して次のように言う。

抑芸術ハ従来一小枝トシテ措テ問ハス　之レ古今ノ弊習ナリ　又可不嘆哉　外国ニ於テ英仏魯等ノ諸国富国強兵ヲ致スハ皆此ニアリ……各国ノ開化スルヤ文武百工兼行ヘハナリ（「一八七〇〈明治三〉年十一月書簡」（『明治文學全集12』筑摩書房、一九七三〈昭和四十八〉年三月二十七日、一〇二頁）

6　中村正直は二回の演説でそれぞれ次のように述べている。

人民ノ性質ヲ改造スルハ如何トイフニソノ大分二アルノミ、芸術ナリ教法ナリ、コノ二者車ノ両輪鳥ノ両翼ノ如シ、互ニ相資助シテ民生ヲ福祉ニ導ビクナリ（中村正直「人民ノ性質ヲ改造スル説　一八七五〈明治八〉年二月十六日演説」、『明治文學全集3』筑摩書房、一九六七〈昭和四十二〉年一月十日、三〇〇頁）

モーラルレリヂヲスヱヂュケーション（修身及ビ敬神ノ教育）アートサイヱンス（技芸及ビ学術ノ教育）コノ二大分ノ教育ニ由ラザレバ人民ノ心ヲ一新シ高等ノ度ニ進マシムル能ハザルヿ……（中村正直「善良ナル母ヲ造ル説　明治八年三月十六日演説」、『明治文學全集3』三〇〇頁）

7　「美術」という語自体の初出は、一八七三（明治六）年ウィーン開催の万国博覧会への出品を呼びかけた太政官布告（一八七二〈明治五〉年一月）とされている。文明開化のなかで人為的に設定された語。当初の「美術」は音楽、文学をも含む、現在の「芸術」あるいは「文芸」に近い語義範囲を持っていた。「芸術」の語義範囲が「文武百工」から現在の「芸術」あるいは「文芸」、さらに狭く「美術」に絞り込まれるにしたがって、「美術」もまた同範囲の語義に絞られていく。明治三十八年の辞典『普通術語語彙』「芸術」の項にはすでに「普通謂ふ所の美術（fine art）と同意義」とあり、「更に意義を狭限するものは、彫刻と絵画のみを以て芸術と名付く」（『明治のことば辞典』による）とある。

また「明治初期から十年代にかけて、官による美術奨励の動機は経済的次元にかかわるものであった」が、明治十五年の内国絵画共進会の「展覧会において、『絵画』を頂点とする現在の美術の体制が準備され、また、美術奨励の動機が経済から政治、あるいは精神へと転換されはじめ」た。つまり「国民経済にかかわる事柄から、国民文化に関する事柄へと、美術の社会的機能が転換されて」いった（北澤憲昭『境界の美術史──「美術」形成史ノート』ブリュッケ、平成十二年六月三十日、一〇一〜一〇二頁）わけで、「美術」は国民の精神を陶冶するための方途と目されるようになった。

8 フェノロサ「東京美術学校 22講義（二）普通科 明治二十二年」（村形明子編訳『ハーヴァード大学ホートン・ライブラリー蔵 アーネスト・F・フェノロサ資料 第一巻』ミュージアム出版、一九八二（昭和五十七）年、一六五頁）

フェノロサは「宗教的道徳的教訓」と芸術の本質とを区別するべきだとしながらも、芸術家の創造した「新しい美」は「物質や自然より一段と高い一種の真理なので、それは精神に所属し、人間を気高くする強烈な宗教的価値をもっています」（一六七頁）としている。

9 フェノロサ述・大森惟中筆記『美術眞説』一八八二（明治十五）年十月（『日本近代思想大系17 美術』岩波書店、一九八九〈平成元〉年六月、三七頁）

10 鄭炳浩は、『女学雑誌』に拠る巖本善治がこのフェノロサの主張を理論的根拠として「『実学尊重』／『文学無用』の主張」に「拮抗しようとし」たと指摘している（鄭炳浩「〈美術〉における『高尚性』という領分」──『女学雑誌』の『文学・美術論』と『文明開化』への凝視」（『明治期雑誌メディアにみる〈文学〉』）。

11 日比嘉高「〈自画像の時代〉への行程──東京美術学校『校友会月報』と卒業制作制度から」（『明治期雑誌メディアにみる〈文学〉』、二一二頁）

12 浮田和民「帝国主義の教育」（『帝国主義と教育』民友社、一九〇一〈明治三十四〉年八月、『明

治文學全集88』筑摩書房、一九七五〈昭和五十〉年七月三十日、三五九頁）

13 篠原助市『独逸教育思想史　下巻』創元社、一九四七（昭和二十二）年十一月二十日、三二八頁右で、リンデの学説について次のような紹介がある。

彼〔リンデ〕は当時の方法主義に真向ふから反対する。そして「方法は人々が夫れによつて期待するものを成し遂げない。如何なる教材も何等かの規範に従つて処理しただけで教育力を有するのではなく、寧ろ教育者の精神によつて生かさるゝことによつてのみ教育力を発揮し得る。……彼は方法に対する信仰と記憶の偏重を従来の教育の二大欠陥とし、知識の分量よりも真、善、美等に対する暖い感情を起さしむること、一般に心情の陶冶を教育最高の任務に掲げた。

（三二九頁）

14 同、三二八頁

15 中島半次郎『人格的教育学の思潮』同文館、一九一四（大正三）年二月

中島は一章を割いてリンデを紹介し、彼の『人格的教育学』は「此種の教育学上の著述として最も早いものである」（一二五頁）としている。

16 拙稿「〈眼の陶冶〉と帝国主義(二)――大正期文芸教育論の源流」(『京都語文　第九号』二〇〇二〈平成十四〉年十月五日）で例示した。

17 筒井清忠「日本型『教養』の運命」岩波書店、一九九五（平成七）年五月三十日、一八頁

18 惣郷正明・飛田良文『明治のことば辞典』（東京堂出版、一九八六〈昭和六十一〉年十二月）による

19　永井隆則「日本のセザニズム——一九二〇年代日本の人格主義セザンヌ像の美的根拠とその形成に関する思想及び美術制作の文脈について」(『美術研究』第三七五号、東京文化財研究所美術部、平成十四年三月)

20　拙稿「眼の陶冶と帝国主義(四)——大正期文芸教育論と生命主義芸術教育論」(『京都語文』第十号、二〇〇三〈平成十五〉年十一月)にて検証した。

21　鈴木貞美『「生命」で読む日本近代　大正生命主義の誕生と展開』日本放送出版協会、一九九六(平成八)年二月、一三二頁

22　高村光太郎「緑色の太陽」(『スバル』第四号、一九一〇〈明治四十三〉年四月一日、三五頁)〔　〕内の訳語は論者による。ただし高村光太郎自身による他の箇所での言い換えによった。以下、同。

23　同、三五～三六頁

24　同、三七～三八頁

25　高村光太郎『印象主義の思想と藝術』天弦堂書房、一九一五(大正四)年七月二十六日

26　同、二八頁

27　同、二八～二九頁

28　同、二八頁

29　同、二一八～二一九頁

30　同、二四三頁

31　同

32 同、二四一頁
33 同
34 山脇信徳「断片」（『白樺』第二巻第九号、一九一一〈明治四十四〉年九月一日、一一〇頁）
35 同、一一一頁
36 山脇信徳「木下杢太郎君に」（『白樺』第二巻第十二号、一九四一〈明治四十四〉年十二月一日、九八頁）
37 以下二編を参照されたい。今村忠純「メーテルリンクの季節　直哉、実篤、透谷、虚子、鴎外」（鈴木貞美編『大正生命主義と現代』河出書房新社、一九九五〈平成七〉年三月三十日、一七四頁）、拙稿「生命主義芸術論教育論の勢力圏――武者小路実篤、片上伸、小林秀雄の〝自己表白〟」（『文学部論集』第八八号、佛教大学文学部、二〇〇四〈平成十六〉年三月）、本書第二章
38 柳宗悦「革命の画家」（『白樺』第三巻第一号　一九一二〈明治四十五〉年一月一日、四頁）
39 同
40 永井隆則「日本のセザニズム」四五頁
41 和辻哲郎『ニイチェ研究』東京内田老鶴圃、一九一三（大正二）年
42 拙稿「初期小林秀雄と生命主義――『生の哲学』と人格主義との接点」（『文学部論集』第九一号、佛教大学、二〇〇七〈平成十九〉年三月、本書第三章）で言及した。
43 小林秀雄「様々なる意匠」（『改造』一九二九〈昭和四〉年九月、『小林秀雄全集』第一巻、新潮社、二〇〇二〈平成十四〉年四月、一三九頁）
44 拙稿「教育論の中の大正生命主義――小林秀雄と芸術教育論」（『文学部論集』第八五号、佛教大

学文学部、二〇〇一〈平成十三〉年三月、本書第一章）で述べた。
また、小泉鐵《まがね》「意力の動く処」（『白樺』第四巻第八号　大正二年八月一日）は、「生命」と「生活」と「意力」との関係を次のように述べている。

唯意力の動く処にのみ自分の生命があり、生活が形作られ、芸術が生れるのだ。生命も生活も芸術も唯意力の表現であり、象徴にすぎないのだ。生命はその体現であり、生活はその発展であり、芸術はその所産である。自分は唯この意力に生きてるのだ。この不断に動き、飽くことを知らない意力は自分の全体をつゝんで居る。意力の前には唯所産と建設あるのみである。

（五四頁）

45　『ニイチェ研究』六六～六七頁
46　同、三一七頁
47　同、三二九頁
48　柳宗悦「革命の画家」四頁
49　『ニイチェ研究』二三二頁
50　小林秀雄「芥川龍之介の美神と宿命」（『大調和』一九二七〈昭和二〉年九月、『小林秀雄全集』第一巻、二一六頁）
51　小林秀雄「性格の奇蹟」（『文藝春秋』一九二六〈大正十五〉年三月号、『小林秀雄全集』第一巻、八二頁）
52　同、八一頁

53 小林秀雄「『悪の華』一面」（『仏蘭西文学研究』昭和二年十一月、『小林秀雄全集』第一巻、一二六頁）
54 小林秀雄「アシルと亀の子Ⅱ」（『文藝春秋』一九三〇〈昭和五〉年五月、『小林秀雄全集』第一巻、二〇九頁）
55 吉田煕生「小林秀雄における〈肉体〉（一）・（二）」（『東京女子大学附属比較文化研究所紀要』一九七九〈昭和五十四〉年一月・一九八五〈昭和六十〉年一月）がある。
56 小林秀雄「新興芸術派運動」（『時事新報』昭和五年四月、『小林秀雄全集』第一巻、二〇二頁）
57 同、一九七頁
58 小林秀雄「アシルと亀の子Ⅳ〈一つの根本的な問題について〉」（『文藝春秋』昭和五年七月、『小林秀雄全集』第一巻、二二八頁）
59 和辻『ニイチェ研究』七一頁
60 「性格の奇蹟」八二頁
61 和辻『ニイチェ研究』六七頁
62 和辻『ニイチェ研究』九一～九二頁
63 小林秀雄「オリムピア」（『文藝春秋』一九四〇〈昭和十五〉年八月、『小林秀雄全集』第七巻、平成十三年十月、九一～九二頁）
64 同、九五頁
65 同、九三頁
66 「當麻」（『文學界』一九四二〈昭和十七〉年四月、『小林秀雄全集　第七巻』、三五三頁）

67　生田長江訳『ニイチェ全集　第七編〈権力への意志　上〉』新潮社、一九二四（大正十三）年十二月、第四八九節

68　『ニイチェ全集　第八編〈権力への意志　下〉』、一九二五（大正十四）年三月、第五三二節

第五章　生命主義認識論者としての西田幾多郎

【抄録】

西田幾多郎の思想が生命主義の観点から読み解き得ることを確認し、あわせて高村光太郎「緑色の太陽」、和辻哲郎『ニイチェ研究』が西田の思想と高い共通性を示している事実、およびこれらが西田『善の研究』とともに大正生命主義成立過程探索の重要な鍵となる事実を指摘した。さらにそれらが小林秀雄の生命主義的な文芸論の源流となっている事実を例証した。

序

本章では、西田幾多郎の思想を生命主義に位置づける観点が現れてきた経緯を概観し、実際にそれが生命主義の観点から読み解き得る事実の例証を試みる。また西田の周辺にあって相互に密接な関係をもっていた、高村光太郎「緑色の太陽」、和辻哲郎『ニイチェ研究』、および阿部次郎の著作等に共通して見られる特質が、「生の哲学」や生命主義の萌芽期にあたる思潮とは区別される「大正生命主義」に属するものである事実を例示し、とりわけ『善の研究』とあわせて「緑色の太陽」、『ニイチェ研究』が、その成立過程の探索に重要な鍵となる事実を指摘した。人格主義と生命思想の融合という特質をもった大正生命主義の主要な起源のひとつとして、おそらく明治初期より存続する芸術教育論思潮があり、登張竹風の著作等がその痕跡を示している。西田幾多郎による明治期末に刊行された『善の研究』、および大正期に発表された著作群もまたその中に位置づけられるものであり、さらにそれらが小林秀雄の生命主義的な文芸論の一源流となっている事実を検証していく。

一　生命主義認識論者としての西田幾多郎という観点

その独自性と難解さで知られる西田幾多郎の思想に大正生命主義思想との接点を見出したのは、管見では美術史分野における永井隆則（一九九六年発表論文）が最初である。永井は「日本におけるセザンヌ受容史の一断面」において、「芸術を人格の反映とし、芸術作品において現れる人格を感覚や技巧より高次の価値領域として想定」する「人格主義美術批評」（永井による用語）が「一九一〇年から一九二〇年代にかけて」日本の美術批評界に登場し、「圧倒的主流となっていく」様を指摘する。さらにそうした動きと並行して「西田幾多郎、中井宗太郎、阿部次郎らによって〝人格〟概念は美術を記述する基本概念として、ヨーロッパの美学を包摂する高次の思想として展開されていった」とする。美術史家の中井宗太郎はさておき、西田や阿部らの、従来美術論を少なくとも専門とはしない位置づけで考えられてきた文人たちに、美術批評の新傾向と連動する動きの見られた点が注目に値する。永井は西田の「芸術的作品は我々の内面的生命の発露である、我々の人格の創造である。」(「感情の内容と意志の内容」一九二一年)といった発言の例を挙げ、「西田にとって芸術において問題となる〝人格〟とは、視覚や触覚といった感覚的世界を動かしている生命(意識や主体と言い換えることもできる)の動きであり、色や形、構図といった目に見える世界の背後に控えていて、目に見える世界を目に見えるものとして出現させる目に見えない世界であった」と結論づける。こうした、理性によって統御される認識活動の背後にあり、しかもそれらの活動の基底となるような原動力として「生命」の活動を配置する構図に、主に大正期の日本に流行した生命主義思想の典型的な特徴を看取することができる。

永井にはその後にも、「人格」を軸とする美術批評、すなわち「生命」を「心身一如の活動とみなし、人間存在全体の現れとして、作品を総合的に把握しようとする」鑑賞法の延長上に西田幾多郎の芸術論をとらえた論考(二〇〇二年)[2]があり、一連の「人格主義美術批評」を主題とする論考群をまとめた著書『セザンヌ受容の研究』(二〇〇七年)[3]においても、四頁にわたる「西田幾多郎」の項を設けている。たしかに永井が指摘する通り、「人間存在全体」を包括的にとらえるためのキーワードとして「生命」「肉体(身体)」「人格」等が布置されるのが、広義の生命主義すなわち西欧的な「生の哲学」とは区別される、大正生命主義に特徴的な現象であり(加えて言えば、「生命」がそれに連なり同調するところの「宇宙」が、合わせて重要なキーワードとなる)、しかもこの現象は明治初年代に始まる芸術教育論の発展形として明治四十年前後に成立した「生命主義芸術教育論」（有田による用語）に明瞭に見られるものでもあった。[4] したがって、永井はあくまで「美術を記述する基本概念」としての「人格」概念の広がりを言ったわけだが、実際にはむしろこうした現象は、その範疇を越えたより大きな思想潮流の一部であったと考えられるのであり、論者は別稿[5]でその一端の例証を試みた。生命主義芸術教育論思潮は、その成立期と同じく明治四十年前後より展開され始めた片上伸、西宮藤朝らによる生命主義的な文芸批評および文芸教育論、およびニーチェ思想を生命主義的な観点からとらえたものと考えられる和辻哲郎『ニイチェ研究』[6]、さらにそれらの影響下にあると見られる小林秀雄の文芸批評[7]にまでも波及している。

つまり西田幾多郎に関わる永井の指摘は、美術批評や美学論の範疇にとどまらず、より広く大きな思潮に関係する広がりを持っているものである。永井は高村光太郎の美術批評をはじめ、柳宗悦ほか白樺派の美術批評にも「人格主義美術批評」の特徴を見出しており、するとそれはまた、白樺派を含みながらさらにそれを超えた生命主義的なスタンスを持つ言論すべてを包括する、より大きな思想潮流の中に西田幾多郎も位置づけられるという事実をも示唆していることになる。その意味でこれは、明治期から大正期にかけての哲学、文芸分野にまたがる重層的動向をとらえるための視角として、大きな可能性を開くものであり、本稿での論者の視点も永井論の延長上にある。以下、本稿で断りなく「生命主義」という場合は、日本的な生命主義すなわち大正生命主義を意味している。

西田と生命主義の関係についての言及自体は、早くは鈴木貞美編『大正生命主義と現代』（河出書房新社、一九九五年三月）所収の、中村雄二郎「哲学における生命主義」に見られる。しかしこの論題を与えられた中村は西田の思想に生命主義傾向を特段に認めていないので、それを〝発見〟した功績は永井にあるだろう。ただ、編者であった鈴木貞美は一九九八年になって「西田幾多郎『善の研究』を読む――生命主義哲学の形成」[8]において、西田の『善の研究』(一九一一年)が「主客未分、主客合一の『純粋経験』」に軸を置いており、「生命」の語は「目立つほど用いられていないが、その体系の中心を貫く概念である」とし、大正生命主義の潮流に位置づけられる思想家として西田をとらえている。その後も二〇一〇年十一月、ワルシャワで開催された「日本文化――その価値観の多様性　西田幾多郎生誕一四〇周年記念シンポジウム」基調報告で「西田幾多郎と生命主義」[9]と題した発表を行うなど、継続的な探求が見られる。

以上のような動向を反映して、生命主義の観点を軸とした西田論が二〇〇〇年頃から散見されるようになった。と言っても、多くは西欧的な広義の「生命主義」(生の哲学)との関連を論じたもので(科学や宗教の観点からの「生命」との関係を論じたものもある)、「人格主義」との融合のうちに生まれた日本独特の「大正生命主義」の特質をとらえ得てはいない。その中にあって明確に大正生命主義の観点を表明したものに、檜垣立哉「西田幾多郎と大正生命主義」[10](『西田幾多郎の生命哲学』講談社学術文庫、二〇一一年一月所収)がある。

檜垣はこの論考で西田の『善の研究』に示された「生命論的な論述の核心」を、「明治期に輸入」された「近代的自己意識」の「解体」、およびそこからの「自然に向けた脱出」すなわち「脱我的な自然への解放」に、見出している。一方、そうした自然との一体化による自我の乗り超えという発想が、個や主体の存在意義を看過し過ぎていることから、「統合失調的な流れに至る」可能性を指摘する。その結果、「中心なきアナーキー性にいき着くか、あるいはその補完物でしかない全体主義的な保守主義に折り重なるか」しかなくなると言うのだが、前者の例として檜垣が挙げるのは、平塚らいてうの心中未遂事件（煤煙事件または塩原事件）や、三角関係の上刺された大杉栄の日陰茶屋事件である。これらが「自己脱出を逆手にとった道徳的な逸脱」ではないかとしつつ、それは「大正生命主義的な自然主義が、反面にそなえているロマン主義的な人格主義的色彩を払拭しうるのか」という問題、つまり自然への自己同一化による「自己解放」の道がもつ本質的な曖昧さと関わってくると言う。そうした点に、大正生命主義の負の側面があると指摘しているわけである。

檜垣は大正生命主義を、主に〝本能満足主義〟に代表されるような自然主義的風潮と重なるものと理解している。しかし、そこには明治末の歪曲された形でのニーチェ主義はかかわってくるかもしれないが、生命主義自体の関与は薄いと考えられる（和辻哲郎『ニイチェ研究』を介して、大正期のニーチェ理解と生命主義とは密接な関係をもつのではあるが）。右に述べてきたように、生命主義は一部の自然主義陣営と目される作家・評論家（片上伸のような）のみならず、白樺派をはじめ、和辻哲郎のような哲学畑の思想家、および一群の生命主義教育論者たちにも広がりを見せる思潮であり、実際はそこに「道徳的な逸脱」はほぼ見られない。それどころか、大正生命主義はその直系の源流に、宗教教育色・道徳教育色を濃厚にもつ芸術教育論思潮をもっており、檜垣が言うような「不道徳なことをおこなうこと、その政治的なインパクト」を標榜する方向とは正反対と言ってよい方向性を、歴史的には中核にもってきた。その方向性を端的に言い表した語が「人格主義」であり、その意味で「人格主義」は檜垣が言うような単なるロマン主義的、気分的なものではなく、大正生命主義を支える屋台骨でもあった。

日本的な生命主義は明治末から大正期末にかけて、むしろ「人格主義教育」に盛んに援用されてきた経緯があり、そうした教育論で繰り返し論じられた「宇宙生命」との合一、という主題は、国家主義と背中合わせの方向性を与えられていた。つまり、宇宙的なものとの合一により個人の「根本生命」の力（意力）を増大することによって、その個人のプラス面での可能性が無限に解放される、という一見自由主義的な生命主義のスローガンの裏には、それによって主体的・積極的に国家に寄与する力を付与される、という暗然たる目的意識があった。[11] そうした一面について言えば、檜垣が言うとおり、それは「全体主義的な保守主義に折り重なる」のかもしれない。

ただし、たとえば片上伸に代表される大正期文芸教育運動は、「生命主義教育論」と言ってよい明瞭な特徴をそなえつつも、あくまで個人の自由な生命力拡大（自我解放、あるいは自己拡大と言い換えてもよい）をめざしたものであり、国家主義を暗に内包する生命主義芸術教育論とは似てもって、志向性を異にするものだった。このように、生命主義思潮が全体としては共通する主題、論法、用語、語法等をもちながらも、流行時期やそれが流行した分野によって、大きく異なるベクトルを内包している事実には注意を要する。大正生命主義を論ずる際に、視野に入れておくべき問題であろう。

ここで生命主義形成の流れをあらためて概観しておけば、まず大正生命主義が成立するにあたってその源流に、明治初期に始まる、「道徳」・「宗教」教育と一体化した形での芸術教育によって国民の国家への貢献力向上、言い換えれば「気格の高尚化」をはかろうとする動きがあった。その動きが明治三十年頃を境に、人間陶冶を標榜する「人格主義教育」の体裁をとるに至り、さらに明治四十年前後から生命主義的な論法・語法を吸収することによって、人格主義と生命主義とが一体化した、日本的な「大正生命主義」が形成されるに至った。

するとこの思潮はまず、芸術教育、または芸術論をその発想の核にもっているものだということが言える。次に言えるのは、啓蒙的、道徳的色彩を濃厚にもつ思潮であるはずだということであり、事実、この思潮に属する言論は基本的に「芸術」および「倫理道徳」(そしてしばしば「宗教」)への言及を伴っている。阿部次郎など、大正教養派に分類される人々はかなりの度合いでこの特質をそなえている。西田も例外ではない。そしてこの思潮はその成立経緯からわかるように、国民教化のための有力なツールという性格を帯びているもので、国家貢献への傾斜を全体としては孕んでいたのだが、たとえば生命主義の一翼である文芸教育論がむしろそれに対する反動と言えるような方向性をもっていたように、一概にひとくくりにはできない面がある、ということである。檜垣が言うような「全体主義的な保守主義に折り重なる」スタンスを内包しているかどうかは、個々に検討が必要になる。

二　『ニイチェ研究』、「緑色の太陽」、およびその周辺

大正生命主義の成立要因については、論者がこれまで言及してきたように、和辻哲郎『ニイチェ

研究』（東京内田老鶴圃、一九一三年）が重要な鍵を握っている。『ニイチェ研究』には、相当の広がりを見せる生命主義的な芸術論、教育論等にかかわる言論群全般に共通する、生命主義的な用語・語法がきわめて典型的に確認できるからだ。『ニイチェ研究』を生命主義においてとらえる観点は、論者の論考以外には未だに大変まれな状況ではあるが、次第にそうした認識は広がりつつある。

たとえばニーチェ受容史を専門とする湯浅弘に、生命論の観点から『ニイチェ研究』をとらえる論考（二〇〇二年）がある。湯浅は『ニイチェ研究』を「ニーチェの生の哲学の解釈」であると同時に、「和辻自身の生の哲学の書でもある」と定義した上で、「和辻の解釈のスタンス」には「人格の陶冶、向上」をめざす「大正教養主義に共通する思想の萌芽を読みとることができる」とする。また「最も注目すべき点」として、「人が創造的な働きそのものとしての『自己』に化するとき、権力意志として宇宙の本質と通底すると見ている」ことを挙げ（「権力意志」は、現在では「力への意志」と訳される、生命の根本動力を指す用語）、そこに内包される『自己』即ち『権力意志』即ち『宇宙の本質』といった等式」が、「創造的な働きそのものとしての『自己』と化した人間同士は自ずから宇宙の本質を介して同一の地盤に立っている、あるいは立てるはずだ」という「生の形而上学」を可能にしている様を読みとっている。[12] 湯浅の指摘は、「大正生命主義」を明確に意識したものではなく、あくまで西欧的な「生の哲学」の観点からなされているのだが、「人格」、「宇宙」等をキーワードとする生命主義的発想の基本パターンをよくとらえ得ており、「大正教養派」との親近性を見る指摘もまた的確で、論者の調査結果とも合致する。

早い時期に西田幾多郎と大正生命主義の関係を論じていた鈴木貞美も近年、『ニイチェ研究』に注目し、和辻のニーチェ解釈とその成立過程に検討を加えており、[13] その観点は右湯浅論をさらに進展させたものと位置づけられる。鈴木は『ニイチェ研究』の核心が「『宇宙生命との合一』を理想化する体系」であるとしつつ、そうした「観念」の成立背景を、ベルクソンをふくむ「『生の哲学』の流れから汲みあげられ、確立」されたものと見、さらに日本の高山樗牛、阿部次郎らの著作、岩野泡鳴「神秘的半獣主義」（一九〇六年）、および『善の研究』が「宗教の本質として説く『永久の真生命との合一』」、等からの影響をあげている。湯浅論にも言及されていた、芸術家の「根本生命」が「宇宙生命」に繋がることを理想とする主題は確かに生命主義的発想の兆候を示す重要な指標の一つであり、西田『善の研究』中にも見られるところである。

しかし鈴木が『善の研究』を「宇宙生命との合一」という観念の最も直接的な源流と見なしているらしい点については、論者はただちには同意できない。生命主義、という観点のみから言うならば、『ニイチェ研究』に見られる生命主義独特の論法、表現語法の多彩さは、『善の研究』の比ではなく、発表時期を度外視して両者を比べれば、むしろ『ニイチェ研究』を元に『善の研究』が書かれたのではないかと思われる一面さえあるからだ。何よりも『善の研究』に、『ニイチェ研究』には頻出する「生命」や「生活」（どちらも〝DAS LEBEN〟の訳語）という生命主義のキーワードが用例としてまれなばかりでなく、鈴木の言うようには、明確に生命主義的な文脈では見られない。[14] 生命主義的な文脈で、「生命」にあたる意味内容に使用されるのはもっぱら、「人格」という用語である（その用例については次節で例証する）。これは『善の研究』が、『ニイチェ研究』

ほどには完成された生命主義の産物ではなく、その黎明期の所産であることを意味している。大正生命主義を歴史的観点から見れば、明治初期発祥の芸術教育論思潮が明治三十年頃より「人格」陶冶を標榜する論法を身につけ、明治四十年前後から「生の哲学」を援用・吸収することによって、「人格」とほぼ同義の用語として「生命」の語を用いるに至り、誕生した。その狭間に『善の研究』は、ある。

一方、『ニイチェ研究』の生命主義的用語・語法は、その後の生命主義教育論、文芸教育論等に広く観測されるそれとの、高い相同性を示している。つまり、多くの生命主義的言論が、用語・語法の上で『ニイチェ研究』を発祥とするかの観を呈しており、そのさらに源流として十全な要件をそなえていると思われる言論の存在を探ろうとすると、鈴木が挙げた事例では（それは多岐詳細にわたったものだったが）まだ足りない何かがあると考えられるのだ。

例えば『ニイチェ研究』と並んで、生命主義成立の鍵を握ると思われるのが、高村光太郎の美術批評である。生命主義的発想を顕著に示す美術評論「緑色の太陽」[15]の発表時期は一九一〇（明治四十三）年と『善の研究』より早く、もちろん『ニイチェ研究』を参照してはいないはずである。ここで高村は、芸術家（画家）の「PERSOENLICHKEIT〔人格〕」に無限の権威を認めつつ、芸術作品制作時に作者の人格がいかに「充実」したはたらきをしているかを感じとったうえで、作品の評価・位置づけを「DAS LEBEN〔生命〕の量によつて」判定したいとしている。[16]ここにはすでに生命主義における「人格」と「生命」の不可分の関係が表明されており、美術作品からその作者の人格を感じとることがイコール、作者の「生命」力の度合いを測ることとして意識されている（前章でも論じたように、和辻『ニイチェ研究』にも、まさに同様の発言が見られる）。[17]

しかもこれは高村ひとりの様態ではなく、たとえば白樺派の一員として高村と近い位置にいた柳宗悦は一九一二（明治四十五）年に発表した芸術論[18]で、「芸術は人格の反影である」としつつ、人格は「表現せられたる個性の謂に外なら」ず、「従つて芸術の権威とはそこに包まれたる個性の権威」である、「而して個性の権威とはそが全存在の充実に於て始めて発露せらる可きものである」のだから、「生命の統一的全存在そのまゝなる表現こそは芸術最後の極致である」、「永遠なる芸術とは感覚及手工の作為に非ずして、全人格の働きである」とする。ここに見る「生命の統一的全存在」という語は、「人格」・「生命」を軸に、心身の活動を含む芸術家の生命活動の全体を統一的にとらえようとする生命主義に典型的な発想を端的に表明したものである。

柳はさらに「美とは芸術の目標に非ずして、自己の表現こそは其目的である。美とは只其表現に伴ふ必然の開発に過ぎない。然も芸術が人生の厳粛なる全存在の表現たる限りそは常に真にして美である。」と続けており、いわゆる白樺派的な自己表白肯定の姿勢を示しているように見える。しかし生命主義の文脈を理解した上でこれを読めば、この「自己」は恣意的に思いをめぐらせる一個の主観といった体のものではなく、むしろ意識的な操作が不可能であるような、自分を突き動かす意識以前の活動力にかかわる、心身の活動全体を含み込む、その人の生命活動のトータルな営みを意味している。前章まで（主に第二章および第四章）に述べたことの繰り返しになるが、白樺派にかかわる文芸家たちに特徴的な自己肯定傾向も、この文脈でとらえられることによって、本来のニュアンスが了解され得るものである。

先の高村光太郎「緑色の太陽」の執筆背景となった「生の芸術」論争とかかわる山脇信徳には、「私の称して人格といふのは、其外来刺激も、反応も、発表も総て之等のものを一團として人格即ち官能の全的存在だとしたのです。官能と云ふものは、生理の方面のみから考ふべき文字ではありますまい。心理の方からも考へた時、官能の全的存在即ち人格なるものが人間の全部を蔽ふことになる。」[19]といった発言が見られ、ここにも芸術家の「生理」と「心理」すなわち心身両面を含み込む「官能」の営みの全体を、「人格」の定義としていることが確認できる。

和辻『ニイチェ研究』は「凡て人間の活動には意識以上のものが根本動力となつて活らいてゐるので、これなくしては例へば芸術の創作や恋愛などを根本的に了解することは出来ない。」[20]として、意識による統御を超えた「根本動力」重視のスタンスを示す。この「根本動力」が、「意識に対して、方向と活力とを与へるもの」なのであり、和辻はそれを「権力意志である。神秘な直接な内的事実である。」と言い換える(「権力意志」は意識によっては統御し得ない根本的な動力を指す『ニイチェ研究』のキーワードであり、生命主義的な文脈での「生命」とほぼ同義の意味をもつものであった)。こうした、意識以前の活動力こそが生命活動の本質であると見て、その営みをトータルにとらえようとする姿勢が『ニイチェ研究』を貫いている基本姿勢の一つだと言える。

したがって和辻が「純粋なる心的活動はニイチェにあつては人間の全的活動に外ならぬ。」[21]と結論する時、「純粋なる心的活動」とは単なる情緒的観念的営みではなく、山脇の言うような心身一体化した生命活動の全体を包含する「全的存在即ち人格」の営みを指している。和辻は「人格は権力意志である。征服と創造とに努むる権力意志である。」[22]とも言い換えており、「権力意志」や「生活（生命）」が、「人格」とダイレクトに連なる概念であることを宣言している。するとここで言う「人格」の意味領域の範囲は、心身の活動を含む生命力の営みの全体にまで押し広げられたものとなる。これはきわめて生命主義的な「人格」の用例なのである。

『善の研究』発刊以前から以後にかけて、白樺派周辺に生命主義に典型的な発想がすでに形成されつつあった様態について述べた。出版以前に、『善の研究』に述べられた思想が文芸家たちに影響を与えていないと断言はできないが、白樺派周辺の文芸家たちが西田ら哲学畑の著述家たちの動向にさほどに敏感に反応したとも見えないし、逆に西田が高村らの言論を模倣したとも考えられない。両者が共通して参照した〝何か〟があると考えるのが、妥当なところではないだろうか。この時期の生命主義傾向を示す言論の実に多くが美術批評にかかわるものである点を鑑みれば、その何かにもまた、大正生命主義形成の前史を準備した芸術教育論思潮が深くかかわっていると考えられるわけである。そこに『ニイチェ研究』の存在が大きなカギとなるような動向があったと推測される。

たとえば、明治期の有力なニーチェ紹介者であった登張信一郎（竹風）による人格主義的教育論書『新教育論　芸術篇』（一九〇三年）[23]中の文言にはすでに、「自己の幽深なる内部より遠く宇宙の究極に向てその双眸を放つ」ことを理想としたり、ヘーゲルほか高名な哲学者たちの思想が価値あるのは「彼等の哲学思惟が各々宇宙の永劫的生命を参照せしめたがため」であり、「彼等の哲学はこゝに於てか、芸術品と同等の生命を有す。」[24]、といった表現が見られる。この書は未だ明確な生命主義の産物とまでは言えないが、生命主義に特徴的な発想、用語（自己の深奥が宇宙の生命に繋がるというような）が散見され、そうした発想が、教育、芸術、ニーチェ思想といったキーワードの周辺に発祥した可能性を濃厚に示しているものである。前記鈴木の言う「宇宙生命との合一」という主題それ自体は、大正生命主義の明確な成立期以前に、すでにそれを成立させるための下地として芸術教育論史上に存在していたのだから、大正期に独特の生命主義であるところの「大正生命主義」の一特質ではあっても、その思潮を代表する著作の中心的特質と見るのは、やや妥当性を欠くのではないだろうか。西田『善の研究』をこの主題の起点と見ている点についても同様である。

明治末より芸術、教育、哲学、文芸等の分野に広く流行した大正生命主義は、その前史にあたる生命主義的な発想の萌芽期（たとえば鈴木も言及する北村透谷「内部生命論」のような）にはなかった特質がある。それゆえに多分野にわたる、萌芽期には見られなかった流行を現出したと考えるべきであろうから、そうした前史との境界線上で起こった変質（「人格」概念と「生命」概念の明確な融合、など）を検証することには意味があるだろう。そのような変質を経た大正生命主義の独自性は、人格や生命（「宇宙の秩序」がその上位にイメージされているような）を、意識的「自我」の規制を取り払い、本来の純粋な力として発現させることによって、生の営みの全体を有機的に統合し、生の営み全体としての機動力を無限に高めるような「統合力」としてとらえるところにある、とひとまず現段階では定義づけておきたい。

西田幾多郎はどのようにして、その典型的な生命主義的発想を得たのか。和辻哲郎『ニイチェ研究』はいかにして、ほぼ完成された形の生命主義的論法や語法、語彙をもち得たのか。両者の思想形成の源流となるものが明確になれば、西田哲学をどのような文脈のもとに理解するべきか、『ニイチェ研究』を思想史上のどのような位置づけで理解するべきかも、より明確になるとともに、大正生命主義がいかにして成立したかという、その発祥の過程がより具体的に明らかになるだろう。登張竹風の存在は、そのための有力な手掛かりの一つとして留意されるべきだろう。

別の角度からの一つの示唆として、『ニイチェ研究』に新たな視角から検討を加えた、シュタイナー研究家河西善治の論を挙げておく。[25] 河西は、『ニイチェ研究』中の文言の多くが、ルドルフ・シュタイナー『ニーチェ――同時代との闘争者』[26] の祖述である事実、および『善の研究』の「第一編　純粋経験」がシュタイナーの『ゲーテ的世界観の認識論要綱』を下敷きにしたと見られる事実を挙げ、『ニイチェ研究』や西田幾多郎を含む京都学派の思想形成にかかわるシュタイナーの役割の大きさを析出している。神秘思想家であるとともに哲学者、教育学者でもあったルドルフ・シュタイナー（Rudolf Steiner, 1861 ～ 1925）は、宗教や芸術に重きをおいた独自の教育理論で知られている。大正生命主義成立過程を考える上での有力な検討材料のひとつとして、継続探求していきたい。

以上概観してきたように、生命主義者として西田幾多郎がどのように規定されうるかについてはまだ不確定な部分も多く、検討が始まったばかりと言ってよい。続く節では西田哲学について、生命主義文芸論との交渉、という観点からの一考察を試みる。

三　『善の研究』とそれ以後

以下、西田幾多郎を生命主義者に位置づけられる所以を確認した上で、その文芸批評スタンスに生命主義的発想を内包していた小林秀雄[27]のうちに発見できる、西田哲学の影響の一側面を検証することによって、西田、小林双方の発言を理解するために想定されるべき文脈の復元を試みるものである。

まずは西田哲学の出発点とされる『善の研究』に見られる典型的な生命主義的言論を確認する。それがとりわけ明らかに表出されているのは、『善の研究』全四篇中、「第三篇　善」のうち「人格」と「善」の関係を述べた、「第十章　人格的善」の章である。生命主義の特質として、人間の内奥にあってその人の意識や行為を暗に統合し宰領している、意識以前の根本動力の想定があった。和辻『ニイチェ研究』に言う「意識の奥底を人間の根本生命として説[28]」く観点である。西田は「我々の意識は元来一の活動である。其根底にはいつでも唯一の力が働いて居る。知覚とか衝動とかいふ瞬間的意識活動にも已に此力が現はれて居る。[29]」として、その典型を示している。我々の「意識内容は此力に由つて成立するもの」であり、しかも「意識の内容を個々に分析して考ふる時は、此統一力を見出すことはできぬ」、「分析理解すべき者ではなく、直覚自得すべき者である」とした上で、次のように言う。

斯の如き統一力を此処に各人の人格と名づくるならば、善は斯の如き人格即ち統一力の維持発展にあるのである。[30]

つまり人間の内奥にある意識以前の根本動力を「統一力」ととらえ、さらにそれを「人格」と言い換え、「善」は人格の力を発展させる行為である、と意味づけているわけで、隠れた根本動力である「生命」の力を増大させよという、和辻説くところのニーチェ思想そのものと言ってよい観点が示されている。同じ思想潮流のうちにあると位置づけられることはまれな『善の研究』と『ニイチェ研究』（前節に述べたように、近年はその認識が広まりつつあるが）の、非常に近しい関係が明らかである。右の「人格」はさらに次のように言い換えられる。

我々の人格とは直に宇宙統一力の発動である。即ち物心の別を打破せる唯一実在が事情に応じ或特殊なる形に於て現はれたものである。[31]

右に見る「人格」と「宇宙統一力」を直結させる発想もまた、生命主義の特質をなす一つであり、「人格」、「宇宙」、「統一力」といった用語、およびこれらを「唯一実在」ととらえる発想等、すべてが濃厚に大正生命主義的徴候を示している。ただ、大正生命主義においては「人格」の言い換え表現と言ってもよい「生命」の語が、ここでは明確に生命主義的文脈では見られず、「生命」主義と名付けるのは未だややためらわれる段階ではある。別の見方をすれば『善の研究』は、大正生命主義が成立するにあたって、その基本的発想はそれ以前にすでにほぼ形成されており、そこに「生命」の概念が合流しさえすればよい状況にあった事実を体現する書物だと言うこともできるだろう。

明確に生命主義者としての西田幾多郎が形成されるのは大正期に入ってからである。一九二一（大正十）年発表の「感情の内容と意志の内容」では、「総ての根底は唯、一生命あるのみである」[32]等と、「唯一実在」をさす語としてはっきりと「生命」が使用され、『善の研究』で中心的な役割を果たしていた「人格」をしのぐ存在感をもつに至っている。また、「芸術」との関係が次のように示される。

芸術的作品は我々の内面的生命の発露である、我々の人格の創造である。……我々の文化現象の社会も芸術的作品と同じく創造的人格の所作である。深い大きな人生の発露である。種々の国民の言語、風俗、習慣、制度、法律から神話伝説等、すべて此精神の表現たらざるものはない。[33]

すべての根底にある「唯一実在」とされた「人格」が、「内面的生命」と等価で結ばれ、芸術作品もまたその「発露」として緊密な関係に位置づけられる。そこから次のような認識が引き出されるのは自然だろう。

真摯なる生命の要求の上に立たない芸術は単なる遊戯でなければ、技巧に過ぎない。而して真摯なる生命の要求を離れて何処に道徳といふべきものがあるであらう。[34]

右は「真摯なる生命の要求の上に立」った芸術作品こそを高く評価するという姿勢を表明しており、生命の量によって芸術作品の価値をはかりたいとした高村光太郎の発言を彷彿させるものである。また、「芸術」と直結するような「生命」が、「道徳」とも直結するものとしてとらえられている点にも注意しておきたい（芸術教育論思潮は、道徳教育、宗教教育と直結する強い傾向をもっていた）。「生命」と「芸術」の直結という観点は、「人格」の価値が「芸術」の価値と直結するという判断姿勢でもあり、実際に「人格価値を離れて芸術価値はあり得ない。その他は技巧に過ぎないのである。[35]」といった文言にそれが表れている。これに『ニイチェ研究』の文言をつきあわせてみる。

芸術の価値はその手法形式によつて定まるのではなく、生命の横溢より創作せられたか否かに依つてのみ定まる。……（芸術創作は）自己目的なる生命の高潮とその必然性の表現とである。もしさうでないとすれば、それは真の芸術創作ではない。[36]

西田による「真摯なる生命の要求」がなければ芸術はただの技巧だ、という主張に対して、和辻の、「芸術の価値」は「手法形式」ではなく「生命の横溢」の度合いによる、という主張の同質性は明らかである。高村「緑色の太陽」（一九一〇）と『ニイチェ研究』（一九一三）、および西田「感情の内容と意志の内容」（一九一一）に観測されるこうした類似は、おそらく三者の単なる相互影響関係を示すと言うよりは、三者が同じ大きな思想潮流の中に位置していた事実を意味している。右に見られるような論調、語彙は同時代に広く多分野にまたがって観測され、相互の影響と言うよりは全体としてひとつのエコールとしてとらえられる観を呈しているのである。

西田と同じくいわゆる大正教養派に属すると目されている阿部次郎の著作に類例を見て見る。論者は「大正教養派」が人格主義傾向をもつに際して、かなりの度合いで大正生命主義にコミットしていると見ており、大正生命主義の一支流とさえ言ってよかろうと考えている。たとえば著作に『人格主義』（一九二二）をもつ阿部は、明治三十年頃より流行を見せた修養主義および人格主義思潮の申し子とも言える存在でありつつ、生命主義的な発想をその基本的な姿勢としている。『人格主義』中で阿部は「芸術作品は精神的生命の象徴として、我々の心に人格的生命の共鳴を喚起するところにのみ意義を持っている。[37]」として、芸術、生命、人格を直結させる意識を露わにしている。『人格主義』に五年先んずる『美学』（一九一七年）では、「美の内容は人格価値を構成するものゝ一切である[38]」と宣言しつつ言う。

我等が美的観照を以て物象に対するとき、その物象の特質につれて必然的に我等の中に喚起される生命の動きは、我等の全人格の欲求と一致するか矛盾するか、共鳴するか反発するか、孰れかの関係に立たなければならないのである。そうしてそれが全人格の生活欲求と一致するとき、我等はその物象を観照しつゝ、……自我の根底より生動することを感ずる。我等の人格の生命は高められ、豊かにされ、肯定される。[39]

対象によって喚起された主体の「生命の動き」が、同じ主体の「全人格の欲求と一致」すれば、その主体の「人格の生命は高められ、豊かに」なる、という構図は、芸術に対する鑑賞姿勢を生命主義の観点からとらえたものである。たとえば和辻は次のように言う。

強烈なる生命表現の芸術に接する時、鑑賞者の生命は力を受けて興奮し、その芸術に自己の表現を見るのである。[40]

鑑賞する資格のある者は、芸術に接したとき内にある生命が興奮しつゝ呼応し、……この状態に於ては、鑑賞者には主客の関係なく個人なく、唯表現されつゝある自己あるのみである。[41]

阿部の言う、鑑賞対象の生命に共鳴した鑑賞主体の生命が活動力を高める、という構図が、見事に和辻説くところのニーチェ思想と合致する様が確認できる。また「美的観照」行為は「全人格」をもって行われると言うのであり、その、生命活動の全体をトータルにとらえる姿勢の表象であった「全人格」の語が、生命主義の特質を如実に表している。それがまた西田の言論との〝シンクロニシティ〟をもっており、彼等が同じ一つのエコールに属する言論家として同質性をもっていた痕跡を示している。西田は言う。

道徳的立場にいたつて自由我が真に自己自身の立場に達し、生命の真意義が顕現的となるのである。所謂勧善懲悪を以て芸術の手段と考へる如きは固り幼稚なる芸術観にすぎないが芸術を反道徳的と考へるのも真に深く芸術を解するものではない、芸術に於て肉の歎美、悪の同情の底にも全人格の光がなければならぬ。[42]

西田にとっての善および道徳とは、自己の内奥の生命を「維持発展」する行為であり、その立場に立って初めて「生命の真意義」が顕現するような行為である。内奥の生命の発露である芸術はしたがって、きわめて道徳的なものとされ、それは生命の活動の全体を包含する「全人格」の営みを反映したものとされる。続けて西田が「此の如き全人格の統一の働きは始からすべての美の根底に働きつゝある」[43]とする点も、こうした生命のトータルな営みの根本が、生に統一と方向性を与える統一力にあるとされる点も、典型的に生命主義の特質を示しており、その姿勢自体については『善の研究』との齟齬は見られない。生命主義者としての下地をすでに十全に身につけていた西田が、大正期にはいって「生命」をはじめとする生命主義特有の語義をもつ用語を、生命主義的な文脈で装備するに至った、という経緯が、これらによって理解されるのである。

四　小林秀雄の中の西田幾多郎――両者の〝シンクロニシティ〟

小林秀雄の批評思想や文言がその多くを、生命主義の一翼を担う哲学書、和辻哲郎『ニイチェ研究』に負っている事実については、別稿（本書別章）で論じてきた。小林に限らず、先行する多くの言論を吸収する行為は自己の言論姿勢を形成する上で必然ではあるが、生命主義の観点を、他の生命主義的な言論家たちによるやや神秘思想がかったそれとの比較において言えば、抜きんでて理知的な言葉で語ったのが小林秀雄である点、およびそれゆえに生命主義が潜在的にもっていた可能性を最も説得力ある形で展開し得た言論家の一人であったという点に、小林の批評家としての独自性があったと、論者は考えている。その意味で小林秀雄評価に際して、その生命主義的根底を探ることには意味があるわけである。

小林秀雄が、身心不可分の生の営みの全体を「肉体」という用語に表象していたことは別稿（本書前章）で述べた。そうした主客合一、心身不可分の観点は、「美と善」（一九二二年）における西田の「我々の自己はその創造的方面に於て、知即行、行即知である。芸術家の創造的作用はそれが行であると共に知である。筆の先、鑿の先に眼があると云ふべきであらう。」[44]といった文言にも表れている。これを小林秀雄の「作者の精神は常に彼の技術と不離である。人は思案するものが画家の頭であるか指先であるか知る由もない。作者の技術論とは彼の認識論以外のものを指しはしないのである。」[45]といった文言と比べても、それ自体は常識的判断が偶然に一致した、という域を出ないかもしれない。しかし西田と小林の〝シンクロニシティ〟は随所で発見されるのであり、たとえば西田は同じ「美と善」において、「一度は芸術家が物を見ると同一の態度を以て物を見なければならぬ、芸術家が物其物の中に生きる如く一度物其物の中に生きて見なければならぬ。[46]」といった言い方で、芸術作品の鑑賞に際しては外側から解析するのではなく、創作者と同じ視線を共有せよ、とする。一方たとえば、戦後になって発表された小林の文言中、古典への対し方を述べた部分には次のようにある。

人間的事物といふ非合理的な実体は、私達に、その中で生きて考へて欲しい、考へられなければ感じて欲しい、といつも要求してゐる。この要求は、こちら側の見方や考へ方のご都合な整備などには一顧も与へはしない。[47]

この比較によってもまだ、偶然の一致の域を出ない程度の類似であるかに見える。しかし鑑賞態度に関するこの視角は、生命主義の言論では頻出するものであり、生命主義的傾向をもっていると判断しうる言論家の言葉であるならば、こうした論点の表明は必然的なものである。つまりこれも生命主義特有の、芸術作品に対するスタンスの取り方の表れであると言える。和辻は言う。

ニイチェは美学の多くが受くる者即ち鑑賞者の側より人間の美的活動を見やうとするのを攻撃し、鑑賞も亦間接の創作である故に、美学は必ず創作者即ち与ふる者の側より出立しなければならない、とするのである。[48]

「創作者即ち与ふる者の側より出立」するとは、鑑賞者が創作者と同じ視線を共有することである。右に見られる西田、小林、和辻の論点の一致は、偶然の一致というよりは、こうした論点を表明するのが、生命主義的スタンスで発言するためには必要な手順だからだと言うべきである。芸術に対する対し方を表明することが、「生命」表現の一典型である芸術創作を語るために必要であり、芸術創作の原理（内なる生命の表現という意味での）を語ることによってはじめて、生命主義の原理を十全に説明づけることができるからこそ、この〝シンクロニシティ〟は生命主義者たちの言論に必然的に現れるのだ。

生命主義的観点から見れば、創作者の側に立つとは、「人格」を軸として対象の生命活動の全体をとらえるような鑑賞態度を言ったものと理解できる。小林が「様々なる意匠」（一九二九年）で「搦め手から」の批評、すなわちその作品がいかに創作されたか、を批評の観点として選ぶ、と最初に宣言するのも同じ態度を表明したものである。『ニイチェ研究』は「美学」について、外面的な「手法形式」の面からとらえようとするものだとして批判し、小林の「様々なる意匠」は美学を、芸術を「表現技術の一種」としてとらえるものだとして批判している。同じエコールに属する者どうしの言論相互において、シンクロニシティは同時多発的に観測されるのである。

こうした論点の一致が生命主義傾向をもつ多くの言論家に共通して見られるものであることを示すために、もう一例だけ挙げておく。教育学者である槇山栄次の『新教育論』（一九二五年）には、「賞翫とは如何なることかと云ふに、芸術品の作者が其芸術的活動を為すときと同じやうにその心持を進めて行くことである」[49]といった文言がある。付言すれば、これは槇山のみならず、生命主義教育論者には同時期によくみられる論点である（逆に言えば、そうでない教育論者の文章には、ほぼ見られない）。

とは言え、創作者の視線を共有せよ、対象作品の内側に入り込め、という主張自体は常識論の域を出ず、これらの事例のみから小林秀雄の生命主義的なスタンスを帰納することはいまだ難しいかもしれない。しかし西田が小林に与えた最も大きな影響は、歴史認識に関わるものだと考えられ、しかも西田の歴史認識に対するスタンスには比較的に強い独自性がある。つまりこの観点から両者を比較すれば、影響関係の指標として妥当性の高い結果が得られると思われる。以下に、その足がかりとなる比較結果を示す。

右に引用した「弁名」で小林は、荻生徂徠が問題にした言葉である「道」について、「道とは、形ある個々の物の名ではない。物全体の『統名』なのだ、と彼は言ふ。人間経験全体の名だと言つてもよい。人間の生活力の総合的な表現だと言つてもよい。それは全く形のないものである」と解説しつつ次のように続けている。

「物アレバ名アリ」の自然状態で、人間が暮してゐることは、人間が、ばらばらになつて暮してゐるやうなものだ。各人の心も目も、外に在るばらばらな物の名から離れる事が出来ないやうでは、人間生活の意味といふやうなものは生じやうがない。道といふ統名の発見によつて、はじめて、人々の個々の経験に脈絡がつき、人間の行動は、一定の意味を帯びた軌道に乗るやうになつた。

徂徠は道の弁名によつて、さういふ精神の目覚めを語つてゐると見てよい。[50]

ここで「道」は人間の生の営みの全体を統合する力としてはたらくものと定義されており、生命主義的文脈における「人格」・「生命」ときわめて近い意味合いを担わされている。「道」が「人間の生活力の総合的な表現」であるとの言い換えも、和辻が「根本生命」と同義の語として多用していた「生活の力」の用例にきわめて近い語の用い方である。和辻と小林が同じ文脈で物を言っているのであれば、右で小林は、生命の活動を「全的」にとらえる生命主義的な視角の発見を説いているのである。それは歴史（古典）認識においてどのような様態をとるのか。小林は、現代の歴史学者たちの方法論的な歴史認識の態度に対置されるものとして、理想的な古典への対し方を次のように言う。

彼等〔仁斎や徂徠〕が、古典を自力で読まうとしたのは、個性的に読まうとした事ではない。彼等は、ひたすら、私心を脱し、邪念を離れて、古典に推参したいと希つたのであり、もし学者が、本来の自己を取戻せば、古典は、その真の自己を現す筈だと信じたのである。彼等に問題だつたのは、古典に接する場合の、人間としての学者の全的な態度なのであり、如何にして無私を得ようかと案ずる倫理的態度だつたのであつて、彼等が身につけたこの無私な態度は、今日言ふ学者の人格とは関係のない研究の客観的な方法とは、全く意味合ひが違ふのである。[51]

右で「今日言ふ学者の人格とは関係のない研究の客観的な方法」を批判する言い回しは、裏返せばこれが、「古典に接する」際の「人格」を軸とした姿勢を標榜する文章だということを意味する。この「人格」は、「人間としての学者の全的な態度」であり、「無私な態度」を得ようとする「倫理的態度」であるので、人格の全的な営みが「道徳」に直結する人格主義、生命主義の論法・語法との共鳴の度合いは高い。つまり小林は、主観・実感を重んずるというような意味での単なる人格主義的な古典解釈を述べているのではなく、生命主義における、心身合一した生命のトータルな営みの軸となるような意味での「人格」を基盤とした古典解釈を、ここで標榜しているのだと理解される。するとここでいう「無私」とは、近代的意識的「自我」の陥穽からの脱却という、生命主義のもつ大きな方向性の言い換えと考え得るだろう。

先に示した西田「美と善」中に、「道徳的立場にいたつて自由我が真に自己自身の立場に達し、生命の真意義が顕現的となるのである」とあったことも想起したい。芸術鑑賞において「道徳的立場にいた」るとは、自己の内奥の生命を「維持発展」することであったし、そうして対象を「全人格的」にとらえることによって、「真に自己自身の立場に達」することができ、またそこに「生命の真意義」があらわれると、西田は言う。「真に自己自身の立場に達」するとは、意識的な自我、理性に頼って対象を見ようとする状態からの解脱を意味するだろう。小林が古典学者の姿勢を、「もし学者が、本来の自己を取戻せば、古典は、その真の自己を現す筈だ」と代弁するのは、西田と同じ意図を、近世の古典学者になぞらえて言いなおしたのである。こうした小林と西田との〝シンクロニシティ〟は、それらの箇所を相互参照し、両者の文言の背後にある文脈の一致を検証することによって、両者の文言の真意が析出されるような関係にあると言ってよいだろう。

結

西田幾多郎と小林秀雄の〝シンクロニシティ〟は、本稿で例示した箇所には限らず多数観測されるが、構成上、ここでの例示は割愛した。続稿にてより具体的な検討を行いたい。こうした、小林が享受した先行思潮の痕跡を逐次検討することで、小林秀雄の言論がもつ本来の生命主義的文脈が掘り起こされ、正当な小林評価がなされるための前提、基盤を確定していく作業に貢献しうるものと期待される。本稿で指摘しえた事柄は未だごく些細な範囲にとどまるが、そうした、小林秀雄を〝読む〟ための文脈の復元という、注釈的作業の一端を試みたものである。

注

引用文において適宜旧字は新字に改めた。引用文中の〔 〕内は論者による補足である。引用文中の中略・省略は「……」で示した。

1　永井隆則「日本におけるセザンヌ受容史の一断面――一九二〇年代の人格主義的セザンヌ解釈の形成と行方」(『ユリイカ〈総頁特集　還ってきたセザンヌ〉』第二八巻第十一号、一九九六年九月、

一八九頁)

2 永井隆則「日本のセザニズム――一九二〇年代日本の人格主義セザンヌ像の美的根拠とその形成に関する思想及び美術制作の文脈について」(『美術研究』第三七五号、東京文化財研究所美術部、二〇〇二(平成十四)年三月)

3 永井隆則『セザンヌ受容の研究』中央公論美術出版、二〇〇七(平成十九)年三月

4 拙稿「〈眼の陶冶〉と帝国主義(一)――大正期文芸教育運動の〝芸術愛好《ディレッタンティズム》〟」(『京都語文』二〇〇〇〈平成十二〉年十月)以下の一連の論文にて例証した。

5 拙稿「小林秀雄と生命主義美術批評――「人格」主義から「肉体」の思想まで」(『京都語文』二〇〇七〈平成十九〉年十一月、本書第四章

6 和辻哲郎『ニイチェ研究』(東京内田老鶴圃、一九一三〈大正二〉年)がもつ生命主義傾向については、拙稿「教育論の中の大正生命主義――小林秀雄と芸術教育論」(『文学部論集』、佛教大学、二〇〇一〈平成十三〉年三月)、本書第一章、「初期小林秀雄と生命主義――「生の哲学」と人格主義との接点」(『文学部論集』、佛教大学、二〇〇七〈平成十九〉年三月)、本書第三章、等で例証した。

7 拙稿「初期小林秀雄の思想形成――ニーチェ「力への意志」と「宿命」」(『稿本近代文学』一九九四〈平成六〉年十一月)等で例証した。

8 鈴木貞美「西田幾多郎『善の研究』を読む――生命主義哲学の形成」(『日本研究』第十七号、国際日本文化研究センター、一九九八〈平成十〉年二月)

9 鈴木貞美「西田幾多郎と生命主義」(ポーランド日本学会口頭発表、二〇一〇〈平成二十二〉年

十一月〉、国際日本文化研究センター・ウェブサイトによれば、同大会報告書に「西田哲学の意味――地球環境が問われる時代に」の論題で掲載予定。

10 檜垣立哉「西田幾多郎と大正生命主義」（『西田幾多郎の生命哲学』講談社学術文庫、二〇一一〈平成二十三〉年一月）、初出は「大正生命主義と生政治」（『フランス哲学・思想研究』第十四号、日仏哲学会、二〇〇九〈平成二十一〉年）。なお、学術文庫版の元版である『西田幾多郎の生命哲学――ベルクソン、ドゥルーズと響き合う思考』（講談社現代新書、二〇〇五〈平成十七〉年一月）にはこの論考は収録されていない。

11 拙稿「〈眼の陶冶〉と帝国主義（三）――大正期芸術教育論に見る国民国家形成の影」（『文学部論集』、佛教大学、二〇〇三〈平成十五〉年三月）でこれに言及した。

12 湯浅弘「和辻哲郎と生の哲学――『ニイチェ研究』を中心に」（『比較思想研究』二〇〇二〈平成十四〉年三月）

13 鈴木貞美「和辻哲郎の哲学観、生命観、芸術観――『ニイチェ研究』をめぐって」（『日本研究』二〇〇八〈平成二十〉年九月）

14 「生命」が現れる箇所のうち、生命主義的な用法にかなり近いものとして、次のような用例がある。ここには「絶対無限の力」への「合一」という主題はあるが、この「生命」は「肉体的生命」の対極としての「真生命」を意味しており、生命の活動の全体を宰領する原動力や統一力としての生命主義的「生命」と合致しているかどうかは大変微妙である。

宗教的要求は自己に対する要求である、自己の生命に就いての要求である。我々の自己がその相対的にして有限なることを覚知すると共に、絶対無限の力に合一して之に由りて永遠の真生命を得んと欲するの要求である。パウロが既やわれ生けるにあらず基督我にありて生けるなりといつた様に、肉体的生命の総べてを十字架に釘け了りて独り神に由りて生きんとするの情である。

（西田幾多郎『善の研究』弘道館、一九一一〈明治四十四〉年一月三十日、二一九頁）

15 高村光太郎「緑色の太陽」（『スバル』第四号、一九一〇〈明治四十三〉年四月一日）

16 同、三七～三八頁（〔　〕内の訳語は論者による。ただし高村自身による他の箇所での言い換えに従った。）

17 和辻は次のように言う。

　芸術の価値はその手法形式によつて定まるのではなく、生命の横溢より創作せられたか否かに依つてのみ定まる。（『ニイチェ研究』三二八頁）

18 柳宗悦「革命の画家」（『白樺』一九一二〈明治四十五〉年一月一日、四頁）

19 山脇信徳「断片」（『白樺』一九一一〈明治四十四〉年十二月一日、九八頁）

20 和辻哲郎『ニイチェ研究』東京内田老鶴圃、一九一三（大正二）年、六六頁

21 同、六七頁

22 同、二三一頁

23 登張信一郎（竹風）『新教育論　芸術篇』有朋館、一九〇三（明治三十六）年九月、一三一頁

24 同、一六五頁

25 河西善治『京都学派の誕生とシュタイナー――「純粋経験」から大東亜戦争へ』論創社、二〇〇四（平

成十六）年八月

26 ルドルフ・シュタイナー『ニーチェ――同時代との闘争者』樋口純明訳、人智学出版社、一九八一年七月、Steiner, Rudolf. *Friedrich Nietzsche: Ein Kämpfer Gegen Seine Zeit*, Verlag von Emil Felber, 1895, Weimar.

※和訳として他に、『ニーチェ――同時代への闘争者』西川隆範訳、アルテ、二〇〇八（平成二十）年五月、ルドルフ・シュタイナー『ニーチェ　みずからの時代と闘う者』高橋巖訳、岩波文庫、二〇一六（平成二十八）年十二月、がある。

27 これについて前記拙稿「教育論の中の大正生命主義――小林秀雄と芸術教育論」等で例証した。

28 『ニイチェ研究』六七頁

29 西田幾多郎『善の研究』弘道館　一九一一（明治四十四）年一月三十日、一九五頁

30 同、一九六頁

31 同、一九七頁

32 西田幾多郎「感情の内容と意志の内容」（『哲学研究』第六一号、一九二一〈大正十〉年四月一日、二七頁）

33 同、四五頁

34 同、二七頁

35 同、四五頁

36 『ニイチェ研究』三二八～三二九頁

37 阿部次郎『人格主義』岩波書店、一九二二（大正十一）年、一一七頁
38 阿部次郎『哲学叢書第九編　美学』岩波書店、一九一七（大正六）年四月十五日、一三一頁
39 同、二〇〇頁
40 『ニイチェ研究』三三一頁
41 同、三三六頁
42 「感情の内容と意志の内容」二八頁
43 同、三六頁
44 西田幾多郎「美と善」（『哲学研究』第七八号、一九二二〈大正十一〉年九月一日、一〇〇頁）、この後「我々は此立場に於て知識によつて達することのできない世界を歩みつゝあるのである」と続く。
45 小林秀雄「アシルと亀の子　II」（『文藝春秋』一九三〇〈昭和五〉年五月、『文芸評論』白水社、九〇頁）
46 「美と善」一一九〜一二〇頁
47 小林秀雄「弁名」（『文藝春秋』一九六一〈昭和三十六〉年十一月、『考へるヒント2』文藝春秋、一九七四〈昭和四十九〉年十二月、七三頁）
48 『ニイチェ研究』三一四頁
49 槇山栄次『新教育論』目黒書店、一九二五（大正十四）年二月
50 「弁名」六六頁

51　同、六一頁

第六章　「無私」と西田幾多郎およびR・シュタイナーの「純粋経験」

【抄録】

ルドルフ・シュタイナーによる「純粋経験」概念が、西田幾多郎を経て、小林秀雄に受容された様態を検討した。哲学者にして教育学者、神秘思想家でもあるルドルフ・シュタイナーや、その影響下にあったと考えられる西田幾多郎の認識論は、自己の意識経験の外に設定された一切の思考基準の否定と自己の意識経験への一元的な依拠に由来する、一見、個人的、情動的認識姿勢の様相を呈している。西田の認識論とシュタイナーとの相関関係については、これまでほとんど指摘がなされていないが、本稿で挙げる事例に照らせば、的外れな見方ではないだろう。そしてこれらは単なる主観主義を超えた地点、すなわち近代の主知主義を乗り超え得る認識の立脚点を目指した結果の様態だと考えられ、それが小林秀雄の文言に、かなり忠実な形で反映されている事実の検証を試みた。

序

小林秀雄没後三十五年を経た現在も、小林を論ずる文章は引きも切らず生み出され続けている。しかし多くの場合、小林の文章を読む側がそれをどのように位置づけ得るかという視点に重心が置かれる傾向が見られ、小林がどのようにしてその文章を生み出し得たかという創造の側の視点に立った実証的調査の面は比較的に手薄のように思われる。そこで本稿は、小林の文章がどのような素材をもとに生み出されたか、なぜ特異な個性と評されながらそれが一定の評価を受け続け得ているかを、執筆当時の小林の思想的な背景、文脈を参照することによって、実証的に検討する立場に立とうとするものである。

当然のことながら、ある思想的背景より発された言葉を理解しようとするとき、その背景への理解なしには適正な判断は困難だろうし、正当な評価も難しいはずである。小林秀雄の言葉が特異な個性を持っているならば、その言葉の由来するところ、その発想の源泉に、それを理解するための鍵があるのではないか。本稿はこの視点から、小林秀雄の文章が編まれていく際にその中心的な素材となったであろうルドルフ・シュタイナーおよび西田幾多郎等の形成する思想潮流の一部を発掘する試みである。またそれを、小林の文章の正当な評価に繋げていく試みでもある。

一　小林秀雄の「肉体」論とR・シュタイナーのニーチェ論

次の文言は、昭和十七年『文學界』に発表された小林秀雄「當麻」の一部である。たとえば「美しい『花』がある、『花』の美しさといふ様なものはない」といった言い回しに、小林の文章の詩的な散文としての特質、言い換えれば特段の論理的な根拠の不在が度々指摘されてきた。しかしこうした文言に何らかの裏打ちがあるからこそ、小林の文章が読者を惹きつける力を持ち続け得たという一面があるのではないだろうか。本稿を、小林の文章の特質を言う際にしばしば俎上に上げられる、これらの文言の背景を探るところから始めたい。

それ〔室町時代〕は少しも遠い時代ではない。何故なら僕は殆どそれを信じてゐるから。そして又、僕は、無要な諸観念の跳梁《てうりやう》しないさういふ時代に、世阿彌が美といふものをどういふ風に考へたかを思ひ、其処に何んの疑はしいものがない事を確かめた。「物数を極めて、工夫を盡して後、花の失せぬところをば知るべし」。美しい「花」がある、「花」の美しさといふ様なものはない。彼〔世阿彌〕の「花」の観念の曖昧さに就いて頭を悩ます現代の美学者の方が、化かされてゐるに過ぎない。肉体の動きに則つて観念の動きを修正するがいゝ、前者の動きは後者の動きより遥かに微妙で深淵だから、彼はさう言つてゐるのだ。不安定な観念の動きを直ぐ模倣する顔の表情の様なやくざなものは、お面で隠して了ふがよい、彼が、もし今日生きてゐたなら、さう言ひたいかも知れぬ。[1]

右の文言の背景のひとつとして、和辻哲郎の紹介を経たニーチェ思想があったであろう事実は、前稿（本書第五章）[2]で指摘したところである。当時流布していた大正十三年・十四年刊の生田長江訳『ニイチェ全集』には次のようにある。

身体の現象はより豊富な、より明瞭な、より補足しやすい現象である。それは整然と秩序正しく前方へ引き出されねばならぬ。そして其最終の意義について何等の説示もなされてはならぬ。[3]

大切なのは、身体から出發し、それを手引として用ふることである。それはずつとより豊富な現象であり、またより明白なる観察を容《ゆる》すのである。身体に関する信仰は、精神に対する信仰よりもより善く確立されている。[4]

最初の引用文の大意は「理知によってはその究極の意義を解き明かしがたい豊富さをもつ身体現象を、認識の第一の基準とせよ」といったところである。ニーチェが「精神（Geist）」よりも「身体（Leib）」（原佑訳『ニーチェ全集』[5]は同じ語を「肉体」と訳している）に価値を置くのは、観念的・理知的な働きが、人間の生命力の総合的・全体的に統合された働きのうちの一部でしかないと考える立場、言い換えれば、精神と肉体を二元論的に分け、前者を後者の主宰者ととらえる、いわゆるデカルト的な近代精神を批判する立場にあるからである（これについては本書第四章および第五章[6]で言及した）。和辻哲郎『ニイチェ研究』（大正二年）は次のように解説する。

『我』の信仰を身体より導き出すに就ては、ニイチェは『力の中心』と身体とを合一して考へてゐる。こゝに云ふ身体は吾人の知力によつて解釈した生理学的のものではなく、主客未分の境に於ける直接な生命としての身体である。……個体として身体は時間空間に制限せられたる意味の個体ではなく、宇宙の本質と同一でありながらまた一つの特質の開展である所のものである。吾人が論理的解釈と離れて純粋に生きる時、内より活らく真実の力として感ずるものは即ち上に云つた意味の『身体』の感じなのである。[7]

和辻によればニーチェは、「独立した『我』は存在しない」としたうえで、「『我』は力感の主客として想像せられたる者に外ならない」としている。さらに「ニイチェがこゝにいふ『力感』は権力意志をその感動の方から見た者」、つまり「権力意志」を感覚的にとらえようとした際に感じられる或る印象のことを指しているのであり、この「力感」は「原子的な表象の集団たる意識の底に常に流動しつゝ活動せるものを指したのである」[8]、つまりそれぞれが個々多様な運動をしている人間の「意識」の奥底にあって、常にそれらの「根本動力」として働いている見えない動機、すなわち「権力意志」そのものの様態（現在は通常、「力への意志」と訳される）を指している。「権力意志」とは、「感覚や恣意の内に動力とし評価者としてひそみ全然原子的に相互の連絡を欠いてゐる所の意識に対して、方向と活力とを与へるもの」であり、「神秘な直接な内的事実」[9]である。「我」は権力意志の主客として「仮構」されたものにすぎないので、そこに宿ると考えられている「精神」を起点にものを考えるのは不毛だと説くのである。

これら「権力意志」や「直接な生命」といった用語は、人間の根源的な生命力やその働きを言い表しており、和辻『ニイチェ研究』はこの、理知によってはとらえ得ない、意識を超えた動力として人間の内にある「根本の力」こそが、われわれが行為する際に依拠すべき唯一の価値観であるとする立場を、ニーチェ思想の核心として解釈している。そしてこの立場は、明治末以降、昭和初年代前半にかけて日本で流行が見られた「大正生命主義」の特徴と、用語の上でも理念の上でも濃厚な共通性を示すものだった。そこで『ニイチェ研究』はこの「大正生命主義」と呼ばれる思想潮流の発祥と流行を検討する上で重要な位置を占める著作である事実を、論者は主張してきた。いわゆる「大正教養主義」に属すると見られる思想家たち、および生命主義国語教育論者たち等をも含め、この著書が与えたと思われる影響の範囲は決して小さくないものだった。小林秀雄もまたその中に含まれる。

ところで、和辻哲郎はそうした生命主義的な発想をどこから得たのだろうか。明治四十年代初めより典型的に生命主義的な発想と用語をもつ文芸評論および教育論を発表し始めた片上伸、やや遅れてほぼ同時期に生命主義的美術評論を書き始めた高村光太郎ら白樺派系論客たちと和辻には、その後の大正生命主義の特質を決定づける発想や用語において、大きな共通項があった。[10]これらに鑑みれば、明治四十年前後に、彼らを同じ方向に向かわせた何らかの動き、および西洋思想としての「生の哲学」を日本的に解釈した大正生命主義を成立せしめる何らかの動きがあったのではないかと推測される。

この間の事情を解く手がかりの一端として、哲学者であり教育学者であり神秘思想家でもあったルドルフ・シュタイナーの思想に注目し、それが和辻哲郎、および生命主義的視点に立っていたと考えられる哲学者西田幾多郎に与えた影響力を検討してみたい。シュタイナー思想には、大正生命主義成立の原動力になったのではないかと考えられるほどの、日本の思想界への隠然たる影響力が、実はあった。管見では上記三者の関係を最初に指摘したのは、河西善治『京都学派の誕生とシュタイナー』(二〇〇四年)[11]である。河西は、シュタイナーによる一八九五(明治二十八)年刊の著作『ニーチェ――同時代との闘争者』(以下、『ニーチェ』と略記)が、ニーチェ思想の核心を「力への意志」(同語の和辻訳は「権力意志」)に見ている点、シュタイナーの同著作が言及を避けたニーチェの「永遠回帰」思想について『ニイチェ研究』もまた避けている点、和辻の他の著作と『ニイチェ』研究の性格にあまりに大きな懸隔がある点などをあげ、和辻の『ニイチェ研究』が「シュタイナーのニーチェ論の骨組みをそのままにして、別風の肉づけをしただけ」[12]だと断定している(河西は、和辻に『ゼエレン・キエルケゴオル』[13]という、『ニイチェ研究』に比肩し得る著作がある事実には言及していないが、この著作が『ニイチェ研究』ほどに話題になることも評価されることもなかったのも事実である)。

河西は例えば、『ニイチェ研究』序文の「彼の一生の幾度かの変遷は、彼の思想の論理的展開ではなくして、むしろ彼の人格の成長である」と、シュタイナーによる『ニーチェ』序文の「私は、ニーチェの場合採り上げるべきなのは主張の変化ではなく、上昇運動、つまり一つの人格の自然な発展だけであることを示そうとした」といった箇所を引き比べ、両者の類似性を指摘している。[14]確かに両著作の論点、主張に共通点は多々あり、和辻がシュタイナーによるニーチェ論に大きな影響を受けたことに間違いはないようだが、和辻なりの解釈や他の思想家・著作からの影響も当然多々見られるので、河西の主張する「剽窃」には当たらないと思われる。

それにしても、論者もかつて引用した西尾幹二による和辻『ニイチェ研究』評価「和辻の本の独創性はニーチェの存在の根本形式を『権力意志』にみた着眼にある。……この意図に類似したニーチェ論は、当時世界にまったくなかった。権力意志の形而上学という今日ではほぼ定説となっているニーチェ論は、久しく外国においてもみられなかった観点である」（一九八二年）[15]は誤っていたことになる。当時日本に広くは知られていなかった哲学者にして教育学者（芸術教育学者）、および神秘思想家でもあったルドルフ・シュタイナーは、生前のニーチェと面会し、ニーチェの遺稿の整理に当たった人物であり、ニーチェ同様、近代的主知主義に偏向した学術界の傾向を嫌い、生きて活動している人間経験にとっての真実を追究した思想家として、ニーチェに深い親近感を抱いていた。このシュタイナーのニーチェ論の影響下に和辻『ニイチェ研究』が書かれたのは事実であるようだ。

本稿は、河西とは別の視点に立つものとして、すなわち大正生命主義に関わるとみられる著述家たちの生命主義的な発想の源泉をさぐり、その思想的文脈を再現することによって、それらの著述が本来意図した思想の輪郭を明らかにし、かつそれに即した意義を見いだすための基礎作業の試みとして、両者を比較検討したいと考える。シュタイナーは次のように書いている。

観念論者たちは人間を肉体と魂とに分割し、全存在を現実と観念に分けた。そして彼らは現実と肉体をいっそう蔑視できるように、魂と精神と観念を特別な価値のあるものとした。しかしツァラトゥストラは次のような意味のことを言う、〈一つの現実、一つの肉体が存在するだけである。魂はたんに肉体に、観念はたんに現実に付属するものである。人間の肉体と魂は一つである。体と精神は一つの根から発しているのだ。自身に精神を生み育てる力のある体が存在するからこそ、精神は存在するのである。植物が自身に花を咲かせるように、体は自身に精神を開花させるのである〉。

「兄弟よ、お前の思考と感覚の背後には、自己と呼ばれる強大な支配者、知られざる賢者がいるのだ。彼はお前の肉体に住んでいる。お前の肉体が彼なのだ。」[16]

右の末尾に引用されているのはニーチェ『ツァラトゥストラ』第一部「肉体の侮蔑者」（生田長江訳目次による）の一部である。シュタイナーはニーチェの同著作を読み解きながら、考え、判断する主体としての「精神」を偏重する近代的学問姿勢を批判する立場に立ち、独立した「精神」の否定および心身一如の認識論を主張している。さらにシュタイナーは次のように言う。

「お前の最高の知恵の中よりも、お前の体の中の方に多くの理知が存在する。（中略《ママ》）……」

花を木からむしり取り、むしられた花がその後なお成育して実を成らすだろうと思う者は愚か者である。精神を自然から切り離し、その切り離された精神がなお創造し続けられると思う者も同様愚か者である。病んだ本能の持ち主が精神と肉体の分離を行ってきた。[17]

右の冒頭で引用されているのも「肉体の侮蔑者」の一部である。大正十年刊生田長江訳全集の該当箇所を次に示す。

汝の思想と感情の背後に、我が兄弟よ、強大なる主宰者、知られざる智者は立てり。これに名けて自身と云ふ。汝の肉体の中に彼は住む。汝の肉体は即ち彼なり。

汝の肉体には、汝の最善の知恵にあるよりも多くの理性あり。されば汝の肉欲が、恰も汝の最善の知恵を必要とする所以を、何人かよく知るものぞ。[18]

右にあげてきた三者（ニーチェ、和辻、シュタイナー）はそれぞれ、心身一如の視点を説きながら、その視点より「肉体」（身体）の重視を称揚している。観念（精神）の偏重をいましめる視点も共通している。これらと小林秀雄の文章の立脚点には明らかな同質性がある。

小林がシュタイナーのニーチェ論に拠ったのか、またはニーチェ『ツァラトゥストラ』および『権力への意志』に直接拠ったのか、あるいはそれらを合わせ読んだか、この部分だけの比較でただちには判断しがたいところである。しかしいずれにしても、本節最初に引いた小林秀雄の文言「肉体の動きに則つて観念の動きを修正するがいゝ、前者の動きは後者の動きより遥かに微妙で深淵だから」の背景に、ニーチェの肉体論があった事実は認定し得るだろう。

これまでの論稿に示してきたように、小林の文章には、和辻『ニイチェ研究』からの直接の借用と思われる用語もあれば、長江訳『ニイチェ全集』から引いたと思われる文言もあった。小林が両者を合わせ読んだと考えて不自然はない。さらに本稿では、和辻が『ニイチェ研究』の下敷きにしたと思われるシュタイナー『ニーチェ』からの直接の影響という可能性もあげておきたい。『ニイチェ研究』にはなく『ニーチェ』を含むシュタイナーの著作にのみ見られる記述が影響したと思われる文言が、小林の著作中に見出されるからだ（事例は後述する）。ドイツ語を読まないはずの小林がどのような経路でシュタイナーを受容できたかは不明である。ここでは、そのように考えざるを得ない事例が多々ある、という報告をするにとどめるほかない。

以上の検討により、小林がしばしば「肉体」重視の姿勢を示す理由の一端が明らかとなる（多くの事例について、本書第四章にて言及したので、ここではこれ以上示さない）。小林は、心身一如の統一的なはたらきとしてある生命の現実の姿をとらえることに主眼を置いていると考えられる。そこには当然、「無要な諸観念の跳梁《てうりやう》」すなわち主体としての精神の働きに偏重した、近代的な学問姿勢に対する批判の意識を、含んでいることになる。観念的分析に偏しない、より生の活動の全体を生かした、現実への向き合い方を指向していることになる。

では、小林秀雄にとって、室町時代が「少しも遠い時代ではない」（本節冒頭の引用文）のはなぜか。小林は、より具体的にはどのような姿勢で古典に対そうとしているのか。さらに検討を進める。

二　小林秀雄の古典・歴史認識と西田幾多郎の「人格」論

本節では、小林の文言を検討しつつ、同時代に活躍した京都学派の哲学者にして、いわゆる「大正教養主義」を牽引した人物であり、大正生命主義を体現する一人でもあったと目される西田幾多郎との関係に言及する。前稿でも言及した両者の〝シンクロニシティ〟をさらに検討することになる。

典型的な事例の一つとして、戦後に発表された「弁名」（昭和三十六年）と題される小林の文章の一部を次に示す。

彼等〔伊藤仁斎や荻生徂徠〕が、古典を自力で読まうとしたのは、個性的に読まうとした事ではない。彼等は、ひたすら、私心を脱し、邪念を離れて、古典に推参したいと希つたのであり、もし学者が、本来の自己を取戻せば、古典は、その真の自己を現す筈だと信じたのである。彼等に問題だつたのは、古典に接する場合の、人間としての学者の全的な態度なのであり、如何にして無私を得ようかと案ずる倫理的態度だつたのであつて、彼等が身につけたこの無私な態度は、今日言ふ学者の人格とは関係のない研究の客観的な方法とは、全く意味合ひが違ふのである。[19]

右で小林は「ひたすら、私心を脱し、邪念を離れて、古典に推参」する姿勢を言い、そうした「無私な態度」の必要性を説きながら、それを「人間としての学者の全的な態度」と言い換え、今日の「学者」の標榜する「人格とは関係のない研究の客観的な方法」を対置してみせる。しかし無私な態度の結果、「学者が、本来の自己を取戻」すことによって古典が「その真の自己を現す」という言明は、やはり感覚的に過ぎる主張に見える。また一方、これが単に主観を優先する意図だったならば、小林の文章は今日まで生き残る力をもたなかったのではないだろうか。ならば小林は何を言おうとしているのか。同文章からさらに引用する。

人間的事物といふ非合理的な実体は、私達に、その中で生きて考へて欲しい、考へられなければ感じて欲しい、といつも要求してゐる。この要求は、こちら側の見方や考へ方のご都合な整備などには一顧も与へはしない。その事を常識は感得してゐる。だが、残念ながら常識は生活に多忙なのである。[20]

古典は「人間的事物」と言い換えられ、「その中で生きて考」えることが要求される。対象に心情的に寄り添うような、きわめて情感的な態度が求められているのだろうという理解はできるが、その要求は「こちら側の見方や考へ方のご都合な整備などには一顧も与へはしない」という、謎めいた言明が付加されることによって、単なる主観主義とは受け取り得ない文脈を形成している。小林が読み込んでいたと思われる和辻『ニイチェ研究』には次のような文があった。

純粋なる心的活動はニイチェにあつては人間の全的活動に外ならぬ。独立した身体もなければ独立した精神もない。たゞ人間がある。権力意志としての人間がある。[21]

人間の心身一如の活動の全体、つまり「人間の全的活動」は「純粋なる心的活動」であり、それは根源的な生命力であるところの「権力意志」の活動そのものだと言うのである。小林の使う「全的」という語と和辻のそれが同じニュアンスである点は以前に論じたので、ここではその「全的な態度」が「無私」であることに、どのようにつながるのかを検討する。そのための有力な手がかりとなるのが、和辻、小林とおそらく発想の源を同じくする西田幾多郎の文言である。

西田幾多郎『善の研究』（明治四十四年）が、生命主義的な色彩を帯びている点には前稿で言及した。同書で西田は次のように言う。

> 我々が全く自己を棄てゝ思惟の対象即ち問題に純一となつた時、更に適当にいへば自己をその中に没した時、始めて思惟の活動を見るのである。思惟には自ら思惟の法則があつて、自ら活動するのである。[22]
>
> 我々が物を知るといふことは、自己が物と一致するといふにすぎない。花を見た時は即ち自己が花となつて居るのである。花を研究して其本性を明にするといふは、自己の主観的臆断をすてゝ、花其物の本性に一致するの意である。[23]

想像も美術家の想像に於て見るが如く入神の域に達すれば、全く自己を其中に没し自己と物と全然一致して、物の活動が直に自己の意志活動と感ぜらるゝ様にもなるのである。[24]

右には、自己を「思惟の対象」の中に「没した時、始めて思惟の活動を見る」という、きわめて逆説的な表現が見られる。自己を没したところから思惟が始まるとは、どのような様態を指すのか。この、無私でありつつ対象の内部に寄り添うという小林の表現と、「全く自己を棄てゝ思惟の対象即ち問題に純一とな」るという西田の表現との類似性は高い。小林と西田が生命主義的傾向を持つ点で同じ思想的傾向を持つ点を前稿までに確認してきた。それを踏まえれば、この類似は偶然ではなく、両者が同じ思想潮流に属するため、すなわちその発想の源泉を同じくするためだと考えるのが適当だろう。そうであれば右以外の点にも両者の類似性は見出せるはずで、実際のところ、それは多々発見できるのである。

さらに西田の文言を追い、その意図を検討する。

余が前に実在に就いて論じた様に、物体といふも我々の意識現象を離れて別に独立の実在を知り得るのではない。我々に与へられたる直接経験の事実は唯この意識現象あるのみである。空間といひ、時間といひ、物力といひ、皆この事実を統一説明する為に設けられたる概念にすぎない。物理学者のいふ様な、すべて我々の個人の性を除去したる純物質といふ如き者は最も具体的事実に遠ざかりたる抽象概念である。[25]

ここに表れているように、西田もまた、「物理学者のいふ様な、すべて我々の個人の性を除去したる純物質といふ如き者」への違和感、我々が現実に経験する現象がそれぞれに持っている個々独特の性質、色合いを捨象する立場への違和感、すなわち、いわゆる客観性を重んずる近代的学問姿勢への違和感をとなえている。人間にとっての実在はすべて、「意識現象」から発生するものだという一元論的な立場から、西田は精神と物質（身体）の二元論に異を唱える。西田は「純粋経験を唯一の実在としてすべてを説明して見たい」[26]という意図で『善の研究』を書いたと、その「序」に述べており、その「純粋経験」は意識の原初的な状態を指している（その定義には揺れ幅があるとの指摘が諸家によってなされているが、少なくとも『善の研究』での西田は明確に一義的な定義を述べている）[27]。

すべての判断の出発点を、この「純粋経験」に置く立場に、西田は立つ。そして「純粋経験」（または「直接経験」）にとっては、「空間」も「時間」も仮構された概念にほかならないという考え方は、前節にあげた和辻が「こゝに云ふ身体」は、「吾人の知力によつて解釈した生理学的のものではなく、主客未分の境に於ける直接な生命としての身体であ」り、またそれは「時間空間に制限せられたる意味の個体ではな」い、としていた文言と同じ思想的文脈にある。和辻の言う「身体」は、『力の中心』すなわち根源的生命力と「合一」であり、主客未分の、生命の原初的状態を指す。「純粋経験」もまた、意識を白紙にした状態の我に訪れる経験であり、いまだ観念的分析を経ない「純粋」な「我」には、時間も空間も幻視されておらず、「室町時代」も「少しも遠い時代ではない」

状態にある。

さらに西田は、続けて次のように言う。

具体的事実に近づけば近づく程個人的となる。最も具体的なる事実は最も個人的なる者である。……最も根本的なる説明は必ず自己に還ってくる。宇宙を説明する秘鑰《ひやく》は此自己にあるのである。物体に由りて精神を説明せうとするのはその本末を顚倒した者といはねばならぬ。[28]

「自己を棄て」た我々の認識が、「実在」の具体的な本性に肉薄すればするほど、「個人的」な色彩を強め、「自己に還ってくる」という主張は、小林の、無私の状態で古典に肉薄し学者が「本来の自己を取戻」せば「古典は、その真の自己を現す」という主張にきわめて近い。両者とも、人間にとっての生の経験のリアリティを追究していると考えられ、おそらくこの類似も、両者が参照した先行思想が同じであること、つまり両者が思想の源泉を同じくすることが理由である。

西田（同じく、小林）は、自己を棄てて対象のうちに没入することによって「思惟」が可能になり、その結果、「個人の性」を帯びた「具体的事実」つまり我々の経験の実相に肉薄することができると主張する。ここで言う「思惟」は「物体に由りて精神を説明」しようとする「物理学者」のようなそれとは異なる活動となる。総合すると、主観でもない、客観でもない、いわば対象に対する主客同一の認識姿勢が目指されているということのようである。

たとえば西田には次のような言明もある。西田が自らの言う「主客合一」の典型例として「愛」

をあげている箇所である。

何故に愛は主客合一であるかを話して見よう。我々が物を愛するといふのは、自己をすてゝ他に一致するの謂である。自他合一、その間一点の間隙なくして始めて真の愛情が起るのである。我々が花を愛するのは自分が花と一致するのである。月を愛するのは月に一致するのである。親が子となり子が親となり此処に始めて親子の愛情が起るのである。……我々が自己の私を棄てゝ純客観的即ち無私となればなる程愛は大きく深くなる。親子夫妻の愛より朋友の愛に進み、朋友の愛より人類の愛にすゝむ、仏陀の愛は禽獣草木にまでも及んだのである。

斯の如く知と愛とは同一の精神作用である。それで物を知るには之を愛せねばならず、物を愛するのは之を知らねばならぬ。[29]

右の「自分が花と一致する」ことによって花を知る、というような謎めいた文言、「知と愛とは同一の精神作用である」といった逆説的文言は、小林秀雄のそれを彷彿させる。とりわけ、「我々が自己の私を棄てゝ純客観的即ち無私となればなる程愛は大きく深くなる」という文言は、通常の意味ではまったく対立する「純客観」と、情緒的概念である「愛」との直結を説く、きわめて逆説的な表現を含んでいる。こうした箇所に、小林が古典や歴史に対する姿勢の様態を解く鍵がありそうである。実際に小林もまた「歴史と文学」(昭和十六年)で次のように述べている。

歴史を貫く筋金は、僕等の哀惜の念といふものであつて、決して因果の鎖といふ様なものではないと思ひます。……死んだ子供を、今もなほ愛してゐるからこそ、子供が死んだといふ事実が在るのだ、と言へませう。愛してゐるからこそ、死んだといふ事実が、退引きならぬ確実なものとなるのであつて、死んだ原因を、精しく数へ上げたところで、動かし難い子供の面影が、心中に蘇るわけではない。[30]

歴史解釈の姿勢を説くにあたり、「愛」という通常は情緒的な色合いを持つ語または概念を用いたことで、さまざまに議論を喚起してきた箇所である。しかし西田と小林の両者を合わせ読めば、小林が近代的な学問姿勢からは非客観的態度として遠ざけられているような、いわば「人格」的に対象に向かう姿勢によってこそ人間的な真実が見えるといった方向の論調を志向している事実が見えてくる。小林は単に情緒に訴えているのではなく、和辻、西田等によって日本に受容されたと見られる「生の哲学」系の認識論をなぞろうとしているのだ。それは当面のところ、私心を棄てて、理論的・観念的価値尺度に一切頼らず、対象を純粋に自己の意識に映したときに現れる人格的・人間的な歴史(古典)認識の姿をめざす姿勢を指向しているものだ、と言えそうである。

西田は『善の研究』(第三編第十章「人格的善」)で、一章を割いて「人格」を論じ(他の章でも「人格」はキーワードとして頻出する)、「善」は「人格即ち統一力の維持発展にある」としつつ言う。

人格は其人其人に由りて特殊の意味を持つた者でなければならぬ。真の意識統一といふのは我々を知らずして自然に現はれ来る純一無雑の作用であつて、知情意の分別なく主客の隔離なく独立自全なる意識本来の状態である。我々の真人格は此の如き時に全体を現はすのである。故に人格は単に理性にあらず欲望にあらず況んや無意識衝動にあらず、恰も天才の神来の如く各人の内より直接に自発的に活動する無限の統一力である……我々の人格とは直に宇宙統一力の発動である。〔傍線は論者による〕[31]

意識的・理性的な操作を極力避け、我々の意識の奥底に本来的に備わった「自発的」な統一力にまかせたときにこそ、我々の「我々の真人格」が現れる。それは「我々を知らずして自然に現はれ来る純一無雑の作用」なので、「こちら側の見方や考へ方のご都合な整備などには一顧も与へはしない」（小林）のだ。西田が先の引用文中で「思惟には自ら思惟の法則があつて、自ら活動するのである」としていたのも、この「各人の内より直接に自発的に活動する無限の統一力」と同じ働きの説明と見做すことができる。おのずから各人のうちに働き、「其人其人に由りて特殊の意味を持」ちつつも有機的統一を持った認識の像を結ばしめるような、自律的な作用であるところの「人格」作用を「発動」させるために、小林は「無私」であろうとするのである。このように、小林の文言に西田のそれを重ねて読めば、両者の文言に首尾一貫した姿が浮かび上がってくるのがわかるだろう。

ではこれら西田、小林等がもつ共通項の源泉はどこにあるか。

三　R・シュタイナーの「純粋経験」と西田、小林の「無私」

前記河西は、西田『善の研究』と、シュタイナーによるゲーテ論（原著明治十九年刊）[32]が、ともに「純粋経験」を起点にした論である点、両者の「純粋経験」定義がほぼまったく同一である点をあげ、西田がシュタイナーの論を「剽窃」したのだとしている。加えて、論者が右にあげてきた事例とは別の例をあげつつ、両者の類似を証明しようとしている。

和辻の場合と同様、たしかに『善の研究』にはシュタイナーの著作との多くの共通項が認められ、西田がシュタイナーの影響を受けた事実に間違いはないと考えられる。しかし西田独自の論の展開も示されており、やはり剽窃と言えるほどの相同性は認め得ないと思われる。河西の主張は性急に過ぎると思われるが、両者の影響関係を明確に示唆した点で（両者の類似性についての言及自体は、浅田豊によるシュタイナー著作の翻訳書解説などにすでに散見される）西田哲学理解への貢献度は小さくないと考えられる。それでありながら管見では河西論に言及する論考はいまだほぼ見られず[33]、今後の検討を待ちたいところである。

シュタイナーは二十二歳（一八八三年）の時から十四年間にわたってゲーテの「自然科学論集」編纂にたずさわり、直観に基礎を置くゲーテの認識論に共鳴を深めていった。さらにゲーテとニーチェの思想の共通性にも気づいたと言う。[34]そうした基盤の上に著したのが、『ゲーテ的世界観の認識論要綱』（一八八六年）、『自由の哲学』（一八九四年）、『ニーチェ――同時代との闘争者』（一八九五年）といった初期の諸著作だった。これらは、ニーチェやベルクソンらいわゆる「生の哲学」の流れに分類される思想家たちと同様に、反主知主義的な立場に立つ哲学思想書である。

　ここでは、河西のあげた『ゲーテ的世界観の認識論要綱』が、西田のみならず小林にも影響を与えたと思われる事例を検証する。シュタイナーは、「学問の世界では、直観はおおむね蔑視されてきたものである。ゲーテが直観によって学問的真理を得ようとしたのはゲーテの精神の欠陥であると見なされた」、「直観されたものが学問的価値を持つべきなら、それはその後で証明される必要があると人は考えている」としつつ、「しかし有機科学にとって、直観こそ正しい方法である」[35]（森章吾訳[36]では、「生命科学にとっては、直観こそが正しい方法なのである」とされている）と言明する。そして、次のように続けている。

> 直観による業績には証明科学に対するのと同じ程度の信憑性を認められないという考えが、直観に対する蔑視を少なからず助長している。証明されたものだけが知識であり、それ以外は全て信仰であると、よく言われる。[37]
>
> 直観とは直接に対象の内にあることであり、真理に参入することであり、直観はその際考慮に値するようなことをすべて私たちに与えてくれる。直観は私たちの直観的判断の中ですべてを打ち明けてくれる。[38]

『ニーチェ』においては「肉体の侮蔑者」を批判したシュタイナーが、ここでは直観の蔑視に対する批判を展開している。「直接に対象の内にある」のが、シュタイナーの言う「直観」であり、一般には一種の「信仰」のようなものと考えられているが、「証明科学に対するのと同じ程度の信憑性」や、それ固有の意味と役割があることを認めるべきだと主張する。シュタイナーはさらに言う。

それゆえ歴史について語るときにも、人間の外的要因だとか、時代の内にある理念などを持ち出すことは許されない。歴史の対象はそもそも人間なのであるから。[39]

右は、歴史について語る小林秀雄の、「人間がゐなければ歴史はない。まことに疑ふ余地のない真理であります。ところが、不思議なことには、僕等は、この疑ふ余地のない真理を、はつきり眼を覚まして、日に新たに救ひ出さなければならないのである。唯物史観に限らず、近代の合理主義史観は、期せずしてこの簡明な真理を忘れて了ふ傾きを持つてゐる」[40]といった文言をただちに想起させる。この部分のみを取り出して比較する限りでは、特殊な話題について述べられているわけでもないので、偶然の話題の一致に見えることはあるかもしれないが、西田、シュタイナー、小林に見られるその他の多くの一致点を鑑みれば、やはり偶然ではないと判断されるべきだろう。

シュタイナーもまた次のように言う。

人間本性の意志、人間本性の傾向を把握する必要がある。たとえば、人間が低次の段階からより高次の完成段階へと教育されていくというような目的性を歴史の中に入れ込むことは、私たちの認識学とは全く相入《ママ》れないものである。……歴史的事件を自然現象のように原因と結果の連続の経過として記述しようとすることも、私たちの観点から見れば誤りであろう。歴史の法則はそれよりずっと高次の本性を持っているからである。……原因、結果について語れるのは、人が全く外面的なところにとらわれているときだけである。……だから、対象に身を任せることが唯一の正しい方法である。その対象を越えていくことは全て非歴史的である。[41]

歴史事象における「人間本性」をとらえようとするならば、合理主義的な尺度を持ち込まず、「対象に身を任せることが唯一の正しい方法」である。なぜなら、理論的・観念的史観でとらえられるよりも、「歴史の法則」は「ずっと高次の本性を持っているから」だ。上と同じ姿勢をシュタイナーは、『ニーチェ』においても記述している。

彼〔ディオニソス的人間〕は認識せんとする世界の外に観察者としてたたずむのではなく、自分の認識と一体となる。……彼はすべての人間の内面や情動の中へ入り込み、常時変化し続ける。このディオニソス的賢者には傍観者が対置される。傍観者は常に認識対象の外側にたたずんで、自分を客観的、受動的観察者であると信じている。ディオニソス的人間にはアポロン的人間が対置され、彼は「何よりも視力を高め、幻視力を身につける」。自力で獲得した英知を持たないこのアポロン的精神は、人間現実の彼岸に在る事物の、影像である幻を手に入れんとするのである。[42]

ニーチェが肯定する「ディオニソス的人間」は「すべての人間の内面や情動」に入りこむ者であり、「世界の外に観察者としてたたず」む「傍観者」ではない。対象の高次な本性をとらえるため、「対象に身を任せる」行為には、合理主義的な立場からは排除されるべき「情動」へのアプローチがともなうのであり、それを嫌うアポロン的人間は、結局、「自力で獲得した英知を持ち得ない者にとどまらざるを得ない。結果として彼は、人間にとってのリアルな現実の経験からは隔絶した、実は「事物の、影像である幻」を手に入れることができるのみである。この言明は再び、歴史認識に言及する小林の言葉を想起させる。

現代人は、何は兎もあれ、歴史の客観性だとか必然性だとかいふ言葉を、実によく覚え込んで了つたのであります。そして歴史を冷たい眼で、ジロジロ眺めてゐる。暖い眼でも向けたら、歴史の客観性が台無しになつて了ふとでも思つてゐるらしい。[43]
「万葉」の詩人は、自然の懐に抱かれてゐた様に歴史の懐にもしつかりと抱かれてゐた。惜しと想へば全歴史は己れの掌中にあるのです。分析や類推によつて、過去の影を編み、未来の幻を描く様な空想を知らなかつたのです。[44]

右に言う「過去の影を編み、未来の幻を描く様な空想」とは、たとえば「唯物史観」などを介在させ、過去の歴史事実を主知的にとらえようとした結果得られる、過去の出来事の因果関係や、歴史の発展といった観念的な歴史把握を指す。これらが「未来の幻を描く様な空想」であるのに過ぎないのに対し、自己の内にあるはたらきのみを頼り、「惜しと想」う愛情をもってとらえられた歴史事実、すなわち「自力で獲得した英知」によってとらえ得た歴史事実には、自己にとって「動かし難い」確実なリアリティがあると言うのである。シュタイナーとの近接性は明らかだ。

こうしてみると、シュタイナーがゲーテの認識論に即して言うところの「直観」が、西田幾多郎の言う、認識対象への無私な没入の姿勢にきわめて近いことがわかる。シュタイナーは、意識的な操作を全く放棄した状態で何かの対象に対したとき起こるその意識内の動きを「純粋経験」と呼び、自己の意識が自ずから持っている統一の働きにまかせよ、とする。「そうして初めて、私たちの世界観に内的な統一性が与えられる」からだ。シュタイナーは言う。

> この世界観の中に、経験以外のある別種の要素を取り入れようとすると、その世界観は統一性のないものになる。私たちはただ単に純粋な経験に向かい合って立つ。そしてこの純粋経験自らの内で、それ自身及びそれ以外の世界について光を投げかけてくる要素を求めていこう。[45]
>
> ある観察の内で見いだしたものでなく、逆に観察の中に自ら考え入れたある主張を出発点とすることは、言葉の真の意味において非ゲーテ的である。[46]

何の外的尺度も介在させず、純粋経験を「純粋なる心的活動」（和辻による語）のままにまかせ、そこに自ずから現れる「統一」の働きによって現れる像を経験することがシュタイナーの言う「直観」である。すると、「純粋経験」を起点とする認識の「統一作用」を主張した著書である西田『善の研究』がただちに想起される。河西の指摘通り、両者の関係は密接である。西田は言う。

> 意識の本来は体系的発展的であつて、此の統一が厳密で、意識が自ら発展する間は、我々は純粋経験の立脚地を失はぬのである。[47]
>
> 真の知的直観とは純粋経験に於ける統一作用其者である。生命の補足である。[48]

右の引用箇所で西田は「直観」を「受動的観照の状態」、つまり主観をまじえないで、あるがままに対象を観察する行為状態と説明しており、「純粋経験」を行為化した概念であるシュタイナーの「直観」の定義と変わらない。そもそも西田が『善の研究』の核とした「純粋経験」の定義はシュタイナーのゲーテ論そのままである。注27に示した西田による定義と、シュタイナーによる次の定義の間に齟齬はない。

> 私たちが自己を全く放棄して現実に向かうとき、現実が私たちに現れてくるそのありようが純粋経験である。[49]

要するに、西田が繰り返し言う「無私」(「純客観的」)とは、シュタイナーの定義した「純粋経験」および「直観」にともなう様態そのままだったのだ。つまりここに、西田によるシュタイナー受容の核がある。西田が「無私」を「純客観的」というのは、それが、意識的主体的な動機を一切排除した、意識の原初的状態であるシュタイナーの「純粋経験」をなぞっているからにほかならず(シュタイナーはそこにこそ真の意味での「客観」の起点が置かれるべきだと考えている)、西田が『善の研究』を通して主張した「統一作用」(「人格」の作用)もまた、シュタイナーによるゲーテ論の核心である。小林秀雄の言う「無私」と西田のそれが親近性を持つ事実も、前節に見たとおりである。小林はシュタイナーおよび西田の認識論をなぞり、「直観」による対象認識を説いていたのである。

付言すれば、認識(行動)のための価値基準としての「愛」についてシュタイナーは次のように述べている。

私が自分の行動の外的な原理を承認しないのは、自分自身の中に行動の根拠、すなわち行動への愛着を見出しているからなのである。私は自分の行動が善いか悪いかを知性によって吟味しないで、それを愛しているから実行に移すだけなのである。愛着に浸っている私の直観が、正しいあり方で、直観的に体験される世界の連関の内部に見出されれば、その行動は「善い」のであり、そうでなければ「悪い」のである。[50]

対象を「愛」するという、自己の内側にある動機が、自己にとって意味ある価値基準とされる。この点もまた、小林、西田、シュタイナーに共通する認識の姿勢である。

以上検討してきたような認識姿勢は、大正生命主義、およびその傍流としての生命主義国語教育の潮流に乗り、広まりを見せた。以前に引いた、教育者水鳥川安爾の、生命主義国語教育論全盛期（大正十〜十五年頃）に属する文章（大正十三年刊）を、その典型的な例として再掲しておきたい。

皮相の観察は如何に数を重ねても決してこれに與ることは出来ない。作品の中に沈潜することによつて始めて之に到達することが可能なのである。冷然として道行く人の眼を見よ、そは如何に鮮に透明であつてもその眼の底に輝く何者がある。これに反して愛する人の眼にはその一瞥にも胸奥深く見透して、そこに動く限りなく複雑な感情意志の発露を観ることが出来るではないか。批評もこの例に洩れぬ。恰も路傍の人に対するがごとく冷然たる一瞥をもつてするものは真にこれを批判することが不可能である。忠実に作品に内在し作者の生命を内観して、その作品の価値を観ねばならぬ。[51]

右の水鳥川の文言に見られるシュタイナー、西田、和辻、および小林との類似は、決して単発的に現れた偶然の事例ではなく、生命主義芸術教育論者および国語教育者たちの文章には頻繁に見られる典型的事例ばかりである。[52] 小林を含む四者に共通して見られた文言の特徴が、決して偶然の産物ではなく、ひとつの思想潮流に属するが故の類似性なのだと理解されるだろう。

結

シュタイナーが説くところのゲーテおよびニーチェ、そして和辻哲郎、西田幾多郎、さらに小林秀雄が説くところの、主に歴史や古典を対象とする認識論の特質を比較検討してきた。彼らの標榜する、自己意識の外にある一切の思考基準の否定と自己の意識経験への一元的な依拠に由来する、いわば個人的、情動的認識姿勢は、いわゆる客観的事実認識とはかなり異なった様相をもっており、一見、対象への単純な心情的共感をうたっているように見える。しかしこれらを、実証を超越した文学的空想だと即断するべきではないだろう。ルドルフ・シュタイナー、西田幾多郎等が、繰り返しこの認識姿勢の価値を説き、その文言がその後の思想家たちに持続的な影響を及ぼしえた事実を鑑みれば、彼らは、近代的な学問姿勢からは見えにくくなっている、人間の生きる活動に欠くべからざる認識論を目指しているのではないかという理解が蓋然性をもち得てくる。シュタイナーの認識論が単なる主観主義でないのと同様、その影響下にあると思われる西田幾多郎、小林秀雄もまた、近代合理主義の陥穽を克服し得る認識論の獲得を目指したものと考えられる。

小林秀雄の文言は、シュタイナー、西田らの認識論を、かなり忠実な形で受容している。この、シュタイナーから、西田、和辻哲郎、小林への影響の痕跡、およびシュタイナー影響下の西田および和辻から、小林への影響の痕跡を発掘することにより、小林が目指したと思われるそうした認識論のありようへの理解も漸進するのではないだろうか。
本稿では、小林の言う歴史の「解釈を拒絶して動じない」姿について論じ残した。別稿に期したい。

注

引用文において適宜旧字は新字に改めた。引用文中の〔 〕内は論者による補足である。引用文中の中略・省略は「……」で示した。原書出典表記はMLA形式（第9版）に従った。

1 小林秀雄「當麻」（『文學界』一九四二〈昭和十七〉年四月、『小林秀雄全集 第七巻』新潮社、二〇〇一〈平成十三〉年十月、三五三頁

2 拙稿「生命主義哲学から生命主義文芸論への階梯――生命主義者としての西田幾多郎、その小林秀雄に与えた影響の一側面」（『京都語文』佛教大学国語国文学会、二〇一一年十一月）、本書第五章

3 生田長江訳『ニイチェ全集 第七編〈権力への意志 上〉』新潮社、一九二四（大正十三）年十二月、第四八九節

4 生田長江訳『ニイチェ全集 第八編〈権力への意志 下〉』新潮社、一九二五（大正十四）年三月、第五三二節

5 原佑訳『ニーチェ全集十二・十三　権力への意志（上・下）』理想社、昭和三十七（一九六二）年五・七月、ちくま学芸文庫、一九九三（平成五）年十二月

※原文には次のようにある。

Wesentlich: vom Leib ausgehen und ihn als Leitfaden zu benutzen. Er ist das viel reichere Phänomen, welches deut-lichere Beobachtung zuläßt. Der Glaube an den Leib ist besser festgestellt als der Glaube an den Geist.

重要なこと：身体から出発して、それをガイドとすること。それはより明瞭な観察を可能にする、より豊かな現象である。肉体への信頼は、精神への信頼よりも確立されている。（有田試訳）

（Nietzsche, Friedrich. *Der Wille zur Macht : Versuch Einer Umwertung Aller Werte. 1901. Kröners Taschenausgabe; Bd.* 78, 1980, p.366.　フリードリヒ・ニーチェ『力への意志：あらゆる価値の再評価の試み』一九〇一年、クレーナー・ポケット版、一九八〇年、三六六頁）

6 それぞれの拙稿初出は、「小林秀雄と生命主義美術批評——「人格」主義から「肉体」の思想まで」（『京都語文』二〇〇七年十一月）、「生命主義哲学から生命主義文芸論への階梯——生命主義者としての西田幾多郎、その小林秀雄に与えた影響の一側面」（『京都語文』二〇一一年十一月）

7 和辻哲郎『ニイチェ研究』東京内田老鶴圃、一九一三（大正二）年十月、九一～九二頁

8 和辻哲郎『ニイチェ研究』八九頁

9 和辻哲郎『ニイチェ研究』六六頁

10 拙稿「眼の陶冶と帝国主義（四）——大正期文芸教育論と生命主義芸術教育論」（『京都語文』

二〇〇三年十一月）にて具体的に言及した。

11 河西善治『京都学派の誕生とシュタイナー――「純粋経験」から大東亜戦争へ』論創社、二〇〇四（平成十六）年八月

12 河西善治『京都学派の誕生とシュタイナー』三八頁

13 和辻哲郎『ゼエレン・キエルケゴオル』東京内田老鶴圃、一九一五（大正四）年十月

14 河西善治『京都学派の誕生とシュタイナー』三四頁

15 西尾幹二『日本人のニーチェ研究譜　ニーチェ全集別巻』白水社、一九八二（昭和五十七）年九月、五二五頁

16 ルドルフ・シュタイナー『ニーチェ――同時代との闘争者』樋口純明訳、人智学出版社、一九八一年七月、第十五節、四四頁、Steiner, Rudolf. *Friedrich Nietzsche: Ein Kämpfer Gegen Seine Zeit*, Verlag von Emil Felber, 1895, Weimar.

※和訳として他に、『ニーチェ――同時代への闘争者』西川隆範訳、アルテ、二〇〇八年五月、ルドルフ・シュタイナー『ニーチェ　みずからの時代と闘う者』高橋巖訳、岩波文庫、二〇一六年十二月、がある。

17 ルドルフ・シュタイナー『ニーチェ――同時代との闘争者』四四～四五頁

18 生田長江訳『ニイチェ全集　第五編　ツァラトゥストラ（全）』新潮社、一九二一（大正十）年十月、四四頁

19 小林秀雄「弁名」（『文藝春秋』一九六一〈昭和三十六〉年十一月、『小林秀雄全集　第十二巻』新潮社、

二〇〇一〈平成十三〉年四月、二六七頁）

20 小林秀雄「弁名」、『小林秀雄全集　第十二巻』二七七頁

21 和辻哲郎『ニイチェ研究』六七頁

22 西田幾多郎『善の研究』弘道館、一九一一（明治四十四）年一月、『西田幾多郎全集　第一巻』岩波書店、二〇〇三年三月、一八頁　※以下、同巻は全集とのみ記す。

23 西田幾多郎『善の研究』、全集七六頁

24 西田幾多郎『善の研究』、全集八六頁

25 西田幾多郎『善の研究』、全集一四三頁

26 西田幾多郎『善の研究』、全集六頁

27 以下のごとく。

経験するといふのは事実其儘に知るの意である。全く自己の細工を棄てゝ、事実に従うて知るのである。純粋といふのは、普通に経験といつて居る者も其実は何等かの思想を交へて居るから、毫も思慮分別を加へない、真に経験其儘の状態をいふのである。（西田幾多郎『善の研究』、全集九頁、「第一編　純粋経験」冒頭部分）

28 西田幾多郎『善の研究』、全集一四三頁

29 西田幾多郎『善の研究』、全集一五七頁

30 小林秀雄「歴史と文学」（『改造』一九四一〈昭和十六〉年三月）、『小林秀雄全集　第七巻』二〇二頁

31 西田幾多郎『善の研究』、全集一二一頁

32 ルドルフ・シュタイナー『ゲーテ的世界観の認識論要綱』浅田豊訳、筑摩書房、一九九一（平成三）年六月（原著一八八六年）、Steiner, Rudolf. *Grundlinien einer Erkenntnistheorie der Goetheschen Weltanschauung*. 1886. *Gesamtausgabe Nr.2*, 7. Auflage, 1979, Dornach.

33 西井美穂「ルドルフ・シュタイナーの人間観と宗教性——西田幾多郎の『善の研究』を手がかりに」（『アジア社会文化研究十三』二〇一二年三月）最終節に西田とシュタイナーの思想の比較があるが、河西論への言及はない。

34 ルドルフ・シュタイナー「初版への序文」（『ニーチェ——同時代との闘争者』）による。

35 『ゲーテ的世界観の認識論要綱』浅田豊訳、一〇七頁

36 『ゲーテ的世界観の認識論要綱』森章吾訳、イザラ書房、二〇一六（平成二十八）年八月、一四四頁

37 『ゲーテ的世界観の認識論要綱』浅田豊訳、一〇七頁

38 同、一〇八頁

39 同、一二三頁

40 小林秀雄「歴史と文学」、『小林秀雄全集　第七巻』一九九頁

41 『ゲーテ的世界観の認識論要綱』浅田豊訳、一二四頁

42 『ニーチェ——同時代との闘争者』樋口純明訳、八二頁

43 小林秀雄「歴史と文学」、『小林秀雄全集　第七巻』二〇〇頁

44 小林秀雄「歴史と文学」、『小林秀雄全集　第七巻』二一九頁
45 『ゲーテ的世界観の認識論要綱』浅田豊訳、三三頁
46 同、五七頁
47 西田幾多郎『善の研究』、全集十二頁
48 西田幾多郎『善の研究』、全集三五頁
49 『ゲーテ的世界観の認識論要綱』浅田豊訳、三一頁
50 ルドルフ・シュタイナー『自由の哲学』本間英世訳、人智学出版社、一九八一（昭和五十六）年五月、一六五頁、Steiner, Rudolf. *Die Philosophie der Freiheit*, Dornach / Schweiz, 1894
51 水島川安爾「鑑賞批評の態度」（帝国教育会編『芸術教育の最新研究』文化書房、一九二四〈大正十三〉年六月二十日、三七六頁）
52 拙稿「生命主義芸術教育論の勢力圏――武者小路実篤、片上伸、小林秀雄の〝自己表白〟」（『文学部論集』佛教大学文学部、二〇〇四年三月）、本書第二章、などで論じた。

第七章　「様々なる意匠」の中心素材

【抄録】

ルドルフ・シュタイナー『ゲーテ的世界観の認識論要綱』の核心部分をほぼ祖述した西田幾多郎『善の研究』、同『ニーチェ——同時代との闘争者』によるニーチェ思想解釈の核心部分をほぼ祖述した和辻哲郎『ニイチェ研究』、以上の四著作からの決定的な影響のもとに、小林秀雄の批評思想の核心部分が形成された事実を例証した。とりわけ『ゲーテ的世界観の認識論要綱』からの影響は「様々なる意匠」の中核をなす「宿命」概念の形成に中心的な役割を果たしている。西田、和辻の著作にもシュタイナー思想を応用発展させた独創性があり、その部分からの影響も確認できる。これらによって小林の目指したところが、近代的客観主義にもとづく主格二元論的実在認識の限界を乗り超え、主客一体の統一性を持つ実在認識を目指した、西欧生命哲学思潮の方向と一致することが判明する。

序

前稿（本書前章）[1]で、中期以降の小林秀雄が標榜し続けた「無私」の姿勢とそれに付随する「肉体」重視の姿勢が、ルドルフ・シュタイナーによる「純粋経験」の概念に由来するであろう事実を例証した。シュタイナーの純粋経験概念は、その著書『ニーチェ――同時代との闘争者』[2]を通じて和辻哲郎『ニイチェ研究』[3]に深い影響を及ぼし、『ゲーテ的世界観の認識論要綱』[4]を通じて西田幾多郎の『善の研究』[5]ほかの著作に決定的な影響を与えたと考えられる。西田が『善の研究』で思索の起点とした「純粋経験」には、従来は西田自身が言及するウィリアム・ジェイムズによる純粋経験概念の影響等が指摘されてきた。しかし、西田の概念定義とそれを起点として展開される議論との明瞭な符合が認められる源泉としては、河西善治『京都学派の誕生とシュタイナー』（二〇〇四年刊）[6]が初めて指摘したように、シュタイナー『ゲーテ的世界観の認識論要綱』をおいてほかには考え難い。

当の西田が言明していないシュタイナーからの影響が甚大である事実には疑問をもたれても無理からぬところはあるかもしれない（現状で、上記事実を認める動きは、管見ではまったく見られない）。しかし河西および論者前稿と本稿のあげる数多くの事例はそれを明確に証拠づけうるものであり、その方向への理解が進むことは時間の問題と思われる。今後の批判と検証を待ちたい。

本稿では主としてこの『ゲーテ的世界観の認識論要綱』および西田の『善の研究』が、小林秀雄の文壇デビュー作となった評論である「様々なる意匠」の核心をなす主題に影響を与えたと考えられる痕跡を追い、例証する。それは、いまだにその解釈をめぐって混迷を深めている小林秀雄の文章が、何を本当に言おうとしていたのかを確認するための基礎作業のひとつとなるだろう。

一　R・シュタイナーの「純粋経験」と「統一体」としての「思考世界」

まず「純粋経験」とは何か。シュタイナーは次のように説き起こす。

> 現実は、いわば未知の世界から来るように、私たちの物質的、精神的な知覚能力に現れてくる。さし当り私たちは、目の前に現れてくるこの多様性を眺めまわすことができるばかりである。……だから私たちの一番最初の行為は、現実を感覚によって把握することである。このとき現れる内容をまずはっきりととらえておく必要がある。なぜならこれだけが純粋経験と言えるからである。[7]

存在認識の起点としてシュタイナーは「感覚」による現実把握を示す。さらに「姿、力、音などの無限の多様性が私たちの目の前に現れると、それをすぐに悟性によって秩序付けようとする衝動が私たちのうちに生じる」が、「しかしこのようにして成立するものは、もはや純粋経験ではない」とした上で次のように定義する。

私たちが自己を全く放棄して現実に向かうとき、現実が私たちに現れてくるそのありようが純粋経験である。[8]

右のように「純粋経験」は悟性をさしはさまずに、現実世界をあるがままに受容した像をさす。ただしシュタイナーは、単なる原初的な経験を標榜しているのではない。人間にとってのすべての実在が「感覚」上に現れた「純粋経験」を起点として存立するという一元論的な存在論を展開するための基礎づけをしているのであり、それゆえこの「純粋経験」概念は、一元論的な認識論としての独特の特質をもっている。その特質を述べるために、「純粋経験」に次いで説かれるのは「思考」である。

思考が、世界の中により深く入りこむための道具であるべきなら、思考自身がまず経験になる必要がある。私たちは経験される事象の中で、思考自体を経験の一つとして求めなければならない。

そうして初めて、私たちの世界観に内的な統一性が与えられる。[9]

「思考自身がまず経験になる」とは、感覚に映じた現実（純粋経験）に対してそれを秩序だったものとして理解しようとする働きである「思考」（「概念」を形成する働きである「悟性」とは区別されている）自体を、意図的な操作（悟性）を加えず「純粋経験」として静観するふるまいをいう。そうすることで「経験された事象」は「統一性」が与えられたものとして意識されるからだ。

感覚に現れる現象と思考とが、経験においては対峙している。前者は自身の本質については沈黙している。後者は自らの本質だけでなく、前者即ち感覚に現れる現象の本質も私たちに教えてくれる。[10]

「純粋経験」はそれだけでは単なる経験であり、私たちに何の秩序だった認識ももたらさないが、「純粋経験」と同じく「感覚」に現れる働きである「思考」は、「純粋経験」の「本質」を私たちに理解させる媒介的な働きをもつ（シュタイナーは「思考こそが現実の総体であるというつもりで探求を始めたい」[11]と宣言している）。といっても、シュタイナーの定義では、「思考」は「悟性」とは異なる性質をもつものであり、意図的な操作を一切せずにその動きを観察するべき対象とされている。

この思考生成の過程の中で思考がどのような結合をするべきか決定するのは私たちではない。私たちは、思考内容がその本性に従って展開できるように、場を提供するにすぎない。[12]

「思考」は、「純粋経験」として「感覚」に現れた諸現象相互を結合し、秩序立て、一つの体系として私たちの感覚に認識させる。こうして「私たちの思考世界は全く自立的な本性であり、自ら完結した、完璧で完成された統一体」[13]として存するのである。

つまり「感覚」上に現れた諸現象のありさまである「純粋経験」と、同じく「感覚」上に働き、知覚された諸現象を秩序だった姿として私たちに認識させる「思考」とは、両者とも、何らの意識的意図的操作をも加えない状態に置かれるべきものである。そのような状態において、独自の自律的（または自立的）な生成作用によって「思考内容がその本性に従って展開」し、「純粋経験」を秩序だった体系に組み上げ、私たちに認識される現実の現象の像を生成する。そうしてはじめて「内的な統一性」をもった「私たちの世界観」が得られる。

したがってこの「内的な統一性」をもつ「世界観」は、私たちの意識・意図からは独立した自律的存在である。もしも「この世界観の中に、経験以外のある別種の要素を取り入れようとすると、その世界観は統一性のないものになる」[14]だろう。だから、「ある観察の内で見いだしたもの」を注意深く尊重することが重要であり、それは次のような手順による。

> 思考自体の固有の本性の内に入りこみ、そしてその本質に従って認識された思考と経験とが結び合わされたとき、そこにどんな関係が生じるかを観察すること、これのみがゲーテの意味において行為することである。[15]

つまりシュタイナーの定義する「純粋経験」と「思考」の働きとがその自律的な働きによって

結合するさまを、意図的などのような操作もせず「観察」することが、認識においてなすべき「行為」なのだ。この行為者は経験と思考との自律的な相互の働きをさまたげないよう最大限の注意を払わねばならない。次のごとく。

ゲーテは常に経験の道を厳格に守っている。彼はまず対象をあるがままにとらえ、主観的な意見を全く遠ざけて対象の本質に徹底しようとする。そして諸対象が相互に作用し得るような条件をつくり上げ、そこで何が起こるかを待つ。ゲーテは、自然がその法則性を開示できるような特徴的な状況をつくり上げることに努め、いわば自然がその法則を自ら打ち明けるようにし向ける。[16]

このようにして、感覚に映った諸現象（経験）相互の融合反応の完遂をいわば禁欲的に待ち、ついに「自然がその法則を自ら打ち明け」てくれたとき、「統一性」のある認識がおのずから開示される。

そして、このようにして得られた認識・世界観こそが、シュタイナーの言う意味での「客観」であり、また、人間にとって意味ある世界観であり、主客融合した一元論的全体性をもつ、それゆえに人間の生にとって本来のリアリティをもつ「真実」とされる。この「真実」は、『ニーチェ――同時代との闘争者』の言い方では「生を高揚せしめる力」[17]をもつのである。人間の生命力を高める認識こそが本来的な「真実」だとされる。

それでは、この思考と経験の作用は、どのように「内的な統一性」ある「世界観」を生成していくのか。シュタイナーはその過程を、言葉を変えながら何度も入念に説明している。代表的な箇所を次に示す。

> 私たちの思考は、それだけを〔その思考自体だけを〕観察するときどのように現われるだろうか。それは全くの多様な仕方でつながり合い、有機的に結びついている思考内容の多種多様性である。しかしこの多種多様性をあらゆる方向に充分に調べてみるならば、やはり一つの統一体、調和として現われる。個々の部分はお互いに関連を持ち、それぞれが相手のために存在している。一個は他の部分を変容し、また限定している。[18]

はじめ、「全くの多様な仕方でつながり合」っていた「思考内容の多種多様性」が、しだいに「一つの統一体、調和として現われ」はじめる。これが、思考の統一化作用である。「この概念があの概念とつながり合う、三つめの概念が四つめを解説し、また補足する、という具合」に、多種多様であった諸概念の無秩序状態が、おのずから秩序をなしていく。

しかしいったん秩序を持ち始めた思考内容に、また別の思考内容が投げ込まれると、今度はそれを全体の秩序の中に位置づけるため、新たな統一化の自律的な作用が再び開始される。

何らかのある個別の思考内容が意識に現われると、この思考内容を私の他の思考に調和させるまで私は休まない。そのような隔離された特殊概念というものがあって、私の持っている精神界の他の部分から閉ざされて在るとすれば、それは私にとって全く耐え難いものである。というのも、そもそも全ての思考の内的に確立された調和が存在し、思考世界が統一的であることを私は知っているからである。ゆえにそのように隔絶されたものは私たちにとって不自然であり、真理に反するものである。

このような働きを繰り返し、「私たちは、思考世界全体が内的で完璧な調和体の性格を持っている、というところまでたどり着く」[19]。それによって「私たちの精神が希求するあの充足が与えられ」、「そうして今私たちは真理を手にしていると感じる」。この結果として「全ての概念がお互いに浸透し合い調和し合っている状態を私たちが所有し、そこに真理を見る」ことができる。

注意すべきは、この「真理」が、いわゆる「厳密に客観的な学問」が目指すものとはまったく違っているという点である。そうした立場は「思考」や「概念」を、人間の外界に客観的に存在する現象世界の代替に過ぎないとみなす（つまり、思考や概念がなくともそれと無関係に現象世界は完璧に存在するとみなす）が、シュタイナーは思考や概念といった意識現象こそがむしろ「存在」という現象の本体だと考えている。いわば人間が思考するから存在物は存在しはじめるのだ。

だから「真理」は「思考」が生み出すものと言ってもよい。こうした「認識論という道を通じてのみ、人は思考が世界の核心であるという見解に到達することができる」[20]とシュタイナーは述べている。「感覚」に知覚された「純粋経験」と「思考」が自律的な秩序を築き結ばれあっていくさまは、次のように描写される。

知覚は私たちにとって先ず謎のように現われる。私たちの内にはこの知覚が何であるか、知覚が自らは語ろうとしないその本質が何であるかを探求しようという衝動が生じる。この衝動とは、ある概念が意識の暗闇から立ち昇ってこようとするその働きかけに他ならない。感覚的な知覚と思考過程が同時に進行しているうちに、私たちはこの概念をはっきりつかまえる。無言の知覚は突然私たちに理解できる言葉を語り出す。私たちが把えた概念こそが、求めていた知覚の本質であることを私たちは認識する。[21]

「謎のように現われ」た知覚はこうして、まったくの「多種多様性」から秩序だった「概念」へと、私たちの意図的操作をはなれたところで自律的に再構成されていき、あるとき「突然」に、「私たちに理解できる言葉を語り出す」。そのとき私たちは「知覚の本質」をつかんだのである。

シュタイナーはまた、右に述べてきたような手順で把握された世界観を「理性的な世界観」と呼んでいる。そして「理性的な世界観においては、人間と世界は不可分の統一体として現われる」[22]と主張する。「概念は悟性によって把えられる個々の思考である」と定義したうえで、この「悟性の創造物〈概念〉」が「個別の存在であることをやめ、今や一つの全体性の部分としてのみ生きている」のが、私たちが「真理」に行き着いた状態であり、「理性によって創造された〈知覚された〉このような形成物を理念（イデー）と名づけよう」と記述している。だから「理性とは理念《イデー》を知覚する能力である」と結論している。

もう一度用語と定義を整理すれば、「悟性〔対象を識別して把える働き〕によって創造された概念世界は……多様性であ」り、「純粋経験」と「思考」とを意識する働きであるような「理性において諸概念自体が自ら結合し理念となる」[23]のである。言い換えれば、「思考」が自律的に組み上げた統一ある世界観を知覚する働きが「理性」であり、そうして最終的に知覚された、統一体としての世界像が「理念《イデー》」である。

さまざまな用語が煩雑にもちいられているが、論点は、人間の内面の意識現象こそが、人間が認識しうる「存在」の本体をなすものであり、すると人間の意識の働きの内でのみ人間の本性に即した「真理」をとらえうる、というところにある。

これは、いわゆる「客観」を重んずる近代的な知のありかたに対する反措定となっている。シュタイナーの立場は主客一体、すべてを有機的な統一体としてとらえようとする有機的な（いわゆる「客観主義」の立場から見れば、主観的な、とも見える）世界観を主張するものである。したがって次のように、同じ多様体でも「人工的な分析から発生した多様体」が、存在認識の本質からそれたものとして否定されるのは自然なことだろう。

現実をただ単に悟性的にとらえる者は、かえって現実から離れていく。現実は本当は統一体であるのに、彼はこの現実の代わりに、人工的な分析から発生した多様体を据えるが、それは現実の本質とは全く無関係のものである。[24]

右に言う「人工的な分析から発生した多様体」、たとえばいわゆる客観的な尺度であるところの「因果関係」を求めるような理論的分析によって得られた結果は、シュタイナーの立場から見れば、かえって虚構的であり、「真理」から遠ざかった妄想なのだ。

付言すれば、シュタイナーはこの著書の末尾を次のように締めくくっている。

芸術作品の浮沈は、芸術家がどの程度まで理念を素材に植え込むことができたかにかかっている。……芸術美においては、芸術家が自らの精神を刻印しない部分が残っていてはならない。……芸術とは、行為に応用された学問であろう。学問が理性であるとすれば芸術はその機構(メカニズム)であり、ゆえにそれは実践的学問と名づけられる。そうすれば結局学問は命題であり、芸術は課題であろう。[25]

「芸術」活動は「学問」(いわゆる厳密な客観としての学問のことではない)で得られるような知見を「実践」する行為だとされる。芸術と学問を対象とするこのような関心のあり方は、西田幾多郎にも和辻哲郎にも受け継がれている。ここにも、両者への影響関係のあらわれをみることができる。

二　西田幾多郎の「純粋経験」と「唯一なる義務の世界」

一方の西田幾多郎は「純粋経験」をどのように定義していたか。西田は人間にとっての実在はすべて、「意識現象」から発生するものだという一元論的な立場をとる。そして精神と物質（身体）の二元論によって実在をとらえるような、いわゆる客観主義的な近代の学問姿勢に異を唱える。西田は「純粋経験を唯一の実在としてすべてを説明[26]」する意図で『善の研究』を書いたと、その「序」に述べており、「第一編　純粋経験、第一章　純粋経験」で次のように「純粋経験」を定義している。

全く自己の細工を棄てゝ、事実に従うて知るのである。純粋といふのは、普通に経験といつて居る者も其実は何等かの思想を交へて居るから、毫も思慮分別を加へない、真に経験其儘の状態をいふのである。……自己の意識であつても、過去に就いての想起であつても、之を判断した時は已に純粋の経験ではない。真の純粋経験は何等の意味もない、事実其儘の現在意識あるのみである。[27]

右にシュタイナーの定義との齟齬はない。シュタイナーの場合はさらに「純粋経験」（reine Erfahrung：純粋経験、純粋体験）と「思考」（Das Denken：思考、思索）の相互作用によって、自律的に統一的な世界像が生成されていくとされていた。それに対して、西田は「第一編　純粋経験、第二章　思惟」で言う。

思惟といふのは心理学から見れば、表象間の関係を定め之を統一する作用である。[28]思惟を進行せしむる者は我々の随意作用ではない、思惟は己自身にて発展するのである。我々が全く自己を棄てゝ思惟の対象即ち問題に純一となつたとき、更に適当にいへば自己をその中に没した時、始めて思惟の活動を見るのである。思惟には自ら思惟の法則があつて自ら活動するのである。[29]

これも先に見たシュタイナーの「思考」と定義において齟齬がないことがわかる。西田の「思惟」もまた、知覚された諸表象を自律的な活動として「統一する作用」をもつ。そして「思惟」の「統一作用が現実に働きつゝある間は無意識でなければならぬ」とする点、したがって「思惟の統一作用は全然意志の外にある」とする点も、シュタイナーの「思考」に瓜二つである。

シュタイナーは『ゲーテ的世界観の認識論綱要』で冒頭の「経験」の章（「純粋経験」を説明する内容）の次に「思考」の章をおいており、西田は『善の研究』で「第一章　純粋経験」のつぎに「第二章　思惟」をおいている。これらの章構成においても明らかな両者の連動が見られる。

さらに西田は「第三章　意志」をおき、「或事を意志するといふのは即ち之に注意を向けることである」[30]としつつ言う。

純粋経験の立脚地より見れば、主観を離れた客観といふ者はない。真理とは我々の経験的事実を統一した者である、最も有力にして統括的なる表象の体系が客観的真理である。真理を知るとか之に従ふとかいふのは、自己の経験を統一するの謂である、……我々の真正なる自己は此統一作用其者であるとすれば、真理を知るといふのは大なる自己に従ふのである、大なる自己の実現である[31]

「自己の経験を統一する」のが「真理を知る」ことであり、「真理とは我々の経験的事実を統一したものである」とする主張は、真理とは「統一され」た「思考世界」であるとしていたシュタイナーに、ほぼまったく同調しているとみることができるだろう。

シュタイナーには、西田のような「真理を知る」ことが「大なる自己の実現」であるといった言い方は見られない。すべての現象は自己の経験と思考のうちに生起するものだとするシュタイナーの主張を敷衍すれば西田のような主張になる、と考えることもできるが、それでも、「自己」（人格）の存在感に重心をおく実在認識の様態には、西田独自の思想展開の跡を確認できるように思う。

ただ西田が、「思惟」は「単に主観的」だが「意志は主客の統一である」、「統一作用の頂点が意志である」[32]などとして重きをおいている「意志」の定義は、いまひとつ明瞭になされていない。その意味用法から見る限りでは、おそらくシュタイナーが言う「理性」（「不可分の統一体」であるような「世界観」（「理念《イデー》」）を「知覚する能力」）に、なぞらえた用語であろうと思われる。

シュタイナーにおいても「理性」は、彼の思想を説明するために重きを置かれている用語でありながら、「純粋経験（または単に「経験」）」や「思考」ほどには詳しい用語説明はされておらず、実にそっけない簡単な定義しか与えられていないことを付言しておく。

以上に、シュタイナーの「純粋経験」とそれに伴う「統一作用」が、ほぼ西田にそのまま踏襲されている様態を確認した。次には、この「統一作用」が働く過程を西田がどのようにとらえているかを見る。その説明は、『善の研究』の十二年後に発刊された『芸術と道徳』（大正十二年）にくわしい。

芸術家の見る形は単なる形ではなく、生命の表現でなければならぬ。……生命が生命自身を目的として形成し行くのが、道徳的行為である。すべての作用の統一たる作用の作用が内に省みるといふこと、即ち自己自身の世界を構成するといふことは、すべての作用の内容を統一し、唯一の対象界を構成することでなければならぬ。此には恰もライプニッツの可能の世界から現実の世界への如き推移があると思ふ。[33]

芸術は人間の生命力を表現し形象化するものであり、それ（生命力の発現）がまた「道徳的行為」であり「善」であると西田は言う。そして生命力の発現とは、その人の内面に自律的に働く「統一」の作用、すなわち「作用の作用」（『善の研究』では「人格」の作用とされていた）によって築かれたその人独自の世界観の表現、形象化でなければならないとする。

右に言う「可能の世界」は、ライプニッツ（一六四六—一七一六）による「神は無数の世界（可能な事物の組み合わせ）を創造しえたのであり、現実世界はその一つであるとする思想」[34]をさす。西田自身が言うように、「自己の経験を統一」し、「純粋経験」として自己の内に知覚された様々な「表象間の関係」を「思惟」によって「定め之を統一する」過程は、ライプニッツの言う「可能世界」に類似するところがある。しかし神が多様な可能性の中から「一つの世界」を選んだ、「その世界こそが、この現実世界であ」り、「神が選んだのだから、この世界こそが最善である」[35]と考えるライプニッツの方向性と、西田の目指すところにはかなり違いがある。

西田の重点は神による選択にはなく、人間一人一人の内にある自立した統一作用であるところの「人格」による作用（「作用の作用」）にある。そこに働く「思惟」や「意志」は、その主である人間の意図や意識のあずかり知らぬところで独自の体系を構築していく働きなのだ。その持ち主である人間の意図を超えてその世界観を編み上げていく自動装置のようなイメージといってよいだろう。その統一作用に恣意的な意図や意識を差し挟むことは、一切許されない（もしも差し挟めば真の統一、すなわち「真理」への到達は阻害されることになる）。

西田はライプニッツに倣い「永久真理の結合して、無限なる可能的世界が神の知に於て考へられ、神の意によつてその一が択ばれて、唯一なる現実の世界が創造せられるのである」と続ける。たしかに個人の内の統一作用にその人自身が介入できないという点からみれば、それを神の選択だとする言い方もできなくはない。しかし西田の「作用の作用」の趣旨は結局のところ、次のようにライプニッツとは異なったところに論点を持っている。

芸術的直観に於て、それぞれの見方から映された可能的な人生が、人生全体の統一的立場から決定せられ、唯一なる現実的人生が成立する時、そこに汝は「斯く為さざるべからず」といふ唯一なる義務の世界が現はれるのである。事実的真理は唯一にして動かすべからざる如く、道徳的義務は絶対的命令として遊戯的気分を許さない。創造作用が自己自身に還り、自己自身に十全なる対象界を求める時、そこに無限にして達すべからざる唯一の世界が成立するのである。[36]

最終的に西田が言うのは、内面の統一作用たる「作用の作用」の不可侵性であり、そこに人間は恣意的意図的にかかわることが決してできないし、してはならないという点である。この作用によって、「無限」とも言える多様な可能性の中から「人生全体の統一的立場」に基づいて選び取られ「決定せられ」た「唯一なる現実的人生」は、「唯一にして動かすべからざる如く、道徳的義務は絶対的命令として遊戯的気分を許さない」と強い口調で断言している。

この、最終的に選び取られた「現実的人生」の「唯一にして動かすべからざる」絶対性に焦点をおく観点には西田独自のものが見られるが、その論理の核心にはやはり、シュタイナー思想に同調するところがある。一人の人間の中で、「経験」と「思惟」が自律的に、その人間特有のという意味での、独自の世界観を編み上げ、ひとつの可能な「現実的人生」が選び取られる過程に、その人自身は決して意図的にかかわることができない。その人にできることは、その編み上げの過程を阻害しないよう、自我を抑え、意図を働かせないようにすること、「無私」に徹することだけなのである。

この、特異ともいうべき大変特色ある認識論において、シュタイナーと西田の思想がほぼ重なり合うアウトラインを持っているという事実をどう考えるべきだろうか。そこに影響関係を見ないほうが不自然ではないだろうか。

その人（芸術家）の「創造作用が自己自身に還り、自己自身に十全なる対象界を求める」とき、すなわち自己の外から理論や尺度等持ち込むことなく、自己自身の意識の内にある「対象界」を十分に尊重することができたとき、その芸術家にとっての「無限にして達すべからざる唯一の世界が成立する」。これを存在論的な言い方に改めれば、「意識現象」こそが「唯一の実在である」[37]ということであるし、「存在の世界といふのは意識一般の立場に於て、関係の統一によつて与へられる」ものなのである。つまり「存在」や「実在」という現象自体が、この個人の内面における統一作用によって創られ、人に意識されるようになったものだと明言されている（だから実在は「人格」的なもの、という言い方になる）。これは、すべての「存在」は思考から始まる、とするシュタイナーの立場そのものと言ってもよいだろう。

西田は、「ベルグソンの如く我々は実在界に衝突して生来の豊富なる人格を棄てて行かねばならぬと云ひ得る。併し我々は之によつて実在其者を人格化する神の人格を構成するのである」[38]と続け、あたかもライプニッツやベルクソンの影響を受けたかのような言い方をしているが、ベルクソンの著書の該当箇所（『創造的進化』[39]）には、自律的な統一作用に類する記述はなく、人が意識的に多様な可能性の中から一つを選んでいかざるをえないという趣旨があるのみである。やはり、唯一絶対の、しかも自律的な選択を原理とするシュタイナーおよび西田の認識論は、非常に特徴的なものととらえうる。

三　小林秀雄の「宿命」と「生命」

前稿（本書前章）で小林秀雄がルドルフ・シュタイナーおよび暗にその影響下にあった西田幾多郎、和辻哲郎につらなる、いわゆる「生の哲学」（または「生命哲学」、日本においてはいわゆる「生命主義」）系の哲学思潮から多大な影響を受けていた事実を例証した。その影響の程度はと言えば、小林の批評思想の中核をなす理論形成にかかわる決定的なものだったと考えられる。小林はその出発点から、すでにそうした痕跡を随所に見せている。

代表的なものとして、文壇デビュー以前に書かれたアフォリズム風の批評作品「性格の奇蹟」（一九二六年）から引用する。「芸術家にとって、人間の性格とは、その行動であって断じて心理ではない」[40]と宣言したうえで小林は次のように述べている。

人間の性格が行動であつて心理ではないと観ずる事は、いはゆる概念が飛散した最後に残る芸術家の純精なイリュージョンに他ならぬ。このイリュージョンを摑んだ時、彼は芸術家の性格といふものを発見するのだ。そして又この時、彼の周囲のあらゆる性格が消滅するのだ。

見渡すものは幻怪な行動の神秘なのだ。……
真の芸術家にとつて、美とは彼の性格の発見といふ事である。そして彼の発見した性格の命令は唯一つである。独創性に違反する事はいかなる天才にも許されぬ。[41]

たとえば右をどのように読むべきだろうか。シュタイナーおよび西田の文脈を確認した今、ひとつの思想的文脈が見えてくるのではないだろうか。次のごとく。

芸術家にとって、人間の（その芸術家みずからの）「真実」の性格は、心理分析によっては明らかにならない。人間の本性は、そうした悟性的・概念的・分析的な操作で取り出そうとして取り出せるものではない。そうした意図的な操作をすべて停止したとき、おのずからその人の思考の内側にある統一の作用がはたらき、いかようにもありうる多様性であったものが唯一つの可能性に絞り込まれていき、ほかのものではありえない、どうしてもそうでなくてはならない、「唯一なる義務の世界」としてのその人の性格・本性が現れてくる。人間にとっての真実とは、そのように獲得されるべきものであり、そうやって獲得されたものこそが、有機的な統一をもつ真の「実在」の「理念《イデー》」なのだ。

このように読めば、小林の言う「性格」や「芸術家の純精なイリュージョン」は、西田の言う「自己自身」、「唯一の世界」、「人格」に等しい意味内容を備えていると見ることができる。さて、そのように読む[42]「べき」なのだろうか。さらに、小林の文章にそれとなく「引用」された痕跡が多数見つかる和辻哲郎『ニイチェ研究』の一部を参照する。

ニイチェのいふ本能は、感覚や恣意の内に動力とし評価者としてひそみ全然原子的に相互の連絡を欠いてゐる所の意識に対して、方向と活力とを与へるものである。権力意志である。神秘な直接な内的事実である。純粋なる心的活動はニイチェにあつては人間の全的活動に外ならぬ。[43]

右の「本能」は「全然原子的に相互の連絡を欠いてゐる所の意識に対して、方向と活力とを与へるもの」である点で、シュタイナーの言う、知覚された多様な概念が「自ら結合していく」統一作用にほぼ等しいことを言っている。するとまたそれは西田の言う「作用の作用」の語義範囲にほぼ等しい。和辻は「芸術は如何なる場合にも……統一の力たる権力意志の表現でなければならぬのである」[44]とも述べており、その「権力意志」は、現在では「力への意志」と訳される、人間の意識の奥底に潜む生命力にして、人間の行為を、その生命の力を高めるよう方向づける「神秘な直接な内的事実」だった。それは「純粋なる心的活動」と言い換えられており、小林が言う芸術家の「性格」や「芸術家の純精なイリュージョン」と置き換えても齟齬はない。

和辻は次のようにも言う。

芸術創作を外面より見れば種々不純なものを含んでゐる様であるが、芸術家の内生活より見れば最も純粋な美的活動である。自己目的なる生命の高潮とその必然性の表現とである。もしさうでないとすれば、それは真の芸術創作ではない。[45]
先の「純粋なる心的活動」はまた、「純粋な美的活動」であり、「自己目的なる生命の高潮とその必然性の表現」であるとされる。西田幾多郎による「芸術家の見る形は単なる形ではなく、生命の表現でなければならぬ」という言葉をも彷彿させる言明である。これを小林の次のような言葉と読み合せてみれば、小林の文言が和辻のそれの敷衍と見えてくるだろう。

> 芸術家は生命を発見しただけでは駄目である。発見した生命が自身の血と変じなければならぬ。芸術家の真の苦悩とは、この葉緑素的機能の苦悩である。批評論とは生命の発見を定著したものだ。作品とは生命の獲得を定著したものだ。
> 批評とは生命の獲得ではないが発見である。これ以外に批評の真義は断じて存せぬ。[46]

小林はほぼ同時期に書かれた別の文章でも「芸術家の脳中に、宿命が侵入するのは、必ず頭蓋骨の背後よりだ。宿命の尖端が生命の理論と交錯するのは、必ず無意識に於いてだ。[47]」と述べているので、右に言う芸術家の「生命」が、無意識のうちにその芸術家をある方向に（生命力を高揚させる方向に）動機づける意味内容をもっていることを確認できる。

これらはシュタイナー、西田、和辻、小林が、表現方法の違いはあっても同じ文脈、同じ発想で芸術や認識を語っていることの例証となるだろう。西田の言葉を借りれば、「人格の統一作用」

によって、すべてが主客融合調和一体化した、「統一体」としての世界観を求める存在認識を語っているのだと言えるだろう。

右引用文には、「生命の理論」と密接にかかわる語として「宿命」が見られる。小林秀雄の存在を世に知らしめた「様々なる意匠」（一九二九年）で、それはどのように記述されていたか。さらに確認する。

以下に見るのは、批評家がどのように芸術家やその作品の核心をとらえていくかを描写した箇所である。また、小林がみずからの批評原理を開陳した、「様々なる意匠」自体の核心をなす箇所でもある。


人は様々な可能性を抱いてこの世に生れて来る。彼は科学者にもなれたらう、軍人にもなれたらう、小説家にもなれたらう、然し彼は彼以外のものにはなれなかつた。これは驚く可き事実である。この事実を換言すれば、人は種々な真実を発見する事は出来るが、発見した真実をすべて所有する事は出来ない、或る人の大脳皮質には種々の真実が観念として棲息するであらうが、彼の全身を血球と共に循る真実は唯一つあるのみだといふ事である。[48]

人間（芸術家）のもつ多様であった可能性が一つの現実的選択に絞られていくさまは、先のライプニッツの可能世界、およびベルクソンの人生選択（それぞれ、注に示した該当箇所を参照されたい）を思わせる。しかし、最終的に発見される「真実は唯一つあるのみ」だという言表は、それが「観念」的な「種々の真実」と対比されている点から考えても、西田の「唯一なる現実的人生」と同じ範疇に分類されるべき方向性を示している。また同時に、「思考内容」や「概念」の「多種多様性」が「一つの統一体」に収斂していくという、シュタイナーの言う「思考」の統一化作用と同じアウトラインを示している。

さらには右に続く記述に現れる「宿命」も、その同義語である「血球と共に循る一真実」、「或る人の真の性格」、「芸術家の独創性」等も、シュタイナーが定義する「一つの統一体、調和」および「真理」と同じ語義範囲を持っていると判断される。これらは「頭蓋骨の背後」より「侵入」し、「無意識に於いて」その主体を動機づけるような作用であり、つまり芸術家をしてその内奥から支配する行動原理である。その箇所を次に示す。

雲が雨を作り雨が雲を作る様に、環境は人を作り人は環境を作る、斯く言はば弁証法的に統一された事実に、世の所謂宿命の真の意味があるとすれば、血球と共に循る一真実とはその人の宿命の異名である。或る人の真の性格といひ、芸術家の独創性といひ又異なつたものを指すのではないのである。この人間存在の厳然たる真実は、あらゆる最上芸術家は身を以つて制作するといふ単純な強力な一理由によつて、彼の作品に移入され、彼の作品の性格を搾へてゐる。

シュタイナーは「芸術作品の浮沈は、芸術家がどの程度まで理念〔無意識下に形成された統一体としての世界観〕を素材に植え込むことができたかにかかっている」と述べていたし、西田は

「芸術家の見る形は単なる形ではなく、生命の表現でなければならぬ。」と言う。和辻の「芸術創作」は「自己目的なる生命の高潮とその必然性の表現とである」という言葉も同様の文脈のもとに発されていると理解できる。

またシュタイナーは、みずからの内面に「真実」の世界観を得ていく過程で、たとえば「何らかのある個別の思考内容が意識に現われると、この思考内容を私の他の思考に調和させるまで私は休まない」とも言っていた。すべてを含みながら全体が調和する姿を求め続けるその過程を敷衍すれば、小林が以下に言うような過程に言い換えることは十分に可能である。

> 彼等〔芸術家達〕の仕事は常に、種々の色彩、種々の陰翳を擁して豊富である。この豊富性の為に、私は、彼等の作品から思ふ処を抽象する事が出来る、と言ふ事は又何物を抽象しても何物かが残るといふ事だ。この豊富性の裡《うち》を彷徨して、私は、その作家の思想を完全に了解したと信ずる、その途端、不思議な角度から、新しい思想の断片が私を見る。見られたが最後、断片はもはや断片ではない、忽ち擴大して、今了解した私の思想を呑んで了ふといふ事が起る。この彷徨は恰も解析によつて己れの姿を捕へようとする彷徨に等しい。

「芸術家たちの仕事」から「思ふ処を抽象する」行為を重ねても、常に「何物かが残る」ばかりで核心をとらえることはできず、その豊富性、多様性のうちに「私」はさまよい迷う。この過程が「解析によつて〔批評対象ではなく〕己れの姿を捕へようとする彷徨」（〔　〕内の補足および傍線は論者による）に等しいのはなぜか。

みずからが直接知覚している「己れの姿」を「解析によつて」「捕へようとする」のは、滑稽なことだろう。しかし、対象が他者であっても実は同じである。シュタイナーによれば、「真実」はみずからの「思考」の内にこそあるのであり、そしてそこにしかないからだ。対象が他者であろうと自己であろうと、自己の内面を観照するよりほか、「真実」に到達するすべはない。小林による「批評の対象が己れであると他人であるとは一つの事であつて二つの事でない」[49]という言明も同じ文脈上にある。

この過程は、最終的に次のような目的地にたどり着く。

かうして私は、私の解析の眩暈の末、傑作の豊富性の底を流れる、作者の宿命の主調低音をきくのである。この時私の騒然たる夢はやみ、私の心が私の言葉を語り始める、この時私は私の批評の可能を悟るのである。[50]

ここでも再び、シュタイナーの言葉が同型のものとして思い出される。シュタイナーによれば、みずからの意識の内に「知覚」が「先ず謎のように現わ」れ、この「感覚的な知覚と思考過程が同時に進行しているうちに、私たちはこの概念をはっきりつかまえる」に至る。そして「無言の知覚は突然私たちに理解できる言葉を語り出す」。こうして「把えた概念こそが、求めていた知覚の本質であることを私たちは認識する」ことになる。

小林の場合、「解析の眩暈」から覚め、「作者の宿命の主調低音をきく」とき、つまりみずからの心のうちを探索するとき、やがて「私の心が私の言葉を語り始める」ことになる。偶然の一致以上の同型性が、ここにはあるというべきではないだろうか。

さらにシュタイナーは続けて、「人工的な分析から発生した多様体」は逆に、これまでに述べてきたような「現実の本質とは全く無関係のもの」だとして否定的に論じていた。小林も右に続けて言う。

私には文芸批評家達が様々な思想の制度をもつて武装してゐることを兎や角いふ権利はない。たゞ鎧といふものは安全ではあらうが、随分重たいものだらうと思ふ許りだ。然し、彼等がどんな性格を持つてゐようとも、批評の対象がその宿命を明かす時まで待つてゐられないといふ短気は、私には常に不審な事である。

右で、「人工的な分析」のツールであるところの「様々な思想の制度」が否定されているのがわかる。さらに、「批評の対象がその宿命を明かす時まで待」つべきなのはなぜか。これは、シュタイナーの言い方では、たとえば、「自然がその法則性を開示できるような特徴的な状況をつくり上げることに努め、いわば自然がその法則を自ら打ち明けるようにし向ける」ためではないだろうか。意図的な操作によっては、人間の「本性」としての「真実」が得られないため、自己の思考の統一作用が進行するのを「無私」（西田）な態度で静観している必要があるからではないだろうか。

これらの問いに、そうだと言い得るだけの整合性が、ここまでの確認作業によって、これら小林の文言と、シュタイナー、西田、和辻の文言との間に見出されてきたと思われる。すると小林は批評家としてその出発点から、シュタイナーの言う、人間の本性にとっての、真の実在認識をめざしていたのである。それは人間を精神と身体に分断した西欧思想史上の近代主義を乗り超え、人間存在を総体として把握するための必然的姿勢であったのだ。

結

人間にとっての「真の実在」をとらえ得る認識とはどのようなものか、と問うシュタイナーに対して、西田はどのような認識姿勢が人間の主客両面の統合された全的な生き方にとって「善」であるか、と問う。シュタイナーの濃厚な影響下に、「人格」の（知覚に対する）統一作用を詳述した『善の研究』の独自性は、そこにあるだろう。[51] また、ニーチェ思想の核心を「力への意志」（権力意志）ととらえたシュタイナーを祖述しながら、たとえばそれを芸術創作および芸術批評の理論として演繹発展させたところに和辻の独自性はあっただろう。

小林はこれら三者の成果を受容しながら、みずからの芸術批評・文芸批評の理論を形成し、実践的な批評活動においてそれを具象化した、と評価しうる。ただし小林がどのような経路でシュタイナーを受容しえたかは、現時点ではいまだ不明である。

前稿で引用した小林の文章を次に再掲する。

彼等〔伊藤仁斎や荻生徂徠〕が、古典を自力で読まうとしたのは、個性的に読まうとした事ではない。彼等は、ひたすら、私心を脱し、邪念を離れて、古典に推参したいと希つたのであり、もし学者が、本来の自己を取戻せば、古典は、その真の自己を現す筈だと信じたのである。彼等に問題だつたのは、古典に接する場合の、人間としての学者の全的な態度なのであり、如何にして無私を得ようかと案ずる倫理的態度だつたのであつて、彼等が身につけたこの無私な態度は、今日言ふ学者の人格とは関係のない研究の客観的な方法とは、全く意味合ひが違ふのである[52]

あらためて右を読めば、小林が「ひたすら、私心を脱し、邪念を離」そうとした理由がわかる。「思考」の「統一化」作用を妨げないためである。「学者が、本来の自己を取戻」すとは何か。自己の外部にあるいわゆる学問的客観的尺度にまどわされず、自己の内の「純粋経験」と「思考」を尊重し静観する姿勢を徹底することである。「古典は、その真の自己を現す」とは何か。学者が古典作品から、その人格にとって真に意味あるような、体系化された実在の本性を会得することである。「人間としての学者の全的な態度」とは何か。近代的な「客観主義」に偏しない、主客融合した世界観やそうした実在認識の探求をめざす学問姿勢をさす。[53]

西田による「真の善とは唯一つあるのみである、即ち真の自己を知るといふに尽きて居る」[54]という文言も同じ文脈上にある。対象を知ることと自己を知ることは表裏一体である。しかしそれは自己の主観にたより客観を棄てることではない。自己の内にこそ、唯一の真実在を見出しうるからであり、そこにこそ真の意味での「客観」があると考えうるからなのである。

小林はまた言う。

人間的事物といふ非合理的な実体は、私達に、その中で生きて考へて欲しい、考へられなければ感じて欲しい、といつも要求してゐる。この要求は、こちら側の見方や考へ方のご都合な整備などには一顧も与へはしない。[55]

なぜ「この要求は、こちら側の見方や考へ方のご都合な整備などには一顧も与へはしない」のか。「思考」や「思惟」、「人格」は自律的に体系的世界観を生成する。その過程に恣意を差し挟むことはできず、しかも生成された結果の世界観は「動かすべからざる」、「絶対的命令」ともいうべきもので「唯一」そうでしかあり得ない姿だからだ。

右引用と同時期の小林が「歴史といふものは、見れば見るほど動かし難い形と映つて来るばかりであつた。新しい解釈なぞでびくともするものではない」[56]、「解釈を拒絶して動じないものだけが美しい」[57]と言うのも、それが恣意的操作を受け付けない、唯一絶対の実在の姿だからであった。

注

引用文において適宜旧字は新字に改めた。引用文中の〔　〕内は論者による補足である。引用文中の中略・省略は「……」で示した。原書出典表記はＭＬＡ形式（第9版）に従った。

1　拙稿「小林秀雄の「無私」と西田幾多郎・シュタイナーの認識論――正当な解釈と評価のために」（『京都語文』佛教大学国語国文学会、二〇一八年十一月）

2　ルドルフ・シュタイナー『ニーチェ――同時代との闘争者』樋口純明訳、人智学出版社、一九八一年七月（原著一八九五年）、Steiner, Rudolf. *Friedrich Nietzsche: Ein Kämpfer Gegen Seine Zeit*. Verlag von Emil Felber, 1895, Weimar.

3　和辻哲郎『ニイチェ研究』東京内田老鶴圃、一九一三（大正二）年十月

4　ルドルフ・シュタイナー『ゲーテ的世界観の認識論要綱』浅田豊訳、筑摩書房、一九九一年六月（原著一八八六年）、Steiner, Rudolf. *Grundlinien einer Erkenntnistheorie der Goetheschen Weltanschauung*. 1886.

5　西田幾多郎『善の研究』弘道館、一九一一（明治四十四）年一月

6　河西善治『京都学派の誕生とシュタイナー――「純粋経験」から大東亜戦争へ』論創社、二〇〇四年八月

7　『ゲーテ的世界観の認識論要綱』三一頁

8　同、三一〜三二頁

9 同、三三頁
10 同、五一頁
11 同、五七頁
12 同、五二頁
13 同、五三頁
14 同、三三頁
15 同、五七頁
16 『ゲーテ的世界観の認識論要綱』五七～五八頁
17 『ニーチェ――同時代との闘争者』一〇〇頁
18 『ゲーテ的世界観の認識論要綱』五八頁、以下同じ
19 同、五九頁
20 同、七九頁
21 同、六七頁
22 同、七二頁
23 「理性」「悟性」「理念」等の用語の訳語は、森章吾訳『ゲーテ的世界観の認識論要綱』(イザラ書房、二〇一六年八月)においてもまったく同じである。
24 『ゲーテ的世界観の認識論要綱』七一頁
25 同、一三〇～一三一頁

26　『善の研究』、『西田幾多郎全集　第一巻』岩波書店、二〇〇三年三月、六頁、以下で同巻は『全集』とのみ記す。
27　『善の研究』、『全集第一巻』九頁
28　同、一六頁
29　同、一八頁
30　同、二四頁
31　同、二七頁
32　同、一三頁
33　西田幾多郎「美と善」（『哲学研究』第七八号、一九二二〈大正十一〉年九月一日）、『芸術と道徳』岩波書店、一九二三（大正十二）年七月、『西田幾多郎全集　第三巻』二〇〇三年十一月、一九九頁
34　「可能世界」（『大辞林　第三版』三省堂、二〇〇六年十月）
ライプニッツ『モナドロジー（単子論）』の該当箇所を次に示す。
五三　ところで、神の持つてゐる観念の中には無限に多くの可能的宇宙があるのに、宇宙は唯一つしか存在することができないのであるから、神をして他の宇宙を差し措いて此の宇宙を選ぶやうに決定させてゐる、神の選択の十分な理由がなければならない。
五四　そして、この理由は適合 convenance といふことの中に、若くはこれらの世界が含んでゐる完全性の度の中にしか存することができない。可能的なものは各内に包んでゐる完全性に応

じて存在を要求する権利を持つてゐるからである。
五五　これが、最善なるものの現実存在する原因であつて、神は知慧 la sagesse によつて最善なるものを知り、善意 la bonte によつて之を選び、勢力 la puissance によつてこれを生ずる。
（ライプニツ『單子論』〈哲学古典叢書第五篇〉河野與一訳、岩波書店、一九二八年、二八三頁、Leibniz, Gottfried Wilhelm. *Monadologie*. 1714.）

35　「可能世界」（『日本大百科全書〈ニッポニカ〉』小学館、一九九三年四月）

36　「美と善」、『全集第三巻』一九九頁

37　『善の研究』（「第二編　実在　第二章　意識現象が唯一の実在である」）、『全集第一巻』四三頁

38　「美と善」、『全集第三巻』二〇一頁

39　該当箇所を次に示す。
静かに自己の歴史を振返つてみれば、自己の幼年時代の性格のうちには、さまぐ〵な人の性格が含まれてゐる。而して、其等さまぐ〵の性格は、未だ発展せざる状態にある為め、雑然として共存することが出来た。少年の愛すべき所以は、一はその性格のうちに斯くさまぐ〵の性格が含まれてゐながら、而もそれ等が未だ何れとも決定せずして、前途にさまぐ〵な期待を起させる点にある。しかるに斯かる雑然たる性格も、次第に成長するにつれて、次第に両立しがたく成つてくる。人間は、同一生活をたゞ一度しか生活することが出来ないため、勢ひ其所に選択が行はれなければならない。又事実に於て、吾人は絶えず選択してゐる。吾人は絶えず或る性格を取つて、其他の性格を棄てゝゐる。されば吾人は、……実に幾多の性格を犠牲にして、現に今所有するが

如き性格を実現したのである。（アンリ、ベルグソン原著　金子馬治・桂井當之助共訳『創造的進化』早稲田大学出版部、一九一三〈大正二〉年十月、一九四頁、Bergson, Henri. *L'Évolution créatrice*. 1907.）

40 小林秀雄「性格の奇蹟」（『文藝春秋』大正十五年三月号、『小林秀雄全集　第一巻』新潮社、二〇〇二年四月、八一頁）、以下で同全集は『全集』とのみ記す。

41 「性格の奇蹟」（『全集第一巻』八二頁）

42 これについては、「初期小林秀雄の思想形成――ニーチェ『力への意志』と『宿命』」（『稿本近代文学』一九九四年十一月）ほかの拙稿で述べてきた。『ニイチェ研究』の特質についてはそれらを参照頂ければ幸甚である。

43 和辻哲郎『ニイチェ研究』東京内田老鶴圃、一九一三（大正二）年、六六～六七頁

44 『ニイチェ研究』三一七頁

45 『ニイチェ研究』三二九頁

46 小林秀雄「測鉛II」（『大調和』一九二七〈昭和二〉年九月）、『全集第一巻』一〇八頁

47 小林秀雄「ランボオI」（『仏蘭西文学研究』一九二六〈大正十五〉年十月）、『全集第一巻』八六頁（第三章注12参照）

48 小林秀雄「様々なる意匠」（『改造』一九二九（昭和四）年九月）、『全集第一巻』一三六頁

49 「様々なる意匠」、『全集第一巻』一三五頁

50 「様々なる意匠」、『全集第一巻』一三七頁

51　たとえば『善の研究』に、次のようにある。
善とは自己の内面的要求を満足する者をいふので、自己の最大なる要求とは意識の根本的統一力即ち人格の要求であるから、之を満足する事即ち人格の実現といふのが我々に取りて絶対的善である。……

人格は凡ての価値の根本であつて、宇宙間に於て唯人格のみ絶対的価値をもつて居るのである。……いかに強大なる要求でも高尚なる要求でも、人格の要求を離れては何等の価値を有しない、唯人格的要求の一部又は手段としてのみ価値を有するのである。

（第三編　善、第十一章　善行為の動機〈善の形式〉、『全集第一巻』一二二頁）
52　小林秀雄「弁名」（『文藝春秋』一九六一〈昭和三十六〉年十一月）、『小林秀雄全集　第十二巻』新潮社、二〇〇一（平成十三）年四月、二六七頁
53　西田幾多郎は『善の研究』の「第二編　実在」で次のように述べている。
我々は主観客観の区別を根本的であると考へる処から、知識の中にのみ客観的要素を含み、情意は全く我々の個人的主観的出来事であると考へて居る。此考は已に其根本的の仮定に於て誤つて居る。（『全集第一巻』五一頁）
54　『善の研究』、『全集第一巻』一三四頁。
55　小林秀雄「弁名」、『全集第十二巻』二七七頁
56　小林秀雄「無常といふ事」（『文學界』一九四二〈昭和十七〉年）、『小林秀雄全集　第七巻』新潮社、二〇〇一（平成十三）年十月、三五八頁

57　「無常といふ事」、『全集第七巻』三五九頁

第八章　古典批評に示された「現象学的還元」

【抄録】

ルドルフ・シュタイナーによる「純粋経験」概念が、フッサールによる「現象学的還元」の概念に影響を与え、その原型となった可能性が高く、しかもフッサール「現象学」において展開される認識論は、随所でシュタイナーのそれへの詳細な注釈としての様相を呈している。そうした事例を追いつつ、『考へるヒント』・『考へるヒント2』周辺の小林秀雄の著作が、シュタイナーの純粋経験概念をなぞりつつも、フッサールがそれを注釈的に受容した箇所をも踏襲し、批評において「現象学的還元」を行おうとする側面をもつものであった事実を検証する。これが『本居宣長』執筆の要因にもなったと考えられる。以上を、小林の批評のありかたが、西洋思想史に立脚して、その新しい局面を開こうと目論んだものであった事実を裏付けるための基礎作業として提出したい。

序

前稿（前章）[1]ではルドルフ・シュタイナーと、西田幾多郎、和辻哲郎、小林秀雄との、濃密な影響関係を例証した。これは単なる影響関係の指摘ではなく、小林秀雄の文章の背後に想定されるべき文脈を再生し、それを小林秀雄への正当な批判・評価につなげることが目的である。小林秀雄の文章は、西洋思想史の流れの中に位置づけられてはじめて正当に理解されうる側面をもっている。近現代哲学思想史に新たな局面を開こうとしたと思われるその立脚点への理解をすすめることが、小林の文章への正当な評価と批判を可能にするものと考えられる。

まず論者前稿（前章）の趣旨を確認したうえで、本稿の主題に移るという手順を取りたい。論証的な説明や事例の提示は、ここでは繰り返さず、結果のみを確認する。

前稿で確認した、ルドルフ・シュタイナーによる認識システムを要約すると以下のようになる。意識に対して意図的な操作をまったくせずに得られた知覚が「純粋経験」である。この「純粋経験」が、人間にとってすべての実在認識の根源である。それは、それそのものでは無秩序雑多な知覚印象群でしかないが、意識の自律的な働きである「思考」によって（そこに主体による意図的な意識操作としての「悟性」の働きが差し挟まれることを注意深く排除することによって）、多種多様な印象群からひとつの有機的なつながりを持った姿におのずから「統一」されていき、主体が直接的に知覚しうるような、本当の意味で「客観」と言いうる「本質」的な認識が得られる（数量的計量によって得られる所謂「客観」は、この立場から見れば疑似的な客観でしかない）。シュタイナーは、主体がこの本質を認識する働きを「理性」と呼び、認識された対象の本質的映像を「理念（イデー）」と呼ぶ。主体すなわち人間が生きる具体的な活動の真の基盤は、数量的客観ではなく、この意味での「理念《イデー》」認識だとされる。[2]

一方、シュタイナーの強い影響下にあったと考えられる西田幾多郎（それは明言されていなくとも、主要著作に残された多くの痕跡によって確認されるのだった）が、主として『善の研究』（一九一一年）で示した認識論では（書名から想像されるような倫理道徳としての「善」というよりは、人間にとっての善なる「認識」のあり方を問う著作だった）、シュタイナーと定義を同じくする「純粋経験」を、「唯一の〔確実な〕実在」（〔 〕内は論者による捕捉）として認識の起点においている。この「純粋経験」を起点として「全く自己を棄てゝ」「無意識」となったとき、「無限」とも言える多様性をもつ知覚映像が、「思惟」の自律的な働きで「統一」ある姿に「構成」され、その結果、「唯一なる現実的人生」と言うべき「動かすべからざる」認識、すなわち西田が言う意味での「客観的真理」が人間にもたらされる。この統一作用は、「人格」の作用とも称され、さらに後年の著書では「作用の作用」とも言い換えられる。そして上の意味での「客観的真理」を認識する働きが、西田の言うところの「意志」の働きであり、認識されたこの「客観」は、「大なる自己」そのものであるところの「真理」である等と、表現されていた。

加えて、同様に明言はされていなくとも、シュタイナーおよび西田幾多郎（これに、シュタイナーのニーチェ論を祖述したとみられる和辻哲郎『ニイチェ研究』［一九一三年］も加えられる）の強い影響下に思想形成をしたと考えられるのが小林秀雄である。小林がその存在を文壇に知らしめた「様々なる意匠」の第二節には、小林がみずからの批評原理の核心部分を開陳した箇所がある。そこには、批評家が悟性的分析的な尺度を排して「批評の対象がその宿命を明かす時まで待」つことにより、批評対象である「傑作」の多様な様態が次々と現出するような「解析の眩暈」、すなわちその「豊富性の裡」をさまよう「彷徨」は終わり、ついには「豊富性の底を流れ」ている「唯一つ」の「真実」、つまり「作者の宿命の主調低音」が把握され、「私の心が私の言葉を語り始め」[3]るという原理が示されていた。これもまた、「思考内容」や「概念」の「多種多様性」が意識の自律的作用で「一つの統一体」に収斂していくという、シュタイナーの認識モデル（「思考」の統一化作用）と同じアウトラインを示している。

シュタイナー、西田、小林に共通するのは、みずからのうちにある意識経験のみを唯一の出発点とする認識論の立場に立っているという点である。たとえば西田は「純粋経験を唯一の実在としてすべてを説明」[4]する意図で『善の研究』を書いたと、その「序」に述べており、これは西田が下敷きにしたとみられるシュタイナーの著作『ゲーテ的世界観の認識論要綱』[5]がとった立場とまったく同じである（後述するように、小林もまた意識体験としての「内的経験」に認識の基盤を置く立場をとる）。

右三者の密接な関係を裏づける事実として、シュタイナーから西田および小林へ、そして西田から小林へ、濃厚な影響関係があった痕跡が、三者の著作の比較によって多数発見された。ここに、シュタイナーから和辻『ニイチェ研究』へ、そして『ニイチェ研究』から小林へ、という影響の筋道が加えられる（西田、小林は生涯にわたってシュタイナーから受容した思想の核を保持し発展させ続けたとみられるが、和辻の場合は、その影響が明確に確認される著作はほぼ『ニイチェ研究』ただ一冊にとどまる）。小林は、西田や和辻の著作を、シュタイナー思想を読み解くための手引きに利用したという見方もできるし、シュタイナー思想を発展的に消化した両者の著作に大きな示唆を受けたと言うこともできるだろう。

ここで問題としたいのは、なぜ彼らが右にたどってきたような、意識経験に最重点を置く認識論の立場をとろうとしたのか、という点である。シュタイナーを源流とするこれらの思想家たち相互の影響関係をたどりつつ、その必然性を確認し、またそれによって小林秀雄の認識論が依拠する思想史的文脈の意義を検討し、明確化するのが本稿の主題である。

その目的のため、本稿ではシュタイナーと小林との中間点に、もう一人の介在者として存在する思想家、エトムント・フッサールの著作を、検討対象として加える。フッサールが「現象学」の立場を唱えた著作には、その初期（ここでは『現象学の理念』の講義を開始した時期）のものから晩年のものに至るまで、繰り返し〈多様から唯一への統一作用〉が主張されている。それは、注意深く「悟性」を排除した意識経験を認識の起点としたときに観測される、認識の基本形として提示されている。

一　R・シュタイナーに対する注釈的受容者としてのE・フッサール

エトムント・フッサール（一八五九〜一九三八）は、ルドルフ・シュタイナー（一八六一〜一九二五）と同じくオーストリア出身の哲学者であり（両者とも出生地は、現在のオーストリア国境外にある）、「現象学」と呼ばれるその思想は、「自分自身の意識体験を反省的に直観することによって、その反省のまなざしに現れてくる意識作用と対象の諸現象を、予断を交えず忠実に記述しようとする」ものだった。それは、「諸事物があたかも主観の意識作用とは無関係に独自に存在しているかのようにみな」す、いわゆる「客観主義の習性を打破」するためであり、「客観的世界についての無反省的な実在定立を一時停止して、考察のまなざしを自己の意識体験の内在領域へ反転させなければならない」と考えたためだった。この方法が「現象学的または超越論的還元」と呼ばれるものであり、この「還元」の結果、「諸対象とその世界」は「認識主観によってそれぞれの存在の意味を与えられた存在者であることが解明される」[6]ことになる。

つまりフッサールは、それまで客観的実在と考えられてきたものは、実は私たちの「認識主観」が創出した一種の虚像だから、同時代のヨーロッパ諸学のようにそうした客観存在を当然の前提として起点にしつつ、そこに私達の認識がいかに正しく的中するかを問題とする考察方法は背理だ、とする立場をとっている（フッサールが活躍した時代は「哲学界においても、科学的認識の方法と基礎づけをめぐる論理学的および認識論的諸研究が重視され」[7]る情勢にあった）。真にリアルな認識の様態をとらえるには、意識の外側に実在すると信じられてきた「客観存在」に眼を向けるのではなく、視線を反転させて、私たちにとって唯一の確実な知覚の場である「自己の意識体験の内在領域」を点検する以外にない。そしてこれは単なる主観主義ではなく、まさに客観実在というものの本質を客観的にとらえるために必ず必要な、そして徹底してとられるべき手順なのだとされる。

外在的な客観存在を前提として、そこから出発し、そこに至るための正しい認識経路を還元的に探ろうとするのが従来の客観主義だとしたら、フッサールの方向性は真逆になる。実は唯一の確実な実在である私達の意識体験から出発し、それがどのようにして、たとえば「客観実在」という外在的な存在（こうした外在的事物をフッサールは、意識が直接経験できない対象物という意味で「超越」と呼ぶ）を認識（または幻視）していくのか、そのシステムを探求しようとする。そのための方法論が「現象学的還元」である。

　フッサールから見れば、デカルトはこの意識体験という唯一の確実な出発点を設定した点で先駆者であったが、たとえば「神」のような直接確認しえない基準を持ち込んだ点に不徹底があった。また、人間の意識の外側にある（と考えられてきた）客観的実在ではなく、それを知覚する人間の認識システムの側の特質と限界を検討対象としたカントも、その「コペルニクス的転回」においては先駆者であったにしても、たとえば意識体験とは切り離されたところに意識活動とは無関係に存続する「物自体」の世界を、客観的実在として認めてしまっている点などに、やはり不徹底がある。そのため両者ともにフッサールの様々な著作中で批判の対象となっている（晩年の代表作『デカルト的省察』、『ヨーロッパ諸学の危機と超越論的現象学』などにおいて）。

　興味深いのは、このフッサールの思想が、二歳年下の同国人シュタイナーの著作ときわめて近似したアウトラインを示している事実である。フッサールが公刊した最初の現象学的著作が『論理学研究』全二巻（一九〇〇〜一九〇一年）、さらに「現象学的還元」の概念を明確に打ち出したのが『現象学の理念』（一九〇七年講義）[8]だった。そして「意識体験」を唯一絶対の起点とさだめるその発想は、すでにシュタイナーが『ゲーテ的世界観の認識論要綱』（一八八六年）、『自由の哲学』（一八九四年）、『ゲーテの世界観』（一八九七年）等の初期著作で明瞭に提示したものとほとんど齟齬はなく、重要な概念記述に使用される用語も高い類似性を示している（事例は後に示す）。

シュタイナーと西田幾多郎、和辻哲郎との間、およびシュタイナーと小林秀雄との間にも、同様の現象（概念上、用語上の類似性）が見出される。そして、いずれの場合も影響を受けたと思われる側には、シュタイナーへの言及は一切見られない。しかしこれまで示してきた事例がおのずから語っているように、そしてこれから示していくフッサールの事例もそうであるように、影響関係を認めないほうが不自然だと言える水準の類似関係が多数（というよりも「おびただしく」としたほうが正確だと思われるほど）発見される。

これまで、フッサールの「現象学的還元」の概念にシュタイナーという先駆者がいたという事実、それもほとんど祖述に近い形でシュタイナーの発想が受容されていた事実は、管見では指摘されてこなかったようだ。しかし論者は明確に影響関係があったと考えている。少なくともそう考えざるを得ない事例がきわめて多数に上る。そこには、シュタイナーが哲学者、思想家という顔をもちながらも、一方では教育学者、神智学者、神秘思想家の顔をもち、初期の著作を除くと神秘思想家としての活動が大半であったことが関係しているのではないかと推測される。フッサールの対立者は、科学的客観主義を人文学の基準とすることを当然の理想とする当時の思想的趨勢だった（それは現代にまでも存続しているのであり、とりわけ中期以降の小林秀雄が批判の標的とした対象でもある）。客観主義者たちが標榜する「主観」排除の姿勢に、論理を尽くして対抗しようとするとき、そこに神秘思想家の名前を持ち出すことが不利に働くとの判断が働いた可能性を考えうる。同じくシュタイナーを受容したと考えられる西田、和辻、小林にも、同様の事情が推測される。

またシュタイナーの認識論には、明証的な事実とされて詳しい論証を加えられていない部分があり、それが学問的主張としての体裁を欠く面もあるだろう。たとえば、人間の意識の働きが自律的な「統一作用」をもっていて、その働きが雑多豊富な知覚体験をおのずから統合し、その主体にとって意味のある、言い換えればその主体の生命活動にとってこそ意味のある一つの意味映像に収斂させていくのだと主張し、それは自らの意識体験を内観すれば明らかなのだという言い方をする。一方、フッサールはその主張内容をほぼ祖述しながら、しかし少なくとも論理を尽くして理詰めで説明を加えようと努力している。そこに、西田、和辻、小林らによる受容の仕方（論証的説明のないシュタイナーの主張を、ほぼ説明なしにそのまま踏襲する傾向が見受けられる）との差異もあるようだ。

シュタイナーらが論証的な説明を避けているような部分に、フッサールは執拗に論理付けをしようと努力を重ねる。そのため、フッサールの説明を参照することによって、なぜシュタイナー、西田、小林らが意識体験に認識論の起点を置くのか、同時代の客観主義的学問に批判的な立場をとる必然性がどこにあるのか、といった点への理解が容易になるという結果を生んでいる。だからフッサールの文言は期せずして、シュタイナー、西田、和辻、小林らの文言を読み解くための、詳細な注釈となりえている。本稿をはじめとして、論者はそれらを比較検討することによって、小林秀雄の文言の思想的文脈を紐解くための〝足場〟を広げていきたいと考えている（この検討方法が、小林が批判の標的としたような、社会事象やその因果関係を明らめることによって思想家の思想をとらえようとする「悟道者」の方法であるという矛盾は、免れ得ない)。

二　「純粋経験」とフッサール「現象学」の認識起点

以下、具体的にフッサールによる初期論考の文言を追っていきたい。フッサールが現象学の概念を明確化した『現象学の理念』には、その認識論の基本概念が説明されている。まず認識とは、その「対象」が「認識」の働きという「袋の中」に入ってきて「詰め込まれ」るような現象を言うのではない、意識の様態は「空袋」のようなものと見なされるべきではない、とする。

> そうではなくわれわれは所与性のうちに、対象が認識の内部で構成されること、対象性の基本形態やさらに能与的認識作用の基本形態および認識作用の群や関連がいろいろ区別されること、を見るのである。[9]

右の「所与性」は、意識に与えられた知覚一般をさし、「構成」はその知覚された無秩序な印象群に一定の意味をなす体系的な連関を備えた姿を与える働きをさし、「能与」はほぼ、認識対象に対する知覚が意識に現れ出るはたらきを言う。つまり認識対象は、認識者の意識の「内部」で、情報どうしの関連づけや区別がされていく。

したがって認識作用は、さらに広く解して思考作用一般は、意識の流れの中でなんの関連もなく去来する関連なき個別性ではない。それらの作用は本質的に相互に関係し合って目的論的関連性を示し、さらにそれらに対応する充実、保証（Bekräftigung）、論証（Bewährung）の諸関連およびそれらと反対のものを示しているのである。したがって悟性的統一を呈示するこれらの関連が問題になるのである。[10]

「認識作用」、「思考作用一般」とは、知覚された印象を「相互に関係」させて「目的論的関連性」をもたらし、「悟性的統一」のある姿、すなわち、そこから一定の意味を看取しうる姿に構成する働きのことを言うので、重要なのはこの「関連」させる働きの様態だと言える。

これらの諸関連こそ対象性を構成するものであり、これらの諸関連が非本来的な能与作用と本来的な能与作用とを、単なる表象ないしはむしろ確信の作用と洞察の作用とを、そしてさらに、直観的な思考作用であろうと非直観的な思考作用であろうと、ともかく同一の対象的存在者に関係する多様な諸作用を、論理的に結合するのである。[11]

対象性、つまりわれわれが認識の対象として意識しうる知覚映像は、無秩序な知覚印象どうしを関連づける働きによって「構成」される。フッサールはいろいろと例を挙げているが、要するに一つの対象に対してありうる、さまざま多様な様態の認識作用が、「関連」の作用によって統合され、相互に有機的関連をもたされることによって、対象として認識されうる姿になる。だからこれらの「関連」の作用が、認識対象という存在を形成しているものの正体である（付言すれば、後述の注20補足文に示したように、この「関連」をもたらす意識内の「構成」作用自体には「悟性」が関与してはならないと考えられている）。

右の過程については、シュタイナーが多様な印象群がひとつのまとまった姿に「統一」される働きを繰り返し詳述した（『ゲーテ的世界観の認識論要綱』）のと同様に、フッサールも複数の著作内で繰り返し言及し説明を加えている。

一例として『現象学の理念』が講義されたやや後に書かれ、現象学の思想を確立した書とされる『イデーンI』の例を見る。フッサールは、「事物が当の事物であるのは、経験の物であるからこそなのである。ひとり経験のみこそが、事物にその意味を指定するゆえんのものなのである」[12]とし、事物や認識対象の「意味」が人間の生きる活動と一体化して生まれるものであることを強調する。そのうえで、「われわれは、経験という体験諸様式に、また特には事物知覚という根本体験に、形相的考察を施してみること」[13]もできる、と言う。事物に「形相的」考察、すなわちその本質的な部分を看取しようとする考察を施すと、どのような結果が得られるか。

そうしたことをやってみた場合には、われわれの事実的経験の相関者、それは「現実的世界」と名づけられるのだが、それは、ありうべき多種多様なもろもろの世界および非―世界の特殊な場合であることが帰結されてくるのである。[14]

つまり、われわれにとっての生きる経験として知覚される「現実的世界」はすでにある関連付けの働きによって統一的な姿が与えられているのだが、それは元来、種々雑多なあらゆる可能性に満ちているものであり、いま見えている現実は、それらの可能性の中の、ひとつの「特殊な場合」としてあるものなのだと判明する。それは別様の「ありうべき多種多様な」様態でもあり得たものであり、いわば一種の淘汰的選択の結果、雑多な印象群に或る関連性が与えられ、一つの姿に収斂させられたものであることが明らかになる。ちなみに右箇所を池上鎌三訳は「多様なる可能的諸世界及び諸非世界……の特殊の場合」[15]としている。

この、もともとの多様な知覚の印象群が、人間の意識内部の自律的作用で体系化され「統一」され、生きた経験的知覚として主体に認識されるという認識モデルは、前稿で事例とともに検証したように、シュタイナー、西田幾多郎、小林秀雄の示した根本原理と同じアウトラインをもっている（フッサールは、「自律的」という点を強調してはいないが、シュタイナーと同様に、悟性による恣意的関与を排除している）。彼らは一貫して、シュタイナーの言う「純粋経験」、すなわちあるがままの知覚経験のみを起点とし、それを、悟性を差し挟まず観察するところから認識のシステムを組み立てる。フッサールも、同じ立場に立っており、主体の内部に直接与えられた意識の、外部にあるような存在や尺度等は一切認めない。そうした立場を、人間の生きる活動にとって真に意味のあるリアルな現実認識を得るための前提としている。

フッサールが認識論の先駆者のひとりとして認めるデイヴィッド・ヒューム（一七一一〜

一七七六）は、認識論の基盤を意識経験に置きつつ人間の知覚を「印象」と「観念」に分け、前者から後者が生ずるとしている。これは「純粋経験」が統合されて「理念（イデー）」を生ずるとしたシュタイナーの認識モデルにやや近く、その原型となった可能性もあるが、ヒュームには、思考がもつ自律的な統一（構成）作用への言及はない。シュタイナーに始まる認識モデルのアイデアは、西洋思想史のうちできわめてユニークである。その認識モデルを明瞭にもつフッサールは、実はシュタイナーを有力な始祖の一人とする、[16] 人間が生きる具体的な経験に基盤を置く思想潮流である、所謂「生の哲学」の思想潮流と近しい位置にあり、その系統に属する哲学者だと見ることができる（フッサールと「生の哲学」との親近性についてはすでに指摘があるが[17]、本稿はそこにシュタイナーが介在している事実を指摘しておく）。

だからフッサールは言う。

> 世のひとびとは、意識に対する事物の超越という言い方や、或いは、事物の「自体存在」という言い方によって、欺かれてはならないのである。……それ自体において存在する何らかの対象とは、意識および意識自我がそれに寸毫のかかわりも持たないような対象のことでは決してないのである。事物とは、環境世界の中の事物ということである。[18]

フッサールの言う「超越」はほぼ、意識が直接知覚しえない対象のあり方一般（意識・知覚を超え出ているもの）をさす。事物の「自体存在」は、「物自体」等とも称される概念で、人間の意識・

主観とは無関係に事物が独立して普遍的・客観的な姿を保つ様態を言う。カントは「物自体」の世界の存在を前提としつつ、そこに到達しえない人間の理性の限界を示そうとしたが、フッサールはその存在自体を前提とすることなく、実はわれわれの「意識自我」がその虚像を作り出しているとする立場をとる。われわれが知覚する「事物」は、われわれの意識のうちで、われわれの生きる経験に即した統合性を与えられた世界の中にその姿を「構成」されてこそ、「事物」として知覚される対象となっている。われわれの意識から切り離されそれから独立して存立する事物など、初めから存在しない。いわば事物は、われわれの意識自我の中でこそ事物になる。

「意識」に起点を置くフッサールの主張は一見、主観主義的な印象を与えるが、そうではない。それは、認識においてより確実な客観を得るための方法論に基づいた主張なのである。小林秀雄についても、同じことが言える。

三　認識論における「内的経験」の意義

フッサールの記述と小林秀雄の記述を比較検討する。

フッサールの言う「現象学的還元」は、「一切の超越者の排除」[19]、つまり意識が直接知覚することのできない現象には一切依拠しないという認識姿勢を意味する。

現象学的還元……によって初めてわれわれは、もはやなんらの超越性をも提示することのない絶対的所与性を獲得するのである。私が自我と世界と自我体験そのものを疑う場合にも、この体験の統覚の中に与えられているもの、すなわち私の自我を端的に直観的に反省することによって、この統覚の現象が得られるのである。たとえば〈私の知覚として統握された知覚〉という現象が得られるのである。[20]

この姿勢がとる方法はまず、みずからの「自我」を直接見ること、しかも「直観的に」見ることである。理性的・悟性的に、つまり何らかの外的な尺度を介して見たものは明証的な直接経験にならないとフッサールが考えるからであり（右の注20補足文も参照されたい）、また「認識は、それがどのように形成されていようと、一時の心的体験であり、したがって認識する主観の認識である」[21]からである。つまりどのような客観的・普遍的態度をとろうとも、われわれはみずからの感覚器官と意識をとおして何かを認知するという限界を超えることはできない。自我の外に出て何かを認識することはありえない。すべてのはじまりは「意識自我」の主観にほかならない。

認識者はけっして自分の体の関連を超えられないのである、したがって彼が正当な権利をもって言いうるのは「私は存在している、しかし自我ならざるものはすべて現象にすぎず、現象の諸関連に解消してしまう」ということだけである。[22]

われわれが明証的に確かめられるのは、みずからの自我の意識体験がここにあるという意識のみであり、それ以外について、たとえばその意識に知覚されたものについての最終的な真偽を確かめる事はできない（たとえば荘子が示したように、この現実が夢であるか否かを最終的に確める術はない）。それならばこの自我の意識体験そのものを厳密に観察する以外に、認識の本質を探るための確実な道はない。それを実行することによって、「この統覚の現象」、つまりわれわれの意識しうる体験が、ある連関的な秩序をもった「統覚」的な姿として認識されるに至る認識のシステムの様態（多様から統一へ）が観察されうると言うのである。

だからみずからの内部意識を何らかの外的な尺度によって分析するのではなく、「直観」によって直接見ること、または直接体験することによってこそ、意識内部の働きをそのままたどることが可能になる。当然ながらみずからの意識の動きだけは、みずからが直接体験することができる。そこでフッサールは言う。

> すべての実在的統一は「意味の統一」である、と。……そう言えるというのも、われわれが何らかの形而上学的公準にもとづいてそう演繹するからではなく、われわれがその事態を直観的な全く疑いのない仕方で明示できるから、なのである[23]

われわれに「実在」として認識されるものがもつ意味ある秩序だった姿は、われわれの意識の「構成」作用、つまり「意味の統一」によって可能になっている。これは論理的分析によってそう帰結されるのではなく、みずからの「自我を端的に直観的に反省」することによって、「直観的な全く疑いのない仕方で明示」されるために明らかになるのである。われわれは、そのさまをみずからのうちに直接確認することができるのだから、認識の本質を知るには、まずみずからの内部意識を反省するところから始めねばならない。これが明証的に認識の様態を解明するための唯一の道である。

一方、シュタイナー、ニーチェらを源流とする「生の哲学」思潮（日本においては所謂「生命主義」思潮）に属すると考えられる西田幾多郎や和辻哲郎（『ニイチェ研究』にほぼ限られるが）の影響のあとを随所にちりばめた認識論を骨子とする文芸批評を引っ提げて、文壇に登場した小林秀雄は、どのような立場にあるか。本稿（本章）では、『考へるヒント』（一九六四年）[24]、『考へるヒント2』（一九七四年）[25]刊行前後に発表された、一九六〇年代前後の批評作品を主な対象として見る。このころの小林秀雄の文章は、シュタイナーの「純粋経験」を起点とする認識論からの影響は相変わらず保持しながら、それを論理的に発展させたと考えられるフッサールの文章からの影響を明瞭化させていくからである。その傾向は戦前、一九四一年頃よりはじまり、戦後に『無常といふ事』（一九四六年）[26]に収められたような、日本の古典文芸を論じた文章に顕著に見られるようになる。

シュタイナーの「純粋経験」の思想を注釈的に発展させたとみられるフッサールの文章は、シュタイナーを踏襲しつつより鮮明に、思想界に広がる客観主義や科学的・計量分析的認識姿勢を批判してきた。その集大成と言える晩年の著作、『デカルト的省察』（一九三一年）や『ヨーロッパ諸学の危機と超越論的現象学』（一九三六年）が公刊されて以降、小林の批評スタイルも変化を見せ、自国の古典作品や古典的思想家を題材にしつつ、自我の内の「内的経験」を「無私」な姿勢で磨きあげていく認識方法を標榜するようになる。いわば、フッサールによるシュタイナー思想への詳細な〝注釈〟に刺激されて、「人間になりつゝある一種の動物」としての「生きてゐる人間」や、「思ひ出」される「歴史」[27]等といった、新たな視点を生んでいったものと推測される（本章では取り扱わないが、これらはフッサールの著作中にも見られる文言である。続く章で検討したい）。

シュタイナーやフッサールを小林がどのような経路で受容したのかは不明のままだが、こうした影響の状況から推し量れば、小林は自力でかなり深くドイツ語を理解したのではないかと思われる。『デカルト的省察』については、「一九二九年の二月二十三日と二十五日、パリ・ソルボンヌのデカルト記念講堂で「超越論的現象学入門」という題で行われた二つの講演と、パリからの帰国の途中、三月八―十二日にストラスブールに滞在し、関心を持つ五、六十人の集まりの前で行われた講演と討論」[28]をもとに、まずフランス語訳が公刊されているので、それを読んでフッサールの著作を認知した可能性もある。この受容経路の調査も今後の課題である。

小林秀雄は同時代の歴史学や「心理学的文学」に見られる客観主義を批判した文章である「歴史」（一九六〇年）の中で言う。

人格や個性を欺瞞と呼ぶなら呼んでいゝし、英雄豪傑を伝説とするなら、してもよい。だが、……誰も彼も、個人といふ統一した形で生きてゐる。これを疑ふものはいないのだし、一方、生命と言はうと心と言はうと、それはどうでもよいが、もつと大きな或る名附け難い実体のうちに、私達が在るのを誰でも感じてゐる。この万人に共通な実体は、各人の内的経験を通じ、各人各様に現れざるを得ないし、逆に、この実体自身の側からすれば、その全的経験を、出来る限り各人各様にして欲しいと言つてゐるだらう。私はこの仮定に何んの不自然も不合理も認める事が出来ない。[29]

右には、「統一」や「内的経験」といった、フッサールの認識論に通ずる用語が使用されている。同じ文章からさらに例を挙げる。

現代の心理的文学が、最も明瞭に示すところは、内的経験への侮蔑なのである。大した事なぞ一つもない、みんな心理の問題に還元出来る、と言つてゐるのだ。[30]

右の「内的経験への侮蔑」という強い表現が示すのは、小林の「内的経験」すなわち意識内部の主観的経験への尊重姿勢である。「歴史」の認識方法を論ずる際に「内的経験」を持ち出すのはいかにも奇異に思われるだろうし、非客観的・恣意的な主観主義への傾斜を読み取られがちであるのも無理はない。しかし、そうではない文脈を、この文章が背後に持っている事実を、この文章の用語群がもつ西洋思想史との連関が示してくれるだろう。右事例だけではいまだ、フッサールとの関連は見えにくいかもしれないが、右を含めて、他の事例の検討をさらに進める。

四　小林秀雄の「無私」と「現象学的還元」

フッサールは客観主義の典型として「現代の心理学」を標的に批判を繰り返している。『ヨーロッパ諸学の危機と超越論的現象学』では、「第五八節　心理学と超越論的哲学の親縁関係とその差異。決着の場としての心理学」[31]という節を設けてまで、「心理学と超越論的哲学」の差異を問題にしている。「心」（主観）を重要な要素とするフッサールの認識論と、普遍客観主義の側にいる近代学問とのせめぎあいにおいて、「心理学こそが真の決着の場となっている」からである。フッサールは次のように続ける。

> それというのも、心理学は、たとえ異なった態度と、したがって異なった課題設定においてではあっても、やはりなんといっても普遍的主観性――その現実性と可能性においてただ一つの主観性であるところの――を主題にしているからである。[32]

「主観性」を、「普遍的」側面において計量的分析的に取り扱うのか、そうした外面的な方法を一切排除しようとするのか、両者の差異が鮮明化するのが「心理学」という場であった。そしてこの時期より、小林秀雄もまた、たびたび心理学を俎上に載せて批判を繰り返しているのである。

心理的といふ言葉は外的といふ言葉と同じ意味に使はれてゐる。観察されてゐるのは、もつぱら心の解体現象である。そして、これをリアリズムと称してゐる。だが、リアリズムといふ手法を用ひる作者リアリスト達は、自分のリアリストといふ人格について、どのやうな確信を持つてゐるのだらうか。確信を持つてゐるなら、その確信は、どのやうな内的経験の統一の結果なのだらうか。どのやうな自己抑制の努力の結果なのか。すると、そんな事は一切知らぬと彼等は答へるだらう。そんな事に心を労しては、陳腐な私小説が出来上つて了ふ、と答へるだらう。[33]

右は小林が、近代学問としての「心理学」に頼る作家の姿勢を批判した箇所なのだが、なぜその作家の、みずからの「人格について」の「確信」を問うのだろうか。なぜその「確信」が「どのやうな内的経験の統一の結果」なのかという不思議な問いを発するのだろうか。またなぜ「どのやうな自己抑制の努力の結果なのか」と、「自己抑制」の必要を前提とした問いを発するのだろうか。小林の問いを理解するためには、これら「内的経験の統一」や「自己抑制」が意味するところを示すための文脈が補完される必要がある。

その補完をしうるのが、シュタイナーや、その受容者であるフッサール、および西田幾多郎らの文章である。たとえば西田の提示した認識論の書である『善の研究』は、取りまとめて言えば、主体の恣意からは独立したその「人格」による統一作用が、人間にとって本質的に善であるような（つまりその生命の要求に合致するような）認識をもたらす過程を詳述したものだった。西田は次のように言う。

善とは自己の内面的要求を満足する者をいふので、自己の最大なる要求とは意識の根本的統一力即ち人格の要求であるから、之を満足する事即ち人格の実現といふのが我々に取りて絶対的善である。[34]

西田の言う「人格の実現」とは、意識を統一する内面の働きを最大化することである。これを補助線に小林の文章を読めば、「人格について」の「確信」を「持つてゐる」かとは、認識対象の知覚が、悟性的操作を排除することによってひとつの有機的映像に「統一」されていく働きを十分に尊重しているのかということだし、「どのやうな内的経験の統一の結果」かとは、みずからの意識の内面に働く「統一」作用を反省してみたかどうかということである（この統一作用こそが生命の要求に合致する認識を得るための鍵であるから）。そして「どのやうな自己抑制の努力の結果」かとは、その統一作用を働かせるために、恣意的な悟性を注意深く排除したかどうか、つまり小林の言う「無私」をうまく貫いたのかどうかを問うているのである。

また、先に見たようにフッサールは、シュタイナーから受容した「意味の統一」作用の尊重を標榜しつつ「心理学」を当面の標的として批判した。小林はおそらく、そのフッサールの理論展開をふまえつつ、シュタイナー、西田らから受容した「純粋経験」を起点とする認識論を、右のように展開したわけである。

小林（および西田幾多郎）がふまえたと思われるシュタイナーの文章も挙げておきたい。

主観的な体験は様々な人間の中で様々に形作られる。内的な世界が客観的な性質をもつと信じない者にとって、このことはむしろ事物の本性の中へ入り込んでいくための能力を人間から剝奪するための根拠なのである。というのも、それは事物の本性がそうであるように、様々の事象が人それぞれに違った姿をとって現われるという理由によってである。内的世界の真の本性を洞察する者にとって、内的な体験の多様性から推察されるのは、自然がその豊かな内容をただ違った形で現わすことができるということにすぎない。個々の人間にとって、真理は個別的な衣装を纏って現われる。真理は個々の人間の特性に適応する。特に最高の、人間にとって最も重要な真理についてそう言うことができる。それを獲得するために、人は自らの精神的な、最も身近な体験を、直観せられた世界へと、しかもそれとともに自らの人格の最も固有のものを直観せられた世界へと移し替える。[35]

右を読めば、なぜ小林が前節末の引用文で、「万人に共通な実体」が「各人の内的経験を通じ、各人各様に現れざるを得ない」と言っていたかがかわかる。小林はシュタイナーをふまえて、「内的な世界」こそが真に「客観的な性質をもつ」と信じる人間、すなわち「内的世界の真の本性を洞察する者」にとっては、「個々の人間にとって、真理は個別的な衣装を纏って現われる」こと、つまり「真理は個々の人間の特性に適応する」こと（同じ対象に他者たちが見る「真理」とはおのずから異なっていること）は明証的に自己の内面に直観される事実であり、「特に最高の、人間にとって最も重要な真理についてそう言うことができる」のだということを、主張しているのだと理解される。みずからの内面の「主観的な体験」のうちに働く「統一」作用を、直接みずからの内面のうちに直観することによって、それが明証的に経験されるということになる。

したがって、小林が主観を擁護する主張をするとき、単に客観的な判断を軽んじているのではない。例えば小林は次のような言い方をする。

科学的批評とか客観的批評とかいふ言葉が、屡々使はれるが、悪い洒落なのである。さういふ洒落を思ひ付かせる底意は何処にあるか。批評の方法には、様々な条件から、止むを得ず曖昧なところも出て来るが、理想としては科学的方法の厳密を目指す、さういふ考へにある事は、解り切つてゐる。だが、この考へは間違つてゐると思ふ。批評の方法は、科学の方法の厳密にならふ必要はないし、寧ろならつて誤るものだ。[36]

小林は、文芸は主観に基づけば十分だと主張しているのではない。所謂「客観」よりも確実で正確な認識の基盤が、主観の中にあるのだということを、主張し続けていると理解するべきである。西田幾多郎にも次のような発言があった。

我々は主観客観の区別を根本的であると考へる処から、知識の中にのみ客観的要素を含み、情意は全く我々の個人的主観的出来事であると考へて居る。此考は已に其根本的の仮定に於て誤つて居る。[37]

「情意」の動きは「全く我々の個人的主観的出来事である」という考えが「誤つて居る」理由は、所謂「客観」とは、われわれが直接経験によって確かめられるような（つまり直観できるような）みずからの意識体験、すなわち「内的世界」を超え出たところにあるものであり、その意味で実は不確実な「超越」でしかないからだ。「特に最高の、人間にとって最も重要な真理」、すなわち西田の言う「善」は、それぞれの人格の「特性に適応」して「各人各様に」現出する意識体験のうちにこそある。

小林秀雄も、同じ立脚点に立っている。それは、シュタイナー、西田、フッサールらと高い類同性をもつ小林の文言によって明らかである。一切の「超越」的な尺度や存在措定を廃し、内面の意識体験を、もっとも明証性の高い確実な根拠として認識の起点に置くその姿勢は、フッサールが言うところの「現象学的還元」に大きく重なるものと言えるだろう。

結

フッサールと小林との影響関係についての検討材料を補完するため、もう一例示す。前稿、前々稿[38]（第七章および第六章）でも素材とした小林の文章を再々度挙げる。

> 彼等〔伊藤仁斎や荻生徂徠〕が、古典を自力で読まうとしたのは、個性的に読まうとした事ではない。彼等は、ひたすら、私心を脱し、邪念を離れて、古典に推参したいと希つたのであり、もし学者が、本来の自己を取戻せば、古典は、その真の自己を現す筈だと信じたのである。彼等に問題だつたのは、古典に接する場合の、人間としての学者の全的な態度なのであり、如何にして無私を得ようかと案ずる倫理的態度だつたのであつて、彼等が身につけたこの無私な態度は、今日言ふ学者の人格とは関係のない研究の客観的な方法とは、全く意味合ひが違ふのである[39]

右は、恣意的悟性的な操作をまったく排した「無私」な姿勢で批評対象に向かい、その結果みずからの「内的経験」つまり主観に与えられる対象の姿を、尊重し信じること（みずからの「主観」を侮蔑しないこと）によって、真に実体ある（みずからの意識で直接確認できる）認識が得られることを述べていると読み取れる。

次にまた、フッサールの文章を見る。

> 事象の所与存在は、いわば事象の純粋直観は意識の内部で完成されるのであるが、しかしこの場合にも意識は、これらの所与性が単純に納めこまれているただの箱のようなものではなく、直観する意識であり、――注意を別にすれば――一定の形式の思考作用なのである。したがっ

て思考作用ではない事象もやはり思考作用によって構成され、思考作用によって所与性になるのである。そして本質的にこのように構成されることによってのみ、事象はあるがままの自己を示すのである。[40]

「純粋直観」は「意識の内部」で実現される。これは単に意識の中に投げ込まれた「事象」を知覚するというだけのことではなく、知覚された無秩序な印象が思考の統一作用によって相互に関連づけられ「構成」され、組み上げられることによって、意識されうる「形式」の姿（所与存在）に生成されることを意味する。この手順を経てはじめて「事象はあるがままの自己を示す」とされている。「あるがままの自己」とは何か。

次に、同じ箇所の別訳を示す。

こうしてまた、かくかくの形式をとる思考作用のうちで、ひとつひとつの対象性が実際に「構成される」ことにもなるのであって、あたえられた対象を純粋に直観する意識は、あらためていえば、この対象が単純におさまる箱ではなく、直観する意識として――注意の作用とはべつに――かくかくの形式をとる思考作用をおこなっているのだ。そして、思考作用ではない事象もそこでは構成され、意識にあたえられる。[41]本質的にそのように構成されるとき、思考対象ははじめてほんとうのすがたをあらわすのである。

先の直訳風の表現に比べ、右では同じ箇所が「思考対象ははじめてほんとうのすがたをあらわす」と、より直観的に理解される訳になっている。とりわけ、立松訳「あるがままの自己」の部分は長谷川訳で「ほんとうのすがた」とされている。

ここで小林秀雄の文章にもどり、「古典は、その真の自己を現す筈だ」という文言と比較してみるとき、それが読まれるべき文脈のもとに、意図された意味が紐解かれるのではないだろうか。すなわち小林はこの箇所で、「認識対象に対する予断（客観的基準への依拠）をすべて停止し、恣意的な悟性をすべて排除し、意識の内部に与えられた知覚を直観によりあるがままに体験することにより、古典作品は〃あるがままの自己〃すなわちほんとうのすがたをあらわしてくれる」と言おうとしているのではないだろうか。

小林と密接な影響関係を持っていた西田幾多郎は、「人格」とは認識対象を有機的に秩序化された映像に組み上げる「統一」の働きそのものだとしていた。これはシュタイナーの言うところの「純粋経験」を秩序化する「思考」の働きと同じであり、これらをふまえて発言したと考えられる小林は、古典を読む際に、意識内部に直接体験できる、各個人固有の、「思考」による秩序化作用を尊重する姿勢を主張していると読むことができる。

フッサールも小林秀雄も、対象の姿がみずからの意識体験のうちで「その存在を疑うことが全く無意味であるような存在者として」[42]ありありと直接体験されること、そのような「絶対的所与性」を「あるがままに端的に直接的に直観し把捉すること」[43]を認識の基礎に置こうとしている。この立場から見れば、意識の外部に措定された客観は、直接体験することのできない「超越」であり、特定の目的意識のもとに措定された「便法でしかない」。[44] つまり直接見て体感して確かめることのできるような実質を含まない、いわば狭い限られた目的に利用されるために便宜上措定された、形骸的なデータでしかない。

以上の文脈をふまえれば、「内的経験」を重んずる「無私な態度」とは、前稿で確認した通り悟性を排除してみずからのうちの「純粋経験」を直観する姿勢であり、言い換えれば、意識の外部に措定された客観存在との整合性を基準に対象に向かう近代学問的な認識姿勢を厳しく禁じた、「現象学的還元」と同質の認識方法を推奨する姿勢を示しているものだと理解されるだろう。また、右および第三節末の小林の文言に「全的な態度」、「全的経験」という表現があったが、フッサールにも「わたしは自然的な世界把握においては、いつも自分を全的な人間とみなしている」のであり、「判断中止〔意識自我を認識の起点とするために客観存在への信憑を停止すること〕は、そういう全的な人間としてのわたし自身にかかわる」[45] ものだとする発言があり、実践的な認識経験を重視する両者の文脈に齟齬がないことを付言しておく。

本稿では小林秀雄による、主として一九六〇年代前後の、古典作品論および古典思想論に見られるフッサールの影響の痕跡を追った。これらの著作執筆の背景には、フッサール受容によって深まった、シュタイナーによる「純粋経験」への理解があった。その核心には、人間にとって真に確実であり、またその生の活動経験と有機的に関連したものであるような認識のあり方を追究するための方法論である「現象学的還元」と同質の方法論があったと結論される。

こうした方法論が、他ならぬ過去の日本の古典的な思想家たちの著作に、「思想」のかたちをとらずとも経験的な知恵として息づいていたこと、しかもその生活の知恵、常識の知を磨き上げていったときに現出する、客観主義的学問の体系とはまったく異なる学問実践があったことの発見が、この時期に始まる一連の古典作品批評の執筆動機になったと考えられる。それはそのまま、一九六五年に連載開始した本居宣長執筆へと進展していっただろう。こうして小林の本居宣長執筆の動機にも、フッサール受容が深くかかわっていたと展望される。その検討はまた、別稿に期したい。

注

引用文において適宜旧字は新字に改めた。引用文中の〔 〕内は論者による補足である。引用文中の中略・省略は「……」で示した。原書出典表記はMLA第形式（第9版）に従った。

1　拙稿「小林秀雄「様々なる意匠」の中心素材――シュタイナー、西田幾多郎の「純粋経験」と生命哲学思潮」（『京都語文』佛教大学国語国文学会、二〇二〇〈令和二〉年十一月）、本書第七章

2　「理性」「悟性」「理念」等の用語の訳語は、浅田豊訳『ゲーテ的世界観の認識論要綱』（筑摩書房、一九九一〈平成三〉年六月）と、森章吾訳『ゲーテ的世界観の認識論要綱』（イザラ書房、二〇一六〈平成二十八〉年八月）においてすべてまったく同じである。

3　小林秀雄「様々なる意匠」、『改造』一九二九（昭和四）年九月、『小林秀雄全集　第一巻　様々なる意匠・ランボオ』新潮社、二〇〇二（平成十四）年四月、一三七頁、以下同じ巻は『全集　第

一巻』とのみ記す。

4　西田幾多郎『善の研究』弘道館、一九一一（明治四十四）年一月、『西田幾多郎全集　第一巻』岩波書店、二〇〇三（平成十五）年三月、六頁、以下で同巻は全集とのみ記す。

5　ルドルフ・シュタイナー『ゲーテ的世界観の認識論要綱』浅田豊訳、筑摩書房、一九九一（平成三）年六月（原著一八八六年）、Steiner, Rudolf. *Grundlinien einer Erkenntnistheorie der Goetheschen Weltanschauung*. 1886.

6　立松弘孝「フッサール」二〇一八（平成三十）年十月十九日ウェブ公開、『日本大百科全書（ニッポニカ）』小学館、二〇〇一年四月

7　立松弘孝「フッサール」二〇一六（平成二十八）年三月一日ウェブ公開、『改訂新版　世界大百科事典』平凡社、二〇一四（平成二十六）年十二月一日

8　エトムント・フッサール『現象学の理念』立松弘孝訳、みすず書房、一九六五（昭和四十）年十月、Husserl, Edmund. ,"Die Idee Der Phänomenologie." 1907, *Husserliana*, Band 2, 1950.

※一九〇七年の講義内容が、フッサール没後に全集（フッサリアーナ）第二巻として刊行された。

9　『現象学の理念』一〇六頁

10　同

11　同、一〇六～一〇七頁

12　エトムント・フッサール『イデーンI―I（純粋現象学と現象学的哲学のための諸構想《イデーン》

第一巻　純粋現象学への全般的序論）』渡辺二郎訳、みすず書房、一九七九年十二月、二〇四頁（「第三章　純粋意識の領域」）、Husserl, Edmund. "Ideen zu einer reinen Phänomenologie und phänomenologischen Philosophie." 1913. *Husserliana*, Band 3, 1976.

13 『イデーンI―I』二〇四頁（第三章「純粋意識の領域」）

浜渦辰二は「形相的」というフッサールの用語に次のような訳注を施している。

形相《エイドス》は資料《フュレー》とともに、アリストテレス以来の伝統的哲学概念。しかし、フッサールは、それをプラトンのイデアやカントの理念《イデー》とも近づけつつ、「本質」ともほとんど同じ意味で用いている。また、事実から本質への還元を「形相的還元」とも呼んでいる。フッサールにとって、「形相的」というのと「理念的《イデアール》」というのは、ほとんど同義である。（浜渦辰二「第四省察　訳注7」、フッサール『デカルト的省察』浜渦辰二訳、岩波文庫、二〇〇一〈平成十三〉年二月、三〇八頁）

14 同

15 フッセル『純粋現象学及現象学的哲学考案（上）』池上鎌三訳、岩波文庫、一九三九（昭和十四）年二月二十一日、一七三頁

小林秀雄は、「様々なる意匠」第二章で言及した、批評対象に対する「解析の眩暈」のうちでの「彷徨」と同じ状況を、後年、以下のように記述している。作品の「素朴な鑑賞から出発」して「作品の歴史的な成立条件の分析という仕事」に行き着くのは「極めて自然な成行き」だが、「さういふ成行きに誑《たぶら》かされ」てはならない、「誑かされぬ唯一つの方法は、この成行きを徹底して押し進めてみる事だ」としたうえで言う。

僕は、嘗てドストエフスキイの文学を綿密に読んだ事があります。彼の生活や時代に関する文献を漁つてゐると初めのうちは、いかにも彼の様な文学が出来上つた、或は出来上らざるを得なかつたと覚しい歴史条件がいくらで見付かる。処が、渉猟をする文献の範囲がいよいよ拡るにまかせて、徹底して仕事を進めて行くと、なかなかさう巧くは行かなくなる。どう取捨したらよいか、どう理解したらよいか、殆ど途方に暮れる様な、をかしな矛盾した諸事実が次から次へと現れて来るのである。どうも其処まで行つてみなければいけない様です。（小林秀雄「伝統」一九四一〈昭和十六〉年六月、『新文学論全集　第六巻』、『小林秀雄全集　第七巻』、新潮社、二〇〇一〈平成十三〉年十月、二五三頁、以下頁数のみ記す）

こうして、客観主義的な「歴史的な成立条件の分析」を突き詰めてみれば、「多過ぎる文献の混乱に苦しみ、歴史事実の雑然たる無秩序に途方にくれる」という結果を生む。小林はさらに言う。

どうしてこの様な現実の無秩序から、この様な作品の秩序が生れたか、僕等はこの二つの世界を結び付ける連絡の糸を見失つてたゞ茫然とする。だが、茫然とする事は無駄ではないのです。僕等は再び作品に立ち還る他はないと悟るからです。（二五四頁）

「作品に立ち還」れば、すなわち「出発点に手ぶらで戻つて来」たら、「己れを空しく」して、「目の前で直かに感じてゐ」る作品の「美しさ」を「信」じ、それを「わがものとする」、または「そこに推参しようとする」ことによって、「動かし難い規範の形で」対象の姿が「経験」されるものだ、としている。（二五四～二五九頁）

16 そのように判断される事例は、拙稿「小林秀雄の「無私」と西田幾多郎・シュタイナーの認識論

――正当な解釈と評価のために」（『京都語文』佛教大学国語国文学会、二〇一八年十一月）、本書第六章、および前記拙稿「小林秀雄「様々なる意匠」の中心素材：シュタイナー、西田幾多郎の「純粋経験」と生命哲学思潮」、本書第七章で示した。

17 ジャック・デリダは「現象学は生の哲学である。」と規定し、「意味一般の源泉が、どの場合にも、ある種の〈生きる〉〔un vivre〕の作用、〈生き生きしている〉の作用、すなわち Lebendigkeit〔生きていること〕と規定されているから」だとしている。
（ジャック・デリダ『声と現象――フッサール現象学における記号の問題への序論』高橋允昭訳、理想社、一九七〇年十二月、二二頁、Derrida, Jacques. *La voix et le phénomène : Introduction au problème du signe dans la phénoménologie de Husserl*. Presses Universitaires de France, 1967.）

18 『イデーンⅠ―Ⅰ』二〇五頁　※小林の言う「人格」に関わりをもたない「学問」に類似する概念の提示がある。

19 『現象学の理念』六五頁

20 『現象学の理念』六七頁

※フッサールは、こうした「直観的認識」においては「できるだけ悟性を用いず、できるだけ純粋直観（悟性的思考なき直観 intuitio sine comprehensio）を用いるべきである」（『現象学の理念』九二頁）と明言しており、シュタイナー「純粋経験」概念の影響が濃厚に認められる。

21 『現象学の理念』三五頁

22 同

23 『イデーンI―I』二三八頁
24 小林秀雄『考へるヒント』文藝春秋新社、一九六四（昭和三十九）年五月
25 小林秀雄『考へるヒント2』文藝春秋、一九七四（昭和四十九）年十二月
26 小林秀雄『無常といふ事』創元社、一九四六（昭和二十一）年二月
27 小林秀雄「無常といふ事」（『文學界』一九四二〈昭和十七〉年六月）の中にみられる言葉。
28 浜渦辰二「解説」、フッサール『デカルト的省察』浜渦辰二訳、岩波文庫、二〇〇一（平成十三）年二月、三五二頁
29 小林秀雄「歴史」、『文藝春秋』一九六〇年一月、『小林秀雄全集　第十二巻　考へるヒント』新潮社、二〇〇一（平成十三）年四月、九八頁　以下同じ巻は『全集　第十二巻』とのみ記す。
30 小林秀雄「歴史」、『全集　第十二巻』九七頁
31 エトムント・フッサール『ヨーロッパ諸学の危機と超越論的現象学』細谷恒夫・木田元訳、中公文庫、一九九五（平成七）年六月、三六八頁、Husserl, Edmund. "Die Krisis der europäischen Wissenschaften und die transzendentale Phänomenologie." 1936. *Husserliana*, Band 6, 1954.
※第一部・二部（第一節〜第二七節）は一九三六年に公刊され、第三部（第二八節〜第七三節）は、フッサール没後に全集（フッサリアーナ）第六巻として一九五四年に刊行された際に収録された。
32 『ヨーロッパ諸学の危機と超越論的現象学』三七四頁
33 小林秀雄「歴史」、『全集　第十二巻』九七頁
34 西田幾多郎『善の研究』弘道館、一九一一（明治四十四）年一月、『西田幾多郎全集　第一巻』岩

波書店、二〇〇三年三月、一二二頁（第三編　善、第十一章　善行為の動機〈善の形式〉）

35　ルドルフ・シュタイナー『ゲーテの世界観』溝井高志訳、晃洋書房、一九九五（平成七）年三月、六六頁、Steiner, Rudolf. *Goethes Weltanschauung*. 1897.

付言すれば、フッサールは『デカルト的省察』の最終章「第五省察　超越論的な存在の場をモナドの間主観性としてあらわにする」を、「第四二節　独我論という非難に対して、他者経験の問題を呈示する」から始め、他者どうしの主観の関係を詳細に記述している（浜渦辰二訳『デカルト的省察』岩波文庫、一六一頁〜）。これについての検討は別の機会に試みたい。

36　小林秀雄「無私の精神」、『読売新聞』一九六〇（昭和三十五）年一月、『全集　第十二巻』一〇二頁

37　西田幾多郎『善の研究』、『西田幾多郎全集　第一巻』五一頁（「第二編　実在」、第三章　実在の真景）

38　前記拙稿「小林秀雄「様々なる意匠」の中心素材」（二〇二〇年）と「小林秀雄の「無私」と西田幾多郎・シュタイナーの認識論」（二〇一八年）、それぞれ本書第七章と第六章

39　小林秀雄「弁名」、『文藝春秋』一九六一（昭和三十六）年十一月、『全集　第十二巻』二六七頁

40　『現象学の理念』一〇二頁

原文を次に示す。

das Bewußtsein, in dem sich das Gegebensein, gleichsam das pure Schauen der Sachen vollzieht, ist abermals nicht so etwas wie eine bloße Schachtel, in der diese Gegebenheiten einfach sind, sondern das schauende Bewußtsein, das sind abgesehen von der Aufmerksamkeit. so und so geformte Denkakte, und die Sachen, die nicht die Denkakte sind, sind doch in ihnen konstituiert, kommen in ihnen zur Gegebenheit; und wesentlich nur so konstituiert zeigen sie sich als das, was sie sind.

(Husserl, Edmund. "Die Idee Der Phänomenologie." 1904, *Husserliana,* Band 2, 1950, pp.71-72.)

（物事を純粋に見る意識は、単に所与のものとしての事実をおさめる箱のようなものではなく、注意とは別種の、思考行為である。思考行為でないものも、その思考行為の中で構成され、所与のものとなる。そして本質的に、このように構成されることによってのみ、物事はそれ自身をありのままに示すのである。　：有田試訳）

41　E・フッサール『現象学の理念』長谷川宏訳、作品社、一九九七年六月、一一〇〜一一一頁

42　『現象学の理念』立松弘孝訳、四八頁

43　『現象学の理念』立松弘孝訳、五四頁

44　『現象学の理念』立松弘孝訳、六八頁

45　『ヨーロッパ諸学の危機と超越論的現象学』一四四頁

第九章　「無常といふ事」と「思ひ出」される歴史の認識論

【抄録】

小林秀雄の文章がエトムント・フッサールの著作から受けた影響の痕跡を検討する。具体的には、昭和十年代後半以降の小林の批評傾向を代表する作品の一つである「無常といふ事」(一九四二年) 中の、「人間になりつゝある一種の動物」、「思ひ出」される歴史、「生きてゐる證據だけが充満」する時間、といった文言と、エトムント・フッサールの著作『デカルト的省察』(一九三一年)、『ヨーロッパ諸学の危機と超越論的現象学』(一九三六年) 等の記述とを照合し、前者が後者の影響下に書かれたであろう事実を例証する。それによって、戦前から戦後にかけての小林が見せた、日本の古典や古典的思想家への傾倒の背後に、フッサールが歴史に対してもった現象学的視線の受容があった事実を裏づけたい。さらにそれを、一見、独断的あるいは主観主義的な立場をとったかにも見える小林の批評文の背後に、ヨーロッパ発祥の近代知に対置される〝新たな客観主義〟ともいうべき認識論への追究姿勢があった事実を裏づける事例の一端としたい。

序

小林秀雄の批評作品と西欧思想との関係については早くから指摘があるが、[1]多くの場合、検討されてきたのはヴァレリーやベルクソンらフランス系思想家たちとの呼応関係だった。確かにそれらとの呼応関係は多分に認められるものの、小林の批評姿勢を決定づけた要素群を、整合的に統合して説明づけ得るまでには至っていないように思う。

これまで論者は、小林がその批評思想の核心部分を形成した源泉として、フランス系よりもドイツ系の哲学思想があること、具体的には、まずルドルフ・シュタイナーの哲学者としての初期著作、およびそこから派生すると考えられる西田幾多郎[2]の認識論、和辻哲郎の生命主義的なニーチェ論、さらにエトムント・フッサールの現象学的観点からの著作があることを指摘してきた。これらの思想家たちは同質の立脚点を共有する思想圏を形成しており、そこに見られる概念、用語、表現は、初期から晩年に至るまでの小林の著作に取り入れられた痕跡が確認され、使用された文脈・用法においても同じ方向性を示している。

ドイツ系哲学思想（およびそれと親近性の高い京都学派周辺）と小林との関係についても先行する指摘は散見されるものの、[3]具体的な影響関係の論証は、ほぼされていない状況が続いていた。そこで、和辻哲郎『ニイチェ研究』[4]の文言の多くを小林秀雄のとりわけ初期批評に見られる文言が踏襲している事実の指摘を始めとして、和辻のこの著作が属していたと思われる大正生命主義思潮、およびやはりそこに属すると考えられる西田幾多郎の哲学思想、両者の源流としての初期ルドルフ・シュタイナーの認識論、さらにその思想圏に属すると考えられる現象学者フッサールとの影響関係の検討を行ってきた。

これらにより、自然科学的発想を核とするヨーロッパ近代知の行き詰まり（認識がいかに客観世界の真実在をとらえ得るかという問題の解明についての混迷）を批判しつつその打開を図ってきた、〝新たな客観主義〟（すべての認識の起点を「我」の主観的知覚に置きながら、それが「客観」的な世界像を構成し得る理由と様態の解明をめざすもの）とも言うべき思想潮流との影響関係が浮かび上がってきた。小林秀雄はそのような思想潮流を源流としながら、批評家の立場から近代ヨーロッパ主義の打開を図ろうとしており、それが小林に、一見主観偏重とも見える批評スタイルをとらせていたと考えられる。こうした事実を、今後とも資料実証的な手順により明らかにしていきたいと考える。本稿では主としてフッサールとの影響関係を検討する。

昭和十年代後半以降の小林の批評作品群には、近代的学問の客観主義を批判しつつ、日本の古典や古典的思想家の学究姿勢を理想視したものが多くみられる。それらはとくにフッサールによる現象学的発想を照合することによって、時として謎めいた表現となる文言の背後に、整合的な認識論の姿勢が一貫している事実を理解することが容易になる。その姿勢に通底するものをフッサールの言い方にならって一言でいうならば、「通俗」的な（いわゆる「学問」的な、または「自然科学的」な）客観主義ではない、「徹底」した客観主義を根底に持つ認識論の追究だった。

フッサールは、認識の客観性という問題を突き詰めて考えた場合、いわば何が究極の「客観」なのか、という問題の立て方をした。その思考経路は、『ゲーテ的世界観の認識論要綱』（一八八六年）[5]に代表される初期シュタイナーが、ゲーテの思想を評しながら、通俗的客観主義を論難しつつ真の客観主義（今日のいわゆる「客観主義」とはかなり様相を異にする）を見出した発想と、ほぼ同じアウトラインを示している。論者前稿[6]ではその一端を例示し、両者の影響関係を検討したが、詳細な言及はまた別稿に譲りたい。

同じくシュタイナーから大きな影響を受けたと考えられる西田幾多郎とも交流のあったフッサールは、従来考えられてきた以上に、その西田と認識論的姿勢やそれを説明する際の用語の選択やその用法において、類同性・相同性をもっている。[7]両者に共通する源泉としてルドルフ・シュタイナーという（後年の神秘思想家としてではなく初期の哲学思想家としての）存在を措定することによって、それらの類同性・相同性は整合的に説明し得るし、難解で知られる両者の思想の骨子への理解を深めることもできる。そして小林秀雄の文章には、それぞれからの直接の影響の跡が確認されるのである（論者前稿、本書第八章を参照されたい）。

これらは、単なる同時代性によっては説明できない。シュタイナー、西田、フッサールらが核とする認識論モデルは思想史上できわめてユニークであり（ニーチェや和辻『ニイチェ研究』もその圏内に含められる）、同時代であっても、同質のものはこの圏外にいる他の思想家には見られない。

このシュタイナー思想圏の核心をなす認識論モデルも、もちろんある時代性に対する姿勢として生まれたものではあるが、ただ同時代だから類同性をもったとは考えられないほど他から際立っている。だからこの圏内の思想家どうしの影響関係の探索が（それはまだ広く認められているとはいえず、解明のまったくの途上にある)、特質ある思想の正当な評価批判のために重要な意味をもつと考えられる。

ここでは小林とフッサールとの関係に焦点を当てて検討を進める。

一　判断停止(エポケー)と純粋自我

昭和十年代後半以降に、小林秀雄が現象学者エトムント・フッサールの著作からの影響を鮮明にし始めた事実は、いくつかの事例とともに前稿で検討した。フッサールの言い回しは難解で知られ、その解釈について諸説紛糾するような局面も見られる。しかし西欧を起源とする近代知の陥穽、とりわけその自然科学的客観主義に偏したあり方に警鐘を鳴らしながら、「我」の主観的意識体験をすべての認識の起点とするいわば〝新たな客観主義〟を標榜する姿勢は、「現象学的還元」の立場を鮮明にした著作『イデーン』(一九一三年)以降、一貫している。

たとえばフッサールの生前に刊行された最後の大著であり、晩年の代表作ともされているのが『ヨーロッパ諸学の危機と超越論的現象学』(一九三六年、以下『危機』と略記する)[8]であり、原書タイトル「Die Krisis Der europäischen Wissenschaften und die transzendentale Phänomenologie: Eine Einleitung in die phänomenologische Philosophie」を直訳すれば「ヨーロッパの学問(科学)の危機と超越論的現象学――現象学的哲学への一つのみちびき」[9]となる。「Wissenschaften」(ないし「Wissenschaft」)は、「学問」または「科学」と訳すことができる(訳書中では、文脈に応じて「学」

「学問」「科学」と訳し分けられている)。

フッサールは、三部構成をとる『危機』の第一部で「ヨーロッパ」のいわゆる客観主義的「学問の危機」を指摘し、第二部で「近代における物理学的客観主義と超越論的主観主義との対立」の様相を解明しつつ後者に依拠する立場を表明している。さらに第三部では、いわゆる自然科学の一分野である「心理学」に対して、そこから「現象学的超越論的哲学へいたる道」をとるべきだと主張する。付言すれば、訳者木田元による解説は、フッサールのこれ以前の著作との主な違いは、とくにヨーロッパ系学問の「歴史考察の方法」について積極的な記述がある点だと指摘している[10]。フッサールのそれまでの思索過程の集大成と言ってよい内容になっていることが、全体構成からも見て取れる。

これまでに繰り返し示してきたように、批評家としての出発期の小林がすでに、多くの発想や、用語、表現において影響を受けていたのが、初期シュタイナーによる反自然科学的認識論、およびシュタイナーによるニーチェ論を踏まえたと見られる(少なくとも内容は酷似している)和辻哲郎『ニイチェ研究』(一九一三年)、さらにシュタイナー・モデルの認識論を説いたと見られる(少なくとも内容はシュタイナー著『ゲーテ的世界観の認識論要綱』と酷似している)西田幾多郎『善の研究』(一九一一年)とそれ以降の著作である。そして昭和十年代後半頃には、新たにフッサールからの強い影響を見せ始める。それが、いわゆる客観主義的な学問としての歴史学や心理学に対する批判的姿勢としてこの時期の小林の文章に表出されていると考えられる(フッサールはとくに『危機』において心理学批判を行い、また歴史学への批判的言及を行っている)[11]。そうした傾向の典型が、戦後の『本居宣長』（一九七七年）執筆につながっていくと思われる、日本の古典作品や古典的思想家たちを題材とするエッセイ群である。

この時期（およそ昭和十年代後半）より、小林秀雄は日本の古典芸能、古典文学等への傾倒を見せ始める。口火を切ったのが、「當麻」[12]、「無常といふ事」[13]といった、戦後の発刊となる単行本『無常といふ事』[14]におさめられたエッセイ群だった。収録された長短六篇の古典論のうち、単行本の書名に選ばれたのが「無常といふ事」と題される作品である。

この作品の題材とされている「一言芳談抄」は鎌倉後期の作といわれる編者不明の書で、浄土各流の法語を集めたものである。小林は比叡山を訪れた際、この法語の一節を極めて鮮明に「思い出」し、それが「心に滲みわたつた」体験を語る。さらにその際「自分を動かした美しさ」に思いをはせながら、「歴史の新しい見方とか新しい解釋とかいふ思想」に惑わされず、「上手に思ひ出す事」こそが肝要だという、自己の歴史観を開陳するに至る。

こうした、一見学問的とは言い難い言述が様々に議論を生みながらも、小林作品は影響力をもち、読み継がれてきた。しかし単なる、従来の学問的姿勢に対する逆説的な姿勢（そうしたものならば同時代にもあふれていた）が、継続的な影響力の要因となっているとは考え難く、それらの文言が、何らかの具体的な〝出典〟を思想的な裏付けとして踏まえている可能性を想定するほうが自然であるように思われる。そうした、作品にいわば埋め込まれている思想文脈の探索の試みとして、ここではとくに「無常といふ事」に見られるいくつかの言明を俎上に載せて、検討を試みる。

作品中、小林が川端康成に語った言葉として、次ような文言がある。

「生きてゐる人間などといふものは、どうも仕方のない代物だな。何を考へてゐるのやら、何を言ひ出すのやら、仕出来《しでか》すのやら、自分の事にせよ他人事にせよ、解つた例しがあつたのか。鑑賞にも観察にも堪へない。其處に行くと死んでしまつた人間といふものは大したものだ。何故、あゝはつきりとしつかりとして来るんだらう。まさに人間の形をしてゐるよ。してみると、生きてゐる人間とは、人間になりつゝある一種の動物かな」[15]

一見やや奇異な右の言明には、小林の主観的または一種独断的な態度を読み取られる場合もあり[16]、論議の的となってきた箇所の一つである。とりわけ「人間になりつゝある一種の動物」という文言は理解に苦しむところだろう。小林はこの風変わりな概念を、どのように形成したのだろうか。何らかの、先行する文言があるのではないだろうか。

実際のところ、それを説明づけ得ると考えられる文言を、たとえば『危機』のうちに見出すことができる。またそれらは、小林が言おうとしている趣旨と、同じ文脈を共有していると判断することもできる（次節に事例を示す）。

『危機』の事例を見る前に、前提となるフッサールの思考手順を確認しておきたい。フッサールはまず、あらかじめ普遍的客観世界が独自に存在しそれを人間の認識が探り当てていくという、従来の発想を保留する。

フッサールは、そうした無反省な自然的態度をとりつづけることをやめ、おのれの意識体験を単なる世界内部の一事実と見る見方を停止した。そしてむしろ逆に意識を、そうした客観的世界の想定や、それとともに世界内部的存在者のさまざまな存在意味が形成される絶対的な場として、つまり〈純粋意識〉として見るように見方を転換し――この転換の操作が〈現象学的還元〉と呼ばれる――そこに多様な意味形成体が成立する次第を分析的に記述しようとする。[17]

つまり「意識体験」が、実はすべての認識や体験の起点であり、これ以外に「我」(自我)が現実世界を知覚する経路はありえない。そして「意識体験」の働きのうちで「我」にとっての現実世界の像が形成されるのだから、「認識」のシステムの解明を目指すならば、「意識体験」に照準を当てて、そうした「意味形成」の働きを検討するところから開始するべきである。「客観的世界」はこの働きの結果として「想定」されたものに過ぎないのだから、そこに基準を置くのは本末転倒なのである。このように独立した客観世界の存在を前提とする考え方を停止する意識操作を指して、フッサールは「エポケー(判断停止)」と呼び、またそのようにしてすべての事象の生起の根源を「意識体験」のうちに求め探る姿勢を「現象学的還元」と呼んだ。

こうした姿勢で観察される「我」の「意識体験」の様態が、「純粋意識」、「純粋自我」等と呼ばれる。それがすべての認識や経験の起点となるという意味で、シュタイナーおよび西田幾多郎の言う「純粋経験」(何の先入観も意図的操作もなく、ただ意識に体験される知覚のありさまそのもの)の概念とほぼ重なりあっている。

フッサールは次のように言う。

現象学的エポケーを遂行してみるとしよう。つまり、自然的定立の全世界と同じく「自我、すなわち人間」も、遮断されたとしてみよう。そうすれば、あとに残るものは、その固有な本質を具えた、純粋な作用体験であろう。[18]

「エポケー」（判断停止）とは、すべての存在の真実性・客観性をいったん保留し、「人間」や「自我」といった概念でとらえられているものの存在までも疑ってみることにより、何が確実なものとして残されるかを観察する態度である。すると、自分が知覚している意識体験のありさまそのもののみが、自分が確実に確かめられる純粋な対象だと判明するはずだとフッサールは言う。

その際しかし私はまた、次の点をも理解する。すなわち、一方ではたしかに、作用体験を純粋に捉えず人間的体験と捉えてかかると、現存在定立のことは暫く度外視するとしても、その際必ずしも共に関与しているはずではないような種々雑多のものが入り込んできてしまうということ。しかし他方では、いかなる遮断によっても、コギトという形式は廃棄されることができず、したがって作用の「純粋」主体は抹殺されることができないということ。これである。[19]

われわれの通常の自然的態度がそうであるように、「人間」的な体験、すなわち通常の人間がその存在を素朴に信じている普遍的客観的な世界像を前提とし、そこを基準に意識体験をとらえようとすると、純粋な知覚体験以外の様々雑多な要素が、意識に混入してしまう。しかし、「我」が何かを知覚しているその「作用体験」自体は、どのようなとらえ方をしようと、無いものと考えることはできない。つまり「何かを経験する、何かの働きを受ける」ような場合に知覚される意識体験は、「自我」という「場」で生起している作用であり、しかも「この自我は、純粋な自我であって、その自我には、いかなる還元〔判断中止〕も何か手出しをしたりすることはできないのである」[20]と言える。

すべての存在の真実性を保留したとしても、この自我のうちの意識体験の作用、「我」がそのような知覚体験をしているという事実そのものは疑うことはできない。だから、ここが認識論の起点となるべき地点であり、このような検討を経て捉えられた「我」が「純粋自我」である、と続けられる。こうして「純粋自我」は、何かを知覚する際の「極」、すなわち観測地点となるような場所であり作用であると、位置づけられる。

二　人間になりつゝある動物

以上を踏まえて、『危機』の次の記述を見てみたい。この部分でフッサールは、「『われわれすべて』としての相互主観性がわたしから出発して構成される、いな、わたしの『うち』で構成されるという問題」[21]を検討している。つまり、それぞれの人間がそれぞれの自我をもっている中で、どうやってそれぞれにとっての現実世界、世界像が相互に一致し得るのかという問題を論じている箇所である（結局のところ「他者」像についても、客観的な様態があらかじめあるわけではなく、相互一致を目指しつつも基本的にはみずからの自我主観を基盤として構成するほかない。そしてそれぞれの自我主観が現実世界や他者に対してもつイメージが相互にバランスし均衡するような「唯一」の一点がおのずから探り出されていくことになる）。[22]

〔自我という〕極をもった体系としての世界を、したがってまた共同生活の志向的形成体としての世界を、共同化することによって構成しつつあるわれわれとはいったいなにものなのか、という問いである。このわれわれを「われわれ人間」と言うことができるであろうか。自然的・客観的意味での人間、すなわち世界に属する実在としての人間と言うことができるであろうか。こうした実在は、それ自身「現象」ではないのだろうか。[23]

他者の自我と、同じ現実世界を共有し、一つの共通する世界像を「構成」しつくりあげようとしている「われわれ」を、「われわれ人間」というとらえ方をすること、つまり「自然的・客観的」に存在しているとわれわれが通常とらえているような意味での「人間、すなわち世界に属する実在」としてとらえるのは正しくないと言う。「判断中止」によって、つまり「現象学的還元」を経てとらえられるような「われわれ」、すなわちそれぞれの自我は、素朴にあらかじめ存在する実在のイメージでとらえられてはならない。それらは、いまだ何ら確定した様態をもたない一つの「現象」として観察される対象になったはずである。言葉を替えて言えば、次のようなことである。

超越論的主観、すなわち世界構成のために作動しつつある主観は、人間なのであろうか。判断中止は、人間をもやはり「現象」にしてしまったのだから、判断中止をおこなっている哲学者は自分をも、また他人をも、素朴にそのまま人間として妥当させるのではなく、まさしく「現象」として、つまり超越論的な遡行的問いの極としてしか妥当させない。[24]

「超越」とは、意識体験に直接与えられているのではないもの、つまり直接「我」が知覚しているのではないようなもの一般をさす用語である。「超越論的主観」は、意識に直接与えられた体験のみを中立的に観察しようとするような視線でとらえなおされた主観の様態を指す。すると「純粋意識」または「純粋自我」を体験している主観のあり方とほぼ重なる意味をもつ。この「超越論的主観」は、意識の或る動きのありのままをいまだ意味ある何かの形をとり得ていない「現象」としてとらえる働きなので、通常の日常自然的な意味での「人間」、つまりあらかじめ客観世界に独立して存在する確定した意味や外形をもつ実在というイメージの範疇でとらえるべきものではない。これは他者のもつ主観に対してのみならず自分自身のそれについても言えることだが、それがどのようにして現実世界の世界像を得ていくのか、あるいは創り上げていくのか、という

「超越論的な遡行的問い」の「極」つまり一つの観測点としてのみとらえられるべきものである。それはまさに、いまだ人間になり得ていない何らかの現象としてあるものである。

　さて、フッサールと酷似する発想をもつルドルフ・シュタイナーは、すべての認識の起点を、何も意識的意図的操作を加えない、純粋な意識の知覚作用のみであるような「純粋経験」に置いた。「純粋経験」自体は、無秩序雑多な知覚印象群でしかない。それが意識の自律的な働きである「思考」によって（主体の「悟性」による介入を注意深く排除することによって）、一つの有機的なつながりを持った姿におのずから「統一」され「構成」されていき（この働きは西田にあっては「人格」の働きや「作用の作用」と呼ばれていた）、認識対象となり得るような現実像、世界像が形成される。こうした過程を経て、とくに意識体験の中でありありとリアルに〝体感〟できるに至った世界像イメージが、「客観」と呼ばれる。数量的計量によって得られる所謂「客観」像は、この意識体験の活動の結果、実はあとから創造されたものに過ぎないので、シュタイナーの立場からは疑似的な客観でしかない。[25]

　シュタイナーは右を、ゲーテの認識論の特質として論じ説明しており、その主張するところについては、小林秀雄もよく承知していた。次のごとく。

　彼〔ゲーテ〕は、かう言つてゐます。健全な時代は客観的であり、頽廢した時代は主観的なものだ、と。これも實に當然な事の様に僕には思はれますが、彼の言ふ客観的といふ意味が近代科學が齎した客観主義とは似ても似つかぬものだといふところが、彼の言ふところを難解なものにしてゐるのであります。自分に、過去の英雄が立派な人間だと信じられる以上、彼に關する歴史が傳説に過ぎず、作り話に過ぎなくても、一向差支へないではないか、さういふ態度を、ゲエテは客観的と呼んだのでありまして、一と口に言ふなら、彼の客観的といふ言葉は、科學の、少くとも近代の科學の世界に属した言葉ではない。其處に、現代人はつまづくのだ。[26]

ここで言及されている、ゲーテの言う「客観」という語の特殊な意味合い、近代科学の標榜する「客観主義」への批判的姿勢は、そのままシュタイナーおよびフッサールのとった姿勢と重なっている。するとこのゲーテの言葉を自己の主張に援用している小林自身にも同じことが言えるだろう。小林の言葉はさらに次のように続く。

人間性を覆つてゐる傳説の衣を取らねばならぬ、と言ふ。英雄は着物を脱いで裸の凡人になります。それはよい。だが、凡人といふ傳説はどうするつもりか。まるで、お伽噺に出てくる裸の王様のさかさまの様な話でありますが、現代が、客観主義の美名の下に行つてゐる事は、先づこれを出ないのである。心を開いて歴史に接するならば、尊敬するより他に、僕等には大した事は出来ぬ。[27]

右にもやはり、いわゆる客観的な歴史解釈に対する批判姿勢が見られ、「心を開いて歴史に接する」「尊敬する」といった主観的な色調を帯びた言葉がそれに対置されているため、小林が単に主観重視の姿勢をとっているかのように見える。しかしこれまでに検討してきたような、哲学的思想潮流との様々な符合を考え合わせれば、そうではなく、右もまた認識論にかかわる主張なのであり、従来の客観主義にかわる〝新たな客観主義〟を標榜する姿勢の表出だと見るべきだろう。すなわち、「英雄」から「人間性を覆ってゐる傳説の衣を取」り、「凡人」という実相を明らかにしたとしても、その〝実相〟が、意識の中で直接感覚し確認できるような対象でないならば、現象学的な立場からは「超越」にすぎず、一向に不確かな情報にすぎない。だからそれもまた伝説の一種でしかないことになる。われわれにできることは、まずみずからの意識体験を尊重し、そこから思索を開始することよりほかはない。

フッサールの文言に戻る。フッサールは次のように続ける。

判断中止において、作動しつつある自我極へ純粋な眼を向け、さらにそこから生とその志向的中間形成体や究極形成体の全体へ向かって純粋に眼を向けるさいには、当然人間的なものはに一つ現われてはこないし、心も心的生活も、また実在的な精神物理的人間も現われてはこない。これらすべては、「現象」に属し、構成された極としての世界に属しているのである。[28]

「現象学的還元」をほどこしつつ、無秩序な知覚印象を認識対象となるような世界像に今まさに構成しようとしている自我の働きを先入観なしに観測した際、この働きは日常的な意味や概念の形はまだとっておらず、ただ様々に意識体験があらわれる一つの現象としての有様を示すのみである。これらが悟性にさらされない意識の自律的活動（シュタイナーの用語では「思考」作用）によって認識可能な像に「構成」されて初めて、「人間」の姿も、世界の姿もあらわれる。それまでは「人間」でもなく世界でもなく、ただ「現象」があるだけとなる。あらかじめ「世界」という事実や存在があるのではなく、世界像はこうした意識作用の中でその結果として「創られた」ものだからである。

フッサールはまた、『危機』（一九三六年）に先立って一九三一年に発刊した著書『デカルト的省察』において、次のように言っている。

超越論的な我《エゴ》そのものに属する普遍的アプリオリは、無限の形式を自らのうちに含んだ本質的形式であり、それは、自らのうちに現実に存在するものとして構成されるべき対象をもった生の可能な顕在性と潜在性についての、アプリオリな類型を無限に含んでいる[29]

「現象」としての視点から見られた「我《エゴ》」は、元来「無限の形式」や「類型」を含んだ無限の可能性をもつ状態としてある。逆に言えば、素材となる意識作用やその組み合わせの無限の可能性のうちから一つの秩序形式に構成された結果が、意識され得る「我《エゴ》」である。つまり、あり得るあらゆる可能性の中の一つの組み合わせとして現れているのが、今認識されている「我《エゴ》」である。

一つの統一的に可能な我《エゴ》にとって、個々それぞれには可能な類型のすべてが共存可能なわけではないし、任意の順序や固有な時間の任意の時点で共存可能なわけではない。例えば、私が何らかの学問的理論を作り出すとき、この複雑な理性活動とその理性的な対象は或る本質的類型を備えているが、それはどんな我《エゴ》においても可能というわけではなく、特有な意味で「理性的」な我《エゴ》においてのみ可能である。それは、（「理性的《アニマル・ラチオナーレ》」動物としての）人間という本質的形式において、我《エゴ》が世界内に存在するものとされることによって現れてくるような意味での我《エゴ》である。[30]

一つの統一された姿に構成された「我」には、その素材となり得る（知覚体験の）要素やあり得る統合形式のすべてを同時に含めることはできない。この「我《エゴ》」（私）という「『理性的《アニマル・ラチオナーレ》』動物」がもつ、或る指向性や個性に即した素材のみがおのずから選択され、それに適した、ただ一つの形式により結合され体系化され、全体として統一した姿、つまり存在しているものとして認識され得る姿をあらわしている。裏返せば、そうした統一体としての形式を認識され得る以前の状態は、いまだ統合された方向性を持たない、あらゆる可能性を持つ混沌状態の「現象」のままだと言える。だから現象学的に見れば、今、刻々と生きて「我」を構成しつつある「人間」（すなわち「現象」としての「純粋自我」である状態）には、むしろまだ人間になっていない「動物」、という言い方が当てはまることになる。このように、小林の文言をフッサールのそれを踏まえてとらえれば、その謎めいた色合いは払拭され、整合的な説明が可能になる。

右の「動物」という語について、引用文訳者の浜渦辰二は、「もともとアリストテレスが人間を『ロゴスをもった動物』としたのに由来する」が、「『理法、論理、言葉、理性、等』と広い意味の広がりをもっていた『ロゴス』というギリシア語が、『ラチオ』というラテン語で訳された時から、それはほとんど『理性』という意味しか持たないような『理性的動物』という意味に狭められて伝えられてきた」[31]と注を付けている。

哲学思想史を踏まえれば人間を「理性的動物」と呼ぶこと自体は目新しいことではないと言えるが、「人間になりつゝある」動物という表現は決して一般的ではない。しかし、現象学的な判断中止（エポケー）の観点から、人間（「理性的動物《アニマル・ラチオナーレ》」）が、「人間」として認識され得る以前の「現象」としてある状態をとらえた表現として考えるならば、整合性をもって理解されるのである（フッサールは『イデーン』中でも、人間を「動物」の一種ととらえる言い方を何度もしている）。そしてその理解は、たとえば歴史論において「現実に背を向けた」[32]姿勢とは異なる様相を、小林の文章から浮かび上がらせる。

三　「思ひ出」される歴史

引き続き「無常といふ事」とフッサールの文章との呼応を検討する。次の部分も、やや謎めいた表現を含んでいる。

　僕は、たゞある充ち足りた時間があつた事を思ひ出してゐるだけだ。自分が生きてゐる證據だけが充満し、その一つ一つがはつきりとわかつてゐる様な時間が。無論、今はうまく思ひ出してゐるわけではないのだが、あの時は、實に巧みに思ひ出してゐたのではなかつたか。何を。鎌倉時代をか。さうかも知れぬ。そんな氣もする。[33]

小林は、「うまく思ひ出してゐる」状態にともなう「充ち足りた時間」を強調する。それは、「自分が生きてゐる證據だけが充滿し、その一つ一つがはつきりとわかつてゐる樣な時間」だとされるのだが、一見これも、主情的な感覚の叙述にしか見えない。しかしたとえば、フッサールが『イデーン I—II』・「第二章 理性の現象学」で「理性意識」（現象学的な立場から認識対象をとらえる際の、意識の様態を指す用語）のありようを説明した文言には、偶然の一致とは言い難い類同性を見出せる。フッサールはまず、現象学的に妥当な認識の様態とそうでない様態の差異を、次のように説明している。

まず第一に提示されてくる区別は、次の区別である。すなわち、定立されたものが原的な所与性へといたるようなゆえんをなす設定立的な体験と、定立されたものがそのような原的所与性へとはいたらないようなゆえんをなす設定的な体験との、区別である。したがってまた、「知覚し」「見る」ような作用――最広義に解したそうした作用――と、「知覚し」ないような作用との、区別である。[34]

右では、定立（認識対象化）されたものが「原的な所与性」つまり意識に直接的に与えられた性質をもち、そのものを「生身のありありとしたありさま」として「見る」ような感覚を伴う様態が、推奨されている。ここで設定されているのは、対象を理想的に「知覚し」「見る」ことができるような作用は、そうでないものと何が異なるか、という問いである。フッサールはそれが、「充実された意味ないし命題」があるか否かによって区別されると言う。しかも、「意味ないし命題が、いかにして、充実された意味ないし命題であるのか」という「その仕方」をとくに重視している。さらに「意味の充実ということだけでは、この場合問題は片付かないので」あり、「そのほかにさらに、充実化がいかに行なわれるかというその仕方が、肝心要の問題なのである」とたたみかける。

さらに続けて、そのような充実した「意味が体験される」ための認識の「仕方は、『直観的な仕方』[35]なのだとしつつ言う。

この仕方の場合には、「思向されている対象そのもの」が、直観的に意識されたものとなっている。そしてその際、特に際立った場合の一つが、次のような場合、すなわち、直観の仕方がまさしく原的に与える働きをする仕方である場合、である。風景を知覚しているときには、その意味は、知覚的に充実されており、知覚された対象は、その色彩、形態等々を具えつつ（それらが「知覚の中へ入ってくる」かぎりのことだが）、「生身のありありとしたありさま」という仕方において意識されている。これと類似の際立った卓越した特性を、われわれは、あらゆる作用領圏において、見出すであろう。[36]

認識がきわめて理想的に行われ、「際立った卓越した特性」があらわれるとき、「原的に与える働きをする仕方」すなわち意識に直接知覚されるような対象のあらわれ方となる。それは概念的な映像であっても、「生身のありありとしたありさま」が「色彩、形態等々を具え」ているかのように知覚される。このように、「生身のありありとしたありさまという性格（原的充実性としてのそれ）が、純然たる意味と融合している」ような知覚のされかたが、「存在性格の基礎として機能している」ような状態が、いわゆる自然科学的客観（「充実されていない意味ないし命題」）に対置され、あるべき理想的な「理性意識」として主張されている。

フッサールは次のようにまとめる。

或る特有の理性性格というものが、定立性格というものに、それを際立たせる卓越した一つの特性として、帰属することがある。すなわち、その定立性格が、ただ単に一般的に何らかの意味に基礎をおいた定立ではなくて、或る充実された、つまり原的に与える働きをしている意味に基礎をおいた定立である場合、まさに本質的にその場合にかつまたその場合にのみ、その際立った卓越した特性がその存在性格に所属することになるのである。[37]

認識対象が、意識体験の外にある「一般的に何らかの意味」、言い換えればいわゆる客観情報に「基礎をおいた」ものではなく、自我の意識体験や知覚体験に「原的に与える働き」を有しているような場合、つまり直接的な知覚を意識体験に与えているような場合、その意識映像に定立された知覚映像（定立性格）は、「充実された」リアル感をともなう「際立った卓越した特性」をもつのである。

小林が「實に巧みに思ひ出し」た結果として得た「充ち足りた時間」とは、フッサールの言うこの「原的充実性」を意味するのではないだろうか。もしもそれが単に心情的な印象を指す文言ならば、その直後で歴史論に発展していくような文脈をもつとは考えにくいだろう（フッサールもまた、最終的に歴史論と結びつける形で論を展開していく）。

それではさらに、「巧みに思ひ出」すとは、どのようなことか。ここでも、小林の文言と呼応するかのような、フッサールの文言が発見される。フッサールは『危機』において、歴史に対する姿勢を説く節（「第十五節　われわれの歴史考察の方法についての反省」）を立てている。そこでは、「われわれの遂行すべき考察の仕方」として、「通常の意味での歴史考察の仕方ではな」く、「すべての歴史的な目標設定を支配している統一性」を「取り出して理解しようと試みる」ような考察の仕方が標榜されている。

すなわち「歴史的連関の全体を、つねにただ一個の人格的連関であるかのようにみなし」、「究極的には、われわれ自身それこそがわれわれ一人ひとりに固有な唯一の課題だと認めることのできるような歴史的課題」、言い換えればそれぞれに個性をもつわれわれの自我にとってのその歴史事実の意味を、ひとりの人間の人格から読み取るように「看て取ろうと試みる」[38]のが、意味ある歴史像を得るための方法だと主張する。フッサールは次のように続ける。

このばあいの看取とは、外からの、事実の看取でもなければ、われわれ自身がそのなかで生成してきた時間的生成を、単なる外面的な因果的継起ででもあるかのように見ることでもなく、内からの看取でなければならない。われわれは、単に精神的遺産を有しているというだけではなく、徹頭徹尾歴史的、精神的に生成してきたものにほかならないのであるから、われわれはこうすることによってはじめて、真にわれわれに固有な課題をもつことになる。[39]

つまり、単に外面的な因果関係を読み取るのではなく、我々がその中で生きている歴史を、その中で生きているように「内からの看取」で、すなわち追体験するように読み取らなければならない。そうしてはじめて、個々の自我それぞれにとっての「真」の歴史の意味が課題として認識され得る。それがフッサールの標榜する「直観の仕方」である。

一方、小林秀雄は戦後、日本の伝統古典や古典的思想家への傾倒を保持しながら、本居宣長を題材とする文章で次のように言っている。

> 宣長の「あはれ」論が、感情論であるよりも一種の認識論である事が、もつとはつきりするであらう。……単に、あはれと見、聞き、思ふ事でもなければ、普通の意味で事や物を見、聞き、思ふ事でもない。さういふ心の働きの他に、事や物と共感するといふ働き、事にあたり、物にふれて、これらのあるがまゝの姿を、言はば内部から直観するといふ働きがあるとしてゐるの

だ。事物の直観的な理解といふものがあるのだが、これには、時にふれ、所に従ひ、その道々によつて變る事物の味を、そのまゝ共感によつて肯定する全的な態度を要する。[40]

宣長がとなえた「『あはれ』論」が「感情論であるよりも一種の認識論である」とする主張は、あたかも小林自身の批評作品の特質を言い当てているかのようである。近代的な学問が依拠して来た客観主義の陥穽を指摘しつつ、そうではない学問姿勢を、すなわち生きて存在している自我の「精神」活動にとって真に意味のある「認識論」を核とする学問姿勢を訴えようとする小林の立場が、二重写しにされるのではないだろうか。そして右の、対象の「あるがまゝの姿」を「内部から直観するといふ働き」は、ドイツ語と日本語という母語の違いはあるにしても、用語においても文脈においても、フッサールの文言と極めて近しい立脚点を示していることを観測できるだろう。

要するに、「巧みに思ひ出」すとは、現象学的な文脈でいうところの「直観」による歴史考察の方法であり、歴史享受の姿勢であると、結論されるのである。

右は一例にすぎず、こうした呼応関係は枚挙にいとまがない。今あげた部分に関わる例をいくつか簡単にあげれば、「無常といふ事」とほぼ同時期に書かれた「當麻」（一九四二年）には、「近代文明」と対比しつつ能楽を論じながら、近代的な「鑑賞」では「あの慎重に工夫された仮面の内側に這入り込む事は出来なかつた」[41]という文言が見られる。文章全体の文脈の一致も含めて考えれば、これが単なる偶然の言い回しの一致ではないことがわかる。戦後の「考へるといふ事」

(一九六二年)では、歴史に対して「自己」の「内的經驗を明瞭化」することを肝要としつつ、「例へば、私が、自分の過去を考へてみようとする」とき、「私に起つた雑多な事件を、外から調べる事は易しいが、これらの事件に處して来た私の精神を、内から辿るのは、極めて難かしい」[42]という事例を挙げながら、「自己をモデルとして歴史を考へる」ことへの侮蔑の風潮を批判している。

また最後の大著『本居宣長』(一九七七年刊)では宣長の文のありようについて次のように言う。

極言すれば、抽象的記述の世界とは、全く異質な、不思議なほど単純なと言つてもいい、彼の心の動きなのであつて、其處には、彼自身にとつて外的なものはほとんどないのである。……過去の事實は、言はばその内部から照明を受ける。誰にとつても、思ひ出とは、さういふものであらう。過去を理解する為に、過去を自己から締め出す道を、決して取らぬものだ。[43]

これらの事例を参照すれば、昭和十年代から戦後に至るまで、歴史や学問に対する小林の姿勢が一貫して、抽象的学問や「抽象的記述」の分析とは截然と区別される、「直観」による認識方法を核としていたことをあらためて確認できるだろう。それは、フッサールが歩んだ道と、やはり重なり合うのである。小林とフッサールの主張は、単に近代的学問への逆説的姿勢を示しているのみならず、その代替としての〝新たな客観主義〟を標榜するものであり、そのユニークさは際立っている。偶然の一致や単なる同時代性の共有の結果とは考えにくい。

結

フッサールは『危機』によって、「ヨーロッパ的な学問」全般が自然科学的な観点を偏重してきたことに、警鐘を鳴らし、客観的・普遍的実在を幻視するのではない、人間の生に根差す真に「客観」的な学問姿勢を打ち出そうとした。とくに「歴史学」は、自然科学の一分野としての「心理学」と並んで、ヨーロッパ近代の危機を象徴する学問分野として論じられており、それは「単に事象として必然的なものとしてそこにあるというだけではなく、現代の哲学者としてのわれわれに課せられたものとしてある」[44]のだと述べている。つまり、従来のヨーロッパ的学問姿勢に対して、われわれがより徹底した究極の客観たり得る認識方法を追求するための契機となるような学問分野だと、とらえている。

昭和十年代後半以降の小林秀雄も、右をなぞったかのような軌跡を描いていく。それを、同時代の問題を共有する思想家どうしの意図しない類似ととる見方もあるかもしれないが、フッサールの問題意識は決して同時代に一般的だったとは言えない。確かに一時現象学は大きな流行となったが、フッサールの真の意図が正当に理解されたかどうかは疑問である。いわゆる客観主義的な学問（認識論）の行き詰まりを打開するために、徹底して意識体験のみに起点を置こうとする意図は、その後弟子たちにすら批判され、結局のところ思想の核心部分は十分には理解されてこなかったと言ったほうが良いようである。[45]

小林秀雄が行ったと考えられるフッサール受容は、一見主観偏重の姿勢とも受け取れる表現をとりながら（それらはフッサールや、その源流と考えられるシュタイナーの同種の文言を「受容」したためと思われる）、具体的な批評対象に生かされ、適切な文脈をともなって消化されている。それらが誤解されがちであったとしたら（その背後の思想的支柱が理解されてこなかったとしたら）、この時期の小林秀雄の作品群が同時代的な色調をまとっていたにすぎないと言うよりは、むしろそこから逸脱する部分を多く持っていたと理解するほうが妥当だと言えるだろう。

最後に「無常といふ事」から、もう一箇所、引用しておきたい。

> 思ひ出となれば、みんな美しく見えるとよく言ふが、その意味をみんなが間違へてゐる。僕等が過去を飾り勝ちなのではない。過去の方で僕等に餘計な思ひをさせないだけなのである。思ひ出が、僕等を一種の動物である事から救ふのだ。記憶するだけではいけないのだらう。思ひ出さなくてはいけないのだらう。多くの歴史家が、一種の動物に止まるのは、頭を記憶で一杯にしてゐるので、心を虚しくして思ひ出す事が出来ないからではあるまいか。[46]

右がフッサールを踏まえているならば、歴史は「思ひ出」されることによって、つまり「内側」から照明を当てられ直観されることによって、「生身のありありとしたありさま」まで感じられる意識体験となることを意味しているだろう。「思ひ出」すという行為によって、すなわち単なる様々な歴史記述という素材の堆積だった過去の記録が、思考の自律的な働きによって、有機的に統合され構成され、ひとつの統一体の姿をあらわすことで、それは可能になる。言い換えれば、その統一性に適合しない「餘計な」素材はおのずから排除され、有機的に統合された姿のみがあらわになる。

統合された姿は、認識されうる対象として人間の姿をもっているが、統合以前の、または統合しつつあるその過程にある状態(「純粋自我」が感覚する、ありのままの、混沌状態としてある現象)では、いまだ何者にもなっていない様態にある。フッサールの言葉を使って言えば、そこには「人間的なものはなに一つ現われてはこない」。だから、統合され統一体となった「人間」をアリストテレスに倣って「理性的動物」と呼ぶならば、統合以前の状態を、いまだ人間になり得ていない「一種の動物」と呼ぶことができるだろう。

歴史記述群を数量的処理の対象にしたとしても、得られた結果は、いわゆる客観的な何か(直接意識体験されない、意識の「外部」にあるもの)ではあり得るかもしれないが、いまだ一つの有機的な像として構成され統合された「人間」の姿(意識の「内部」で直接知覚できるもの)にはなり得ていない。それは「直観」され、内部から追体験され、そこから生きる経験に直結する意味をくみ出し得る対象にはなり得ていないものである。だからいわゆる理性的把握だけでは十分ではない。理性も情緒も含む人間の精神活動の「全的」な働きである直観作用によって対象を受け取る認識姿勢を、現代は等閑視しすぎているのではないか。フッサールを下敷きにすれば、小林の言葉を以上のように言い換えることが可能になるだろう。

小林がフッサールを受容した経路はまだ明らかではない。自力でドイツ語を読んだとしか考えられない受容状況である。今回、「無常といふ事」に見られる文言にしぼって焦点を当てたが、それでもいくつかの論じきれない問題を残した。別稿に期したい。

注

引用文において適宜旧字は新字に改めた。引用文中の〔 〕内は論者による補足である。引用文中の中略・省略は「……」で示した。原書出典表記は原則としてMLA形式(第9版)に従った。一部、引用出典(訳書)による表記に従った部分もある。

1 たとえば清水孝純は、とくに昭和十年代後半以降に見られる「極めて日本的発想ともみられている秀雄の伝統回帰の根底には、最もヨーロッパ的な思考がその重要な源泉として潜んでいる」としつつ、「無常といふ事」に見られる批評方法は「ヴァレリーの芸術論」および「ベルグソンに連なる考え方とも思われ、どうやら、昭和十年代の秀雄の批評は、この両者の交錯する所に成立していくようである」と指摘している(「小林秀雄と『物』──「無常といふ事」の方法的基底」、『小林秀雄とフランス象徴主義』審美社、一九八〇年六月、一三四頁)。

2 小林は「學者と官僚」(『文藝春秋』一九三九年十一月)で西田幾多郎の言語表現の「奇怪」さに言及しているが、にもかかわらず小林の文章には西田の文章からの影響の痕跡が多数認められる(注7に示した拙稿にてその一部を例証した)。

3 ニーチェと小林の関係については、三浦雅士に、対談での「小林のパラドックスっていうのはニーチェ直系のように思える。大正時代っていうのはニーチェの翻訳が溢れていたわけだし、和辻哲郎のニーチェ研究っていうのもある」（蓮實重彦・三浦雅士・浅田彰・柄谷行人「《対談》昭和批評の諸問題」、『季刊思潮』第五巻、思潮社、一九八九年）という発言があるが、事例を挙げての論証は見られない。

また小林と京都学派との関係については、綾目広治「小林秀雄と京都学派――昭和十年代の歴史論の帰趨」（『国文学攷』広島大学国語国文学会、一九八六年三月）があり、西田幾多郎や小林秀雄らの「文學界、思想界の中心的存在が昭和十年代に歴史主義の立場に立った歴史論を展開していった」との指摘があるが、両者の影響関係の指摘はない。

小林と西田幾多郎については、中村雄二郎「西田幾多郎と小林秀雄」（『新潮』一九八七年二月）があり、主張内容に「意外に共通するところが少なく」ないとしながら、両者とも「内的な経験の直接性に依拠している」こと、「無私」を「究極的な在り方として考え」ている点を挙げているが、相互の影響関係の指摘はない。

中村に続き、綾目広治「小林秀雄と大正期の思想――和辻哲郎、西田幾多郎との連続性」（『国文学攷』二〇〇三年十二月）は「小林秀雄が西田幾多郎とだけではなく、和辻哲郎の思想とも共通する部分を持っていた」と指摘しているが、その原因を、それらが「大正期の知識人たちの共有の思想でもあった」ためであるととらえている。なお、和辻と小林の明確な影響関係について、拙稿「初期小林秀雄の思想形成――ニーチェ『力への意志』と『宿命』」（『稿本近代文学』一九九四年十一月）がある。

小林とゲーテとの関係については、適菜収『小林秀雄の警告　近代はなぜ暴走したのか？』（講談社＋α新書二〇一八年十月）に「小林の思想の根本には、ゲーテの形態学、観相学が存在する」との指摘があるが、とくに論証は見られない。

4　和辻哲郎『ニイチェ研究』東京内田老鶴圃、一九一三（大正二）年

5　Steiner, Rudolf. *Grundlinien einer Erkenntnistheorie der Goetheschen Weltanschauung*. 1886. 訳書に、浅田豊訳『ゲーテ的世界観の認識論要綱』（筑摩書房、一九九一年六月）がある。

6　拙稿「小林秀雄の「現象学的還元」――『本居宣長』執筆前夜のフッサール受容」、『京都語文』二〇二一年十一月、本書第八章

7　前記拙稿と合わせて「小林秀雄「様々なる意匠」の中心素材――シュタイナー、西田幾多郎の「純粋経験」と生命哲学思潮」（『京都語文』二〇二〇年十一月、本書第七章）、「小林秀雄の「無私」と西田幾多郎・シュタイナーの認識論――正当な解釈と評価のために」（『京都語文』二〇一八年十一月、本書第六章）を参照頂ければ幸いである。

8　Husserl, Edmund. "Die Krisis der europäischen Wissenschaften und die transzendentale Phänomenologie: Eine Einleitung in die phänomenologische Philosophie." *Philosophia*, 1936, Belgrad. *Husserliana*, Band 6, Martinus Nijhoff, 1954, Haag.（『フッサール全集』第六巻）、エトムント・フッサール『ヨーロッパ諸学の危機と超越論的現象学』細谷恒夫・木田元訳、中公文庫、一九九五年六月

9　副題部分については、木田元「解説」（『危機』五四〇頁）の訳に拠った。

10　『危機』五四三頁

11　『危機』第二部には「第十五節　われわれの歴史考察の方法についての反省」、第三部「B　心理学から出発して超越論的哲学へいたる道」には「第六十一節　心理学が役に立たなかった理由。二元論的かつ物理学主義的諸前提」といった節が立てられている。

12　小林秀雄「當麻」、『文學界』一九四二（昭和十七）年四月

13　小林秀雄「無常といふ事」、『文學界』一九四二（昭和十七）年六月

14　小林秀雄『無常といふ事』創元社、一九四六（昭和二十一）年二月

次の六篇が収録されている。

「當麻」（『文學界』昭和十七年四月）、「無常といふ事」（『文學界』昭和十七年六月）「徒然草」（『文學界』昭和十七年八月）、「平家物語」（『文學界』昭和十七年七月）、「西行」（『文學界』昭和十七年十一月、十二月）、「実朝」（『文學界』昭和十八年二月、五月、六月）

15　小林秀雄「無常といふ事」、『文學界』一九四二（昭和十七）年六月、『小林秀雄全集第七巻　歴史と文學・無常といふ事』新潮社、二〇〇一（平成十三）年十月十日、三五九頁

以下、同全集同巻よりの引用は『全集第七巻』とのみ記す。

16　たとえば同時代の坂口安吾が「生きた人間を自分の文学から締め出してしまった小林は、文学とは絶縁し、文学から失脚したもので、一つの文学的出家遁世だ、私が彼を教祖といふのは思ひつきの言葉ではない」（「教祖の文学」、『新潮』一九四七〈昭和二十二〉年六月）等と評したように。

17　木田元「現象学」、『世界大百科事典』（平凡社）、「ジャパンナレッジ」二〇一六年三月一日公開、

18　二〇二二年九月三十日閲覧
Husserl, Edmund. "Ideen zu einer reinen Phänomenologie und phänomenologischen Philosophie, Erstes Buch, Allgemeine Einführung in die reine Phänomenologie ." 1930. *Husserliana*, Band 3-1, Martinus Nijhoff, 1950, Haag.（『フッサール全集』第三巻）、エトムント・フッサール『イデーン Ⅰ―Ⅱ』渡辺二郎訳、みすず書房、一九八四年六月、七二頁
※またここに見られる「純粋な作用体験」という表現は、後述する西田幾多郎の「作用の作用」という用語を想起させる。「作用の作用」は、西田『善の研究』では「人格の作用」と呼ばれていた概念とほぼ同義で、シュタイナーによる「思考」の作用（あるがままの無秩序な意識イメージを、意味ある秩序だった概念に、おのずから自律的に構成していく精神作用）と定義をほぼ同じくする概念である。
19　同
20　同、七三頁
21　『危機』三三二頁
22　フッサール『デカルト的省察』の「第五省察　超越論的な存在の場をモナドの間主観性としてあらわにする」中の「第六〇節　他者経験についての私たちの解明がもたらす形而上学的な成果」には、次のようにある。
それら〔それぞれの自我＝モナド〕は本当は、私自身をともに包括している唯一の普遍性に属しており、この普遍性は、共存するものと考えられるべきすべてのモナドとモナド集団を一つ

にまとめている。それゆえ、唯一のモナド共同体、つまり、あらゆる共存するモナドの共同体のみが実際には存在することができ、したがって、唯一の客観的世界、唯一の客観的時間、ただ一つの客観的空間、ただ一つの自然のみが存在することができる。そして、他のモナド達がともに存在することを含意するような構造が、およそ私のうちに備わっているとすれば、この唯一の自然が存在するのでなければならない。

(エトムント・フサール『デカルト的省察』浜渦辰二訳、岩波文庫、二〇〇一年二月、二五〇頁。原書は注29に示した。〔 〕内は論者による補足)

「モナド」はライプニッツが示した、この世界を構成する、それ以上分割できない究極の要素という概念であり、ここでは個々の自我を指している。

さまざまな様態の自我が個々に存在するとしても、それぞれの自我がそれぞれの法則のままにあるならば、相互の存在を認識するための共通の価値基準は存在しえず、相互認識のすべはない。それらが相互認識を可能にするような何らかの共通の基盤、価値基準を共有して（フッサールの言い方では「共同性関係」をもつことによって）、初めて相互の存在が認識され得る。いわば本来的にはそれぞれに異なる「構成」をもつ各自我が、相互理解を可能にするようなある一つの均衡を（おのずから）見出すことによって、相互理解の可能性が開かれ、それぞれの「存在」が見出される。あらかじめそれぞれの自我が存在するのではなく。この見出された均衡によってそれぞれの自我という「存在」が見出されるのである。

こうして各自我はそれぞれが「存在」として認識され、それぞれが「共存」し得る相互認識の「共同体」を形成する。ただし、他の自我の存在が認識された時点ですでにこの均衡は成り立っていることになるので、この均衡は恣意的、意図的に操作できるようなものではなく、相互の存在への認識が開かれた時点ですでに厳としてある前提と言うほかはない。それは恣意的な選択の余地がない共通の認識基盤であり、「唯一の普遍性」と言うべきものである。つまり多数の自我が相互理解のための均衡を現出させたその状態は、それぞれの自我にとって、動かしようのない「唯一」の現実として現れる。この均衡（「唯一の普遍性」）の中でのみ、それぞれの自我は相互の存在を認識し得るような共通の世界像を保持できるのであり、ある自我が他の自我を認識し得るとするならば、それを可能にする共通の価値基準として、この均衡、すなわち「唯一の普遍性」が存在しているのでなければならない。

23 『危機』二三三頁

24 『危機』二三四頁
「超越論的主観、すなわち世界構成のために作動しつつある主観は、人間なのであろうか。」の部分の原文は次の通り。
Sind aber die transzendentalen Subjekte, d.i. die für die Weltkonstitution fungierenden, die Menschen?（全集第六巻、一八七頁）

25 ルドルフ・シュタイナー『ゲーテ的世界観の認識論要綱』による。具体的な事例は以前に拙稿（本書前章）に示したのでここでは繰り返さない。

26 小林秀雄「歴史と文學」、『改造』一九四一（昭和十六）年三月、『全集第七巻』二一六頁

27 「歴史と文學」、『全集第七巻』二一七頁
※正宗白鳥との間に起こった、いわゆる「思想と実生活」論争（一九三六年）もまた、「客観主義」に対する小林の危機感のあらわれと見ることができるだろう。
28 『危機』三三五頁
29 Husserl, Edmund. *Méditations Cartésiennes, Introduction à la Phénoménologie*. Traduit par Gabrielle Peiffer et Emmanuel Levinas. A. Colin, 1931, "Cartesianische Meditationen: Eine Einleitung in die Phänomenologie und Pariser Vortäge." *Husserliana*, Band 1, Martinus Nijhoff, 1950.（『フッサール全集』第一巻）、エトムント・フッサール『デカルト的省察』浜渦辰二訳、岩波文庫、二〇〇一年二月、一三五頁、以下『省察』と略記する。
30 『省察』一三六頁
31 浜渦辰二「訳注」、『省察』三一一頁
32 注3に示した綾目広治「小林秀雄と京都学派」による。
33 小林秀雄「無常といふ事」、『全集第七巻』三五八頁
34 『イデーンⅠ—Ⅱ』二七八頁
35 『イデーンⅠ—Ⅱ』二七九頁
36 『イデーンⅠ—Ⅱ』二七九頁
37 『イデーンⅠ—Ⅱ』二八〇頁
38 『危機』一二八頁

39 『危機』一二八頁

40 小林秀雄「本居宣長――「物のあはれ」の説について」、『日本文化研究』一九六〇（昭和三十五）年七月、『小林秀雄全集第十二巻　考へるヒント』新潮社、二〇〇一（平成十三）年四月十日、一七三頁

41 小林秀雄「當麻《たえま》」、『文學界』昭和十七年四月、『全集第七巻』三五二頁

42 小林秀雄「考へるといふ事」、『文藝春秋』一九六二（昭和三十七）年二月、『小林秀雄全集第十二巻　考へるヒント』新潮社、二〇〇一（平成十三）年四月十日、二九四頁

43 小林秀雄『本居宣長』新潮社、一九七七（昭和五十二）年十月、『小林秀雄全集第十四巻　本居宣長』新潮社、二〇〇二（平成十四）年五月十日、五三頁

44 『危機』一二九頁

45 ジャック・デリダをはじめとする、戦後のいわゆるポスト・モダニズム思想家たちによるフッサール現象学批判と、そこに含まれる誤解の諸相については、竹田青嗣『言語的思考へ　脱構築と現象学』（径書房、二〇〇一年十二月、のち講談社学術文庫、二〇二一年十月）に具体的な事例と分析が詳細に示されている。その記述には高い蓋然性があると論者は見ている。

46 小林秀雄「無常といふ事」、『全集第七巻』三五九～三六〇頁

第十章　直知される《本居宣長》

――小林秀雄の現象学的実験と近代諸学の危機

【抄録】

小林秀雄はみずからの批評思想に合致する思想をもつ思索者として本居宣長という国学者を発見し、批評対象に選んでいる。「直知」「思ひ出」「無私」といった独自の用語は論理を超越した批評姿勢を示しているかの観があるが、実際には、エトムント・フッサールの『ヨーロッパ諸学の危機と超越論的現象学』（一九三六年）をはじめとする、西欧思想史上に独自の地位をもつ著作から強い影響を受けたものである。小林の意図は、フッサール現象学に言うところの「現象学的還元」の方法をすでに実現していたかのような個性をもつ本居宣長という日本の古典的思想家が見せた認識姿勢を、宣長が実践した、いわば「現象学的還元」の方法で論ずるという、きわめて挑戦的な試みであり、実験であった。

序

小林秀雄「本居宣長」は、『新潮』一九六五（昭和四十）年六月号より一九七六（昭和五一）年十二月号まで六十四回にわたって連載され、一九七七（昭和五十二）年十月、単行本『本居宣長』として新潮社より刊行された。その後「本居宣長補記」が『新潮』一九七九（昭和五十四）年一月号・二月号（以上が単行本では「Ｉ」）、さらに『新潮』一九八〇（昭和五五）年二月号、三月号、五月号、六月号に（以上が単行本では「Ⅱ」）掲載され、単行本『本居宣長補記』として一九八二（昭和五七）年四月に刊行された。これら二著作は、小林秀雄晩年の代表作に位置づけられる大著であるとともに、氏の批評活動の集大成の観を呈している。本稿は主としてこの『本居宣長』、『本居宣長補記』を対象としてその意義、すなわち小林が意図したと考えられる認識論における実験の様相を検討する。

小林秀雄はみずからの批評思想に合致する思想（それは近代学問的な陰影を帯びてしまう「思想」という呼び名で呼ぶべきものではないかもしれないが）をもつ思索者として本居宣長という国学者を発見し、みずからの仕事を集約する批評対象に選んだと考えられる。『本居宣長』の中心的な論点は、人間の生にとって真に意義ある認識のあり方とは何か、そして認識における究極の客観とは何か、という問いにあり、近代学問が基盤とするような客観主義的観点が排除してしまったところにこそ、価値を見出すものだった。大著『本居宣長』を通じて小林は、終始、「認識論」を説いている。逆に言えば、『古事記』をはじめとする日本古典作品に対する宣長の解釈や定義、あるいはそれらの学問的正当性如何といった事柄について、具体的に検討する記述はほとんどない。

もちろん、例えば宣長のとなえた「もののあはれ」の概念についての言及があったり、上田秋成との論争で論点となった古典解釈について事例をあげての言及があったりはするのだが、そして宣長の著作からの豊富な引用に全編が満ちてはいるのだが、例えば宣長が具体的に『古事記』をどのように解釈したのかについては、不思議なほど記述が薄い。もっぱら、宣長が古典について思索研究するその手つきや身振りが活写され、その認識論としての意義についての議論が繰り広げられる。全体に、宣長という人物の思索者としての一代記といった様相である。

そして、そこで展開される宣長の思索姿勢についての記述は、あたかも宣長をとらえようとする小林自身の思索姿勢そのものを記述しているかのようである。『本居宣長』で記述されている宣長の思索姿勢をそのまま踏襲するかのように、小林は宣長を論じている。小林は、宣長の認識姿勢と自分の認識姿勢を重ね合わせつつ、宣長という人物の思索の跡をたどりながら、「からごころ」（当時のいわば客観主義的学問姿勢）を排し、もっぱら古典のすがたをとらえる「心眼」の錬磨に心を砕いた宣長の学問姿勢に、近代学問が標榜する「客観主義」の陥穽に警鐘を鳴らしその歪みを軌道修正しようとする小林自身の問題意識を重ね合わせている。

それは、人間の生きる活動にとってよりよい認識、より意義ある認識方法とは何かを追究した西田幾多郎、および真に存在を認識するとはどういうことかという問題を追究し続けたエトムント・フッサールの事績に大きな影響を受けつつ行われている。前稿（前章）までに検証してきたように、昭和十年代以降、「歴史」認識を主題とした批評を展開し始めて以降の小林には、とりわけフッサールからの直接的影響が顕著にみられるところとなっている。

小林はなぜ執拗に歴史認識を問うたのか。なぜ近代学問批判を繰り広げ、とりわけ「歴史学」と「心理学」を標的にしたのか。歴史をめぐる議論は昭和十年代の日本にある程度の流行が見られた事実はあるとしても、[1]小林秀雄の観点はそれらの中にあって特異とも言えるユニークさ（歴史的事実を「思ひ出」すための「心法」を説くなどの）を呈しているのはなぜか。その答えは、同様に歴史学と心理学を標的に近代学問批判を繰り広げ、そこから排除された観点（端的に言えば、「主観」に基盤を置く認識姿勢）にこそ真の「客観」があるととなえたフッサールの『ヨーロッパ諸学の危機と超越論的現象学』（一九三六年）[2]をはじめとする諸著作を参照することで明らかになる。

歴史学と心理学は、フッサールによれば「近代における物理学的客観主義と超越論的主観主義との対立」[3]が最も先鋭に現れる分野だからだ。「超越論的主観主義」とは、単なる主観主義ではなく、人間の認識が根源的には個人の主観に基盤を置くほかはない事実に根差しながら、そこからいかに正当な認識を可能にできるか、という問題設定のもとに認識のあり方を規定するような「主観主義」を指す。そのためには、「意識に直接与えられた」知覚以外を周到に排除する姿勢である「現象学的還元」が必要とされる。昭和十年代以降の小林の標榜した、「直知」、「（過去の歴史を）思ひ出す」等といった、認識姿勢に関わる用語や概念は、主としてここに由来すると考えられる。

本稿では以上の様相を、事例をあげて検証していく。この作業によって、小林秀雄が『本居宣長』

で行った近代学問批判と、「超越論的主観主義」の同工異曲とも言える「思ひ出す」歴史認識とが、西田やフッサールの目指した、いわば〝新たな客観主義〟の実現を指向するものであった事実を明らかにしたい。西田やフッサールが、純粋な認識論の探求として哲学的な議論を展開したのに対し、小林は日本の古典作品や古典思想家を対象とする批評において、具体的にその認識論を実践しようとしたのである。

一　「直知」と〝新たな客観主義〟

小林晩年の著作に言及する際、しばしば批判的な視点から俎上に上げられるのが、例えば「直知」という用語である。対象を直知することを重んずる小林の態度には、論理的思考手順を無視する独断的姿勢が指摘されてきた。しかしながら、西欧思想史を視野に入れた観点からいえば、この「直知」という認識様態にも、いわば「論理的」な裏付けを想定することが可能である。こうした一見、極めて主観的な色彩を帯びている小林の用語の背後に、どのような「論理的」な裏打ちがあるのか、その文脈の復元を試みる。

まずは小林の『本居宣長』に「直知」の語があらわれる箇所を確認する。第四節、ほぼ冒頭に近い部分に次のようにある。

歴史の資料は、宣長の思想が立つてゐた教養の複雑な地盤について、はつきり語るし、これに準じて、宣長の思想を分析する事は、宣長の思想の様々な特色を説明するが、彼のやうな創造的な思想家には、このやり方は、あまり効果はあるまい。私が、彼の日記を讀んで、彼の裡《うち》に深く隠れてゐる或るものを想像するのも、又、これを、かりに、よく信じられた彼の自己と呼べるやうに考へるのも、この彼の自己が、彼の思想的作品の獨自な魅力をなしてゐることを、私があらかじめ直知してゐるからである。[4]

右で、宣長について調べようとする際、「歴史の資料」が示す「宣長の思想が立つてゐた教養の複雑な地盤」に「準じて、宣長の思想を分析」するような、いわゆる客観主義的な「やり方」と対置させながら述べられているのが、「彼の裡《うち》に深く隠れてゐる或るもの」、すなわち「よく信じられた彼の自己」こそを看取するべきであり、そのように言えるのは「彼の自己が、彼の思想的作品の獨自な魅力をなしてゐること」を「私があらかじめ直知してゐるから」だ、という宣言である。

なぜ「よく信じられた彼の自己」という不思議な言い方がされるのか。歴史資料を調査して分析するという、論理的に対象の特質を探ろうとするためには当然と思われる手順を否定した上で、それを超越しているかのような「直知」するという姿勢が、なぜ示されるのか。これらの表現は一見すると、自己の主観的な観点を非論理的に肯定する姿勢に見える。しかし、おそらくそれをよく承知していた小林はここで、いわば客観的学問手法に対する挑戦の姿勢をことさらに示しているいると言える。後述するように、これらは西欧哲学思想史を正しく踏まえた上での表現だからである。

右引用に続く箇所には次のような文言がある。

この言ひ難い魅力を、何とか解きほぐしてみたいといふ私の希ひは、宣長に與へられた環境といふ原因から、宣長の思想といふ結果を明らめようとする、歴史家に用ゐられる有力な方法とは、全く逆な向きに働く。これは致し方のない事だ。兩者が、歴史に正しく質問しようとする私達の努力の裡で、何處かで、どういふ具合にか、出會ふ事を信ずる他はない。[5]

ここでも、「宣長に與へられた環境といふ原因から、宣長の思想といふ結果を明らめようとする、歴史家」に批判的に言及しながら、それとは「全く逆な向き」の手順を自分は取るという宣言がなされている。すなわち、様々な歴史的要因を分析してそれらの結果や反映としての「宣長の思想」を「明らめようとする」ような学問的手順を否定し、宣長の「言ひ難い魅力」を明らかにするにはそれとは逆の手順、つまりまず宣長の思想を「直知」し、それを「何とか解きほぐし」説明づけるために当時の歴史的事実を用いる手順を取るのが妥当だとする。これが論理を超越した主観主義でないとしたら、どのような説明づけが可能なのか。小林はなぜこのような挑戦的な書きぶりを示すのか。以下に具体的にそれを検討していく。

他の用例を参照しながら「直知」という用語の真意を探る。小林が宣長の認識姿勢として肯定的に述べている部分で、しかも「歴史家」とは「全く逆な向き」であるような認識の手順が述べられている箇所は、小林自身がとろうとしている「直知」の姿勢を具体的に示している箇所として見ることができる。小林が『本居宣長』中で描き出す宣長その人は、冒頭の小林自身の宣言さながらに、かたくなに直知の姿勢を守ろうとしている。例えば次のような箇所が、それにあたる。

古學の目指すところは、宣長に言はせれば、「古言を得ること」、あたかも「物の味を、みづからなめて、しれるがごと」き親しい關係を、古言との間に取り結ぶことであつた。それは、結ばうと思へば、誰にでも出来る、私達と古言の間の、尋常な健全な關係なのである。[6]

「古言」と「あたかも『物の味を、みづからなめて、しれるがごと』き親しい關係」を結ぶことが宣長によって目指されたという記述は、前章第三節で論及したような、直観により対象の「生身のありありとしたありさま」(フッサールによる言)を感じ取るような認識様態を標榜するという点での、フッサールと小林の呼応関係を想起させる。小林は繰り返しこうした認識様態に言及しており、同じことはフッサールにもまた観測され、偶然の一致とは言い難い。両者ともに重要な認識姿勢としてこれを強調しているのであり、以下にも事例を示すように、その〝共鳴〟の度合いからは両者の間に影響関係が存在したと考えるのが自然である。

小林が繰り返す記述例を、さらにあげる。

古言は、私達にとつて、外物でも死物でもないといふ考へが、宣長には、大變強いから、古言の根元を掘つて行けば、その語根が見附かり、その本義が定まるといふ學者達のやり方が、氣に入らない。言つてみれば、さういふ考古學的な方法は、古學には向かない事を、彼ははつきり感じ取つてゐた。[7]

右に言う「考古學的な方法」は、今日の研究者にも通ずるものであり、そうしたいわゆる客観的研究方法への批判が繰り返されている箇所である(論者もまたその今日の研究者の一人であり、小林が批判した「考古學的な方法」で小林秀雄を論じているという矛盾は免れ得ない)。小林は次のように続ける。

言葉の生き死にとは、私達の内部の出来事であり、それは、死んで生れ變るといふ風に言葉を用ゐて来た私達の言語經驗の歴史である。宣長が着目したのは、古言の本義よりもむしろその轉義だつたと言つてよいのである。古言は、どんな對象を新たに見附けて、どのやうに轉義し、立直るか、その現在の生きた働き方の中に、言葉の過去を映し出して見る人が、言語の傳統を、みづから味はへる人だ。さういふ考へなのだ。[8]

先の引用部分では「古言」は「外物でも死物でもない」とされていたが、右ではそれは「死んで生れ變る」ものだとされる。つまり「古言」は一度死ぬのだが、それを「現在の生きた働き方の中」に「映し出して見る」ことができ、「私達の内部の出来事」として「みづから味はへる人」が、

「直知」できる人だと考えられる。そういう人によって、過去のものとして一度死んだ言葉が「生れ變る」からこそ、「死物」ではなくなり、そこに記された思索や経験の跡が「傳統」として受け継がれていくことになる。右で否定的に言及されている「本義」は「考古學的な方法」で明らかにされた過去の言葉の様々な事例から割り出される意味定義であり、「轉義」とは例えば、「現在の生きた働き方の中」に映され、新たな色を帯びた言葉の、現代人によってとらえられた意味ということになろう。

とらえた人によって変わるだろう意味、あるいは時代の変遷に連れて変異する意味は、いわゆる普遍性をもっているとは言えない。だからこうした言い方も主観主義に傾いていると批判されて無理はない。それでも小林は、「本居宣長補記」において次のようにたたみかける。

學問の秩序の中に、個人の告白など入り込む餘地はないといふ頑強な通念から自由になりさへすれば、「直毘靈」といふ文章は、宣長の確信の吐露といふ、その有るがまゝの姿を、忽ち顯す筈だ。[9]

今日の客観的な学問観の常識からすれば「學問の秩序の中に、個人の告白など入り込む餘地はない」のは当然のはずである。それを否定して、そこから解き放たれることによって対象(ここでは「宣長の確信の吐露」としての「直毘靈《ナホビノミタマ》」)の「有るがまゝの姿」をとらえよ、という主張は、はたして「論理的」な基盤を持っているのか。

ここで、フッサールの次のような文言を参照したい。

内在的とは認識体験の中に実的に内在することを意味するのである。

しかしさらにそれとは別の超越があり、これに対立するのは〔前述の内在とは〕全く別の内在、すなわち絶対的で明晰な所与性、絶対的な意味での自己所与性である。正当な懐疑をすべて排除するこのような所与存在が、すなわち思念された対象性そのものをあるがままに端的に直接的に直観し把捉することが、重要な明証の概念を、しかも直接的明証という意味での明証概念を形成するのである。[10]

フッサールが言うのは次のようなことである。私たちが自分の内面で実際に知覚し得るものを「内在的」と呼び、それができないものを「超越」呼ぶのだが、単に内面で知覚できるというだけではない、「絶対的で明晰な所与性」というものがあり、これは知覚対象を「あるがままに端的に直接的に直観し把捉」でき、そのものがそこにあるのを直接確かめられるような様態で意識に与えられているところの知覚の性質を指す。

フッサールの目指すのはこのような知覚のあり方であり、これを得るための前提として次のような理解が必要である。

明証的でない認識、すなわち対象的存在者を確かに思念ないし措定してはいるが、しかし〔対象」そのものを直観していない認識は、すべて第二の意味で超越的である。このような認識の場合われわれは、そのつど真の意味で与えられているもの、直接的に直観され把捉されるものを超え出るのである。[11]

ただ単に自分の内面で「思念ないし措定」しているというだけでなく、その知覚対象「そのものを直観」し、そこにそのものが実際にあるかのようにまざまざと感覚できる認識が「真の意味で与えられているもの」であり、そうでない認識はそれを「超え出」たもの、つまり超越であるとフッサールは言う（前章でも言及したように、フッサールは近代学問の方法がこの「超越」をとらえようとするものだとして論難している）。認識対象についてのこのような姿勢は、宣長の目指す「物の味を、みづからなめて、しれるがごと」き感覚への到達と、酷似していると言ってよいだろう。小林の認識姿勢とも同様である。

二　R・シュタイナー、E・フッサール、西田幾多郎の存在論

フッサールはなぜ「明晰な所与性」にこだわるのか。それは、フッサールの考えでは「存在」というものがそもそも、人間精神の主観の中で生まれるものだからである。人間の精神から独立して、あらかじめ客観的な存在というものがあるのではない。人間にとっての「存在」は、人間精神の現実世界に対する一つのとらえ方の様態として、人間精神の中に生まれるもの（言い換え

れば、創り出されるもの）である。だから人間精神を離れて、人間が知覚し得るような「存在」というものはあり得ない。「存在」の基盤となるすべての要素が「主観」から発するのならば、その中で、より疑いようのない確実性の高い知覚像を、思索の起点に定めるべきである。そこで、「明晰な所与性」としてあらわれるような「直接的に直観され」た知覚、すなわちきわめて確実に直接的に把握された知覚映像が、人間の生きる経験に直結する知覚映像として、確実な認識と思索の起点とされることになる。

そのことをフッサールは次のように言う。ここで言う「構成する」とは、人間が内面精神において、知覚した個々雑多な情報から、みずからが理解し得る存在イメージを形成する作用を指す。

> 構成するということは次のようなことを言い表わしている。すなわち、内在的所与性は、……たとえば箱の中に入っているように単純に意識の中にあるのではなく、それらは〈現出〉のようなものの内部に、すなわちそれら自身は対象ではなく、また対象を実的に含んでもいない現出の内部に、そのつど自己を呈示するのであり、現出はその可変的なきわめて特徴的な構造によって……ただしそのような特性と組織をもつ現出がそのために必要な限りにおいてではあるが……対象を自我のためにある程度いわば創造する（gewissermaßen schaften）のである。そしてそれによって現に〈所与性〉と言われているものが現前しうるのである。[12]

人間が存在のイメージを内面にもつということは、あらかじめ外界にあるものを自らの内面という箱に入れる、というような働きではなく、みずからの内面にある、存在のイメージを現出させるある働きのうちで、その人の自己にとって理解し得るイメージをいわば創造するということであり、それによって存在のイメージが意識にあらわれるのだ、としている。

つまり次のようなことである。

こう言うこともできるのである。すなわち、すべての実在的統一は「意味の統一」である、と。……そう言えるというのも、われわれが何らかの形而上学的公準にもとづいてそう演繹するからではなく、われわれがその事態を直観的な全く疑いのない仕方で明示できるから、なのである[13]

「われわれ」がもつ実在（存在）のイメージは、われわれの内面の働きによって、われわれが知覚し得るような秩序だった統一性を与えられ、「意味」あるものとして「構成」されたものである。論理的に演繹した結果そのように言えるのではなく、その様態を、みずからの内面の中に（みずからの内面を観察することによって）、「直観的な全く疑いのない仕方」で明らかに確かめ得るからそう言えるのだ。そのようにフッサールは説明する。右は『イデーンI』（一九一三）中の第五五節、「結び。すべての実在は『意味付与』によって存在するということ。このことは、何らの『主観的観念論』ではない」と題された節中にあらわれる。先にあげた、小林の言う「直知」についての説明と、ほとんど重なってくる定義を、ここに見ることができるだろう。

客観的存在が人間精神からは独立して外界に存在し、それを正しく把握するために「客観的」な基準にもとづいて分析する、という筋道が一般的な学問の手順だとしたら、フッサールの認識論はそれを大きく覆している。むしろその逆の道筋をたどろうとするものだと言える。「存在」は人間精神が創り出したイメージなのだから、それを正しくとらえるには、そもそものイメージを現出する人間主観とその働きを基準として考えるべきだということであり、だから「主観」を重視しても、それは一般に恣意的なだとか独善的なだとかいったニュアンスで言われるところの「主観的」な行為でも考え方でもない、と言うのである。この、主観に現れたイメージを起点として思索を開始する、という姿勢が、小林の言う「歴史家」とは「全く逆な向き」の手順で「終點から引返して来るやうな書き方」[14]をする姿勢に、重ねられることに注意しておきたい。

このフッサールの考え方が、哲学者としての初期ルドルフ・シュタイナーの認識論に暗に依拠しているだろう事実は旧稿で述べたところである。シュタイナーは『自由の哲学』(一八九四)の中で次のように言っている。

直観のない人は無関連な知覚断片だけしか観察できない。

或る事物を説明するということ、理解できるようにするということとは、……人間の認識機能が分離させてしまった関連の中にその事物を再び組み入れるということである。世界全体から切り離された事物など存在しない。すべての区別はわれわれの主観的な在り方の中でのみ存在する。上と下、前と後、原因と結果、対象と表象、素材と力、客観と主観等々において、世界全体がわれわれの中ではばらばらな状態で存在している。観察するわれわれに対して個別的に現れるものが、直観によって関連づけられた統一世界の中でひとつに結び合わされる。知覚によって分けられたものを、われわれは思考によって再びひとつに関連づけるのである。[15]

右には、「人間の認識機能」が、「観察するわれわれに対して個別的に現れ」たり「われわれの中ではばらばらな状態で存在してい」たりするような「無関連な知覚断片」を、「統一」された「関連の中」に「組み入れ」るからこそ、われわれが「事物」や「世界」像を知覚できるようになるのだという考え方が、よくあらわれている。われわれが「客観的存在」としてとらえているような知覚映像も、元来は無秩序な知覚の断片の集合にすぎず、われわれの「認識機能」の結果として組み上げられたものであり、いわば創り上げられたものだとされているわけである。

この統一化の作用をシュタイナーは「思考」の作用と呼んでおり、この「思考」によって「ひとつに関連づけ」られる以前のものを、われわれは理解することができない。だからシュタイナーは、「対象が謎めいて見えるのはそれが個別的な在り方をしているからである」と言う。

フッサールの考え方が、シュタイナーとのそれとほぼ重なり合っているのを確認できるだろう。同様にシュタイナーから暗々裏に影響を受けたと考えられる西田幾多郎にも、やはり類似の文言を発見できる。

西田は人間の意識の働きの根底に、自立した働きとして「深遠なる統一力」があるとして言う。

此意識の統一力なる者は決して意識の内容を離れて存するのではない。反つて意識内容は此力に由つて成立するものである。勿論意識の内容を個々に分析して考ふる時は、此統一力を見出すことはできぬ。……分析理解すべき者ではなく、直覚自得すべき者である。而して斯の如き統一力を此処に各人の人格と名づくるならば、善は斯の如き人格即ち統一力の維持発展にあるのである。[16]

西田によれば、「統一力」のはたらきが、人間に意識され得る首尾一貫した世界像を人間の意識にもたらすのであり、各人のこの統一力を各人の「人格」と言い換えてもよい。そしてこの統一力たる「人格」の働きを「維持発展」させることが「善」なる認識のあり方だとする。西田は続けて次のような言い方もしている。

人格とは各人の表面的意識の中心として極めて主観的なる種々の希望の如き者をいふのではない。此等の希望は幾分か其人の人格を現はす者であらうが、反つて此等の希望を没し自己を忘れたる所に真の人格は現はれるのである。[17]

つまり、ここで言う「人格」は、一般的に言う「各人の表面的意識」の主宰者であるような「極めて主観的」な意味を言うのではない。むしろ、その人間がみずからの恣意を排し、意識の主催者としての自分というものを没し忘れたところにこそ、真の意味でのこの「人格」の働きがあらわれるとしている。これはシュタイナーが言うところの、意識の自律的な「統一作用」である「思考」の作用とまったく重ね合わせられる定義である（本書第七章第一節参照）。

西田はさらに言う。

人格は其人其人に由りて特殊の意味をもつた者でなければならぬ。真の意識統一といふのは我々を知らずして自然に現はれ来る純一無雑の作用であつて、知情意の分別なく主客の隔離なく独立自全なる意識本来の状態である。我々の真人格は此の如き時に其全体を現はすのである。[18]

右で「人格」はさらに、「独立自全なる意識本来の状態」と定義されている。つまりその人間の恣意的な働きを離れて、いわば無意識下にその人間の認識・理解の基盤として働くような意識様態を指している。いわば我を忘れたところで「我々の真人格」があらわれるのであり、それは「其人其人に由りて」、必然的に異なる個性の色を帯びるものだと言う。これは小林秀雄の言う「無私」のありかたをただちに想起させるだろう。

三　内部から蘇る「思ひ出」

小林秀雄が日本の古典思想家を主たる批評対象としはじめた昭和十年代後半から、『本居宣長』

執筆の時期に至るまで、繰り返し用いた表現として重要性をもつと考えられるもののひとつが、「思ひ出」である。これは、フッサールが認識論の起点とする「主観」にかかわる概念でもある。『本居宣長』には次のようにある。

過去の事實は、言はばその内部から照明を受ける。誰にとつても、思ひ出とは、さういふものであらう。過去を理解する爲に、過去を自己から締め出す道を、決して取らぬものだ。自問自答の形でしか、過去は甦りはしないだろう。もしさうなら、宣長の思ひ出こそ、彼の「まなび」の眞の内容に觸れてゐるといふ言ひ方をしても、差支へないだらう。[19]

「過去の事實」が、「言はばその内部から照明を受ける」のが「思ひ出」のありかたであり、それによって「過去は甦」るという右の記述は、フッサールによる次のような記述と呼応している。

〔「歴史的課題を看て取ろうと試みる」際の〕看取とは、外からの、事実の看取でもなければ、われわれ自身がそのなかで生成してきた時間的生成を、単なる外面的な因果的継起ででもあるかのように見ることでもなく、内からの看取でなければならない。われわれは、単に精神的遺産を有しているというだけではなく、徹頭徹尾歴史的、精神的に生成してきたものにほかならないのであるから、われわれはこうすることによってはじめて、真にわれわれに固有な課題をもつことになる。[20]

真に意義ある歴史的課題、つまり人間にとって意義ある歴史像を読み取ろうとするならば、歴史資料を「外」から「単なる外面的な因果的継起でもあるかのように見る」のではなく、「内から」見る必要がある。それは言い換えれば、「感情移入を行ない、そして〈他者の身体にともなって付帯的に現前化され、つねに身体と一緒に客観的に捉えられている心的生活〉に絶えず経験的な考察を向ける」[21]こと、すなわち日常的には身体の付随物として客観的存在物のように（対象化されて）とらえられている「心的生活」に、自分自身の経験にもとづいた「感情移入」を行うこと、それ「によってはじめて、完結した統一体としての人間が構成されるのであ」[22]る。つまり単なる客観的情報であった歴史事実が、生きた人間の事跡としてとらえられ追体験されて、はじめて「人間」像がイメージされることになる。「思ひ出」される前の歴史的事実は、それが人間の事跡であったとしてもいまだ十分に生きた人間像を現出させるものとはなっていない。生きられた経験の感覚を含む人間像が今に生きる人の内面に生成されてはじめて、その人間像は「完結した統一体」としての人間像となるのである。

小林もまた次のように言う。

> 傳説の肉體は、極めて傷き易く、少しでも分析的説明が加へられゝば、堪へられず、これに化せられて歪むものだ。宣長が尊重したのは、さういふ傳説の姿の敏感性であり、これを愼重に迎へ、彼の所謂「上ッ代の正實《マコト》」が内から光が差して来るやうに、現れて来るのを、忍耐強く

待つたのであつた。[23]

小林はみずからの説くところの宣長がそうしたように、「傳説の肉體」すなわち過去の「傳説の姿」をとらえるために、その「内から」見るような見方で、対象の姿が明証的にイメージされるまで「忍耐強く待つ」べきだと示唆している。こうした、対象を内面からとらえる、という言い方は『本居宣長』中で執拗に繰り返されており、右で「思ひ出こそ、彼の『まなび』の眞の内容に觸れてゐる」としているところからも、この「思ひ出」すという認識姿勢に最重点を置いていることがわかる。「過去の事實」を十全にとらえるには、「思ひ出」す行為が最重要だと主張していることを看取できる。

この「思ひ出」す行為の様態は次のように言い換えられている。

古人が生きた経験を、現在の自分の心のうちに迎へ入れて、これを生きてみるといふ事は、歴史家が自力でやらなければならない事だ。そして過去の姿が歪められず、そのまゝ自分の現在の關心のうちに蘇つて来ると、これは、おのづから新しい意味を帯びる、さういふ歴史傳統の構造を確める事が、宣長にとつて「古へを明らめる」といふ事であつた。[24]

つまり「思ひ出」すためには、「歴史家が自力で」、「古人が生きた経験を、現在の自分の心のうちに迎へ入れて、これを生きてみる」必要がある。これはフッサールの言う「内からの看取」

そのものであり、これを実行するにはフッサールの言うように「感情移入」が必要だろう。通常の客観主義的学問が排除するところの「感情」を関与させて過去の歴史が「現在の關心のうちに蘇つて来る」と、誰にとっても均質であるような普遍性をもった歴史像とは異なり、それは「おのづから新しい意味を帯びる」ことになる。普遍的に同一の形象ではない、個性の色を帯びた歴史像となる。しかし宣長にとってはそれが「古へを明らめる」ことであり、「歴史傳統の構造を確める」ことだったと小林は言う。

この点について、小林が日本の古典思想家や歴史を対象とする批評作品を多数発表した昭和十年代後半の「傳統」（一九四一年）に、同主題の記述がある。小林は、「傳統とは過去の文化の遺産が、現在に傳へられ、現在によみがへるからこそ傳統なのである。」[25] としつつ言う。

この現在によみがへるといふ事は、よみがへる處を僕等が観察出来るといふ様な筋合ひのものではない、よみがへるかよみがへらぬかは、偏に僕等の努力とか行ひとかにかかつてゐるといふ性質のものなのであります。傳統はさういふ僕等の行爲のなかにだけ生きてゐるものであるから、過去の遺産を、現在によみがへらせようと努力しない人にとつては、傳統といふ様なものは、決して見付け出す事は出来ない、と言つてよいのである。[26]

外から「観察」するのではなく、「よみがへらせようと努力」する「僕等の行爲のなかにだけ生きてゐるもの」、「見付け出」せるものが「傳統」だとしている。ここで言う「傳統」とは「過去の文化の遺産」でありまた過去の歴史的な事跡である。この時期の小林は「傳統」についての文章を複数書いているが、そこに見られる主題は『本居宣長』における記述と文脈的な齟齬はなく、批評姿勢が一貫していることを確認できる。「思ひ出」を重視する記述もこの時期から『本居宣長』に至る時期まで一貫しており、「思ひ出」されるからこそ「見付け出」せるものがあり、そこに現代の客観主義的な学問手法を取る歴史家たちが見落としているところの、真に意義ある歴史像が隠されているという趣旨である。

さて、小林の主張する「よみがへらせようと努力」する行為はどのような思想基盤をもつのか。フッサールは次のように言う。

われわれが課題を手に入れるのは、……歴史——われわれの歴史——の全体的統一性を批判的に理解することによってなのである。なぜなら、われわれの歴史が精神的統一性をもちうるのは、歴史的出来事のうちで——ということは、つまり、たがいに他に対して、また時を越えて協力しつつ哲学する人たちの思索のうちで——不明瞭な段階から満足すべき明瞭さへ到達しようとし、ついには完全な明証性へと自己をもたらすにいたる、そうした課題の統一性と推進力とによってなのである。[27]

われわれが歴史的な課題、すなわち人間にとって意義ある歴史像を得るためには、歴史の「全体的統一性」を見ることが必要だとしている。「統一性」とは、これまで見てきたように、情報に意味ある連関が与えられ「構成」され秩序だった姿を与えられている性質を言う。情報がそのような有機的連関をもった歴史像を、「不明瞭な段階から満足すべき明瞭さへ到達」させようと努力し、「ついには完全な明証性へと自己をもたらす」こと、つまり自己の内部で、対象がまざまざとそこにあるかのような鮮やかさで感じられるように、その対象に即して自己の意識をおもむかせることが、とるべき手順として主張されている。それは、「時を越えて協力しつつ哲学する人たちの思索のうちで」行われるような努力であり、つまり遠く離れた過去の歴史事実を自己の内部で有機的統一性をもった姿として再生しようと努力することのできる思索者によってこそ、はじめて可能になる手順である。

フッサールにとっては、このようにして得られた歴史像が意義あるものであり、人間の主観に何らの影響も及ぼさないような単なる事実情報、あるいは因果関係や発展関係といった観点からの理論的分析結果からは、歴史の外形しか得られないということになるだろう。フッサールは次のように続ける。

これは自明なものとして哲学者の私的かつ非歴史的な研究の地盤となっている沈殿した概念性を、その隠れた歴史的意味においてふたたび甦《よみが》えらせることにほかならない。[28]

右の「哲学者の私的かつ非歴史的な研究の地盤となっている沈殿した概念性」とは、一般的に学問においては重視されることが少ない、「私的」で「非歴史的」（非学問的）な、各人の主観の様態を指すだろう。フッサールが目指すところは人間の生きた経験のうちにある主観の様態であり、それを「甦《よみが》えらせること」にある。そこに、われわれが見出すべき「課題」があると言うのである。

本稿第一節冒頭で引用した小林の文言を思い起こしたい。小林は宣長の著作を前にして、「彼の日記を讀んで、彼の裡《うち》に深く隠れてゐる或るものを想像する」としていたが、その「深く隠れてゐる或るもの」とは、右にフッサールの言う「隠れた歴史的意味」にあたるものだろう。それは、「歴史の資料」にもとづいて「宣長の思想を分析」し「宣長の思想の様々な特色を説明する」という手順では得られないものであり、各個人が自分の内部でそれを「甦《よみが》」えらせることによって体験できるはずの、「真の意味で」意識に直接的に「与えられている」ような、そして外面的な観察や分析の眼からは隠されているところの「明晰な所与性」としての歴史像である。

四　歴史認識における「無私」という方法と現象学的還元

冒頭の引用文には、「よく信じられた彼の自己」という文言があった。「自己」を「信じ」るとは、どのような様態を指すのか。小林は、「學問の本質は、己れを知るに始つて、己れを知るに終るところに在[29]る」と知り、例えば「論語」を読む際に「『論語』に讀まれて己れを失つてはゐない」[30]ような心的状態にもとづく学問姿勢を「心法」と表現しながら、『本居宣長』の別箇所では次のように言う。

> ……よく古典の価値は信じられてゐた事を想はなければ、彼等〔近世の学問者〕の言ふ心法といふ言葉の意味合はわからない。彼等は、古典を研究する新しい方法を思ひ附いたのではない。心法を練るとは、古典に對する信を新たにしようとする苦心であつた。仁齋は「語孟」を、契沖は「萬葉」を、徂徠は「六經」を、眞淵は「萬葉」を、宣長は「古事記」をといふ風に、學問界の豪傑達は、みな己れに従つて古典への信を新たにする道を行つた。[31]

「古典を研究する新しい方法」と対置されながら、「心法」とは「古典に對する信を新たにしようとする苦心」であると定義されている。それは「己れに従つて古典への信を新たにする道」と言い換えられ、どちらにしてもきわめて非客観的な学問姿勢であるような様相を呈している。

しかし小林はさらに続けて言う。

> 彼等に、仕事の上での恣意《しい》を許さなかつたものは、彼等の信であつた。無私を得んとする努力であつた。この努力に、言はば中身を洞にして了つた今日の學問上の客観主義を當てるのは、勝手な誤解である。[32]

学問に「己れ」つまり個人の主観をもちこむのは、その普遍性を損なう行為であると考えるのが今日の常識だろうが、「己れ」を基準にした近世の学問者たちは恣意的な学問を行ったのではないとされている。恣意性を排除したのは、「彼等の信であつた。無私を得んとする努力であつた」という文言から、古典に対する「信」とは、「無私」を得ようとする努力と同義だと理解される。「無私」という言い方はしても、それは「主観」を排除する「今日の學問上の客観主義」とは異なる意味をもつ。それはあくまで「主観」を保持しながら、恣意的な分析や情報操作を排する姿勢である。いいかえれば、「主観」にもとづきながら「無私」であろうとするための十分な配慮がなされることで、「よく信じられた彼の自己」が実現されることになろう。そのような学問姿勢への努力を指して「心法」と小林は言っているのだが、それはどのようにして可能になるのか。

ここでまた、補助線として戦前の小林の文言を参照する。小林は「歴史の魂」（一九四二〈昭和十七〉年）中で、「歴史の本當の魂は、僕らの解釋だとか、批判だとかさういふやうなものを拒絶するところにある」、「吾々の解釋、批判を拒絶して動じないものが美なのだ」[33]としつつ言う。

彼〔本居宣長〕には「古事記」の美しい形といふものが、全身で感じられてゐたのです。さかしらな批判解釋を絶した美しい形といふものをしつかりと感じてゐた。そこに宣長の一番深い思想があるといふことを僕は感じた。僕はさういふ思想は現代では非常に判りにくいのぢやないかと思ふ。[34]

小林は右で「さかしらな批判解釋を絶し」、「美しい形といふものをしつかりと感じ」とろうとするところに「宣長の一番深い思想がある」としており、ここが宣長の思想の核心だと考えていることがわかる。「さかしらな批判解釋」は『本居宣長』においても繰り返し記述されている外面的な分析解釈を指すだろう。したがって「美しい形」はそうでない方法で得られるもの、「思ひ出」されることで内面に得られる主観的(ただし通常の意味で言う主観ではない)な対象イメージを指すだろう。それを「しつかりと」つまりまざまざと鮮明にとらえらるところに、宣長の学問方法の核心があると、小林は理解しているのである。

小林は次のように続ける。

美しい形を見るよりも先づ、それを現代流に解釋する、自己流に解釋する、所謂解釋だらけの世の中には、「古事記傳」の底を流れてゐる、聞える人には殆ど音を立てて流れてゐる様な本當の強い宣長の精神は判りにくいのぢやないかと思ひます。のつぴきならない或る過去の形に對する愛情、尊敬を言ふので、凡庸な考證家の頭に、記憶によつて詰つてゐる歴史的な事實の群れといふやうなものを申すのではない。[35]

『本居宣長』中でもしばしば「思ひ出」す行為と対置されるのが「記憶」する行為であり、これは明らかに「歴史的な事實の群れ」を外的尺度で分析解釈する行為を指している。単に情報を記録し、記憶するだけでは足りない、そこから生きた人間の経験をよみがえらせなければ歴史を知ったことにならないという主張が何度も言い換えられながら繰り返されていく。

小林が否定する「記憶」する行為はまた「さかしらな批判解釋」と同範疇に属するものであり、

したがって「吾々の解釋、批判を拒絶して動じないもの」とは、外的な尺度による分析や批判では決して得ることができないものだという意にとらえてよいだろう。小林は執拗に、いわゆる客観主義的な尺度を論難し、それらを排除したところで、各自の主観に基盤を置いた、しかし恣意的な意識操作を排した対象認識の姿勢を標榜する。例えば次のように。

> 歴史が因果の鎖として、又は合理的な發展として理解されるといふ事と、歴史の嚴《いか》めしい形といふものがまざまざと感じられるといふ事とは自ら別事でありまして、例へば、鎌倉時代とは上代の文明形式のどういふ様な崩壊の結果であり、又、どういふ具合に近世の文化形式を用意した時代かといふ様な事を理解するのはやさしい事ですが、鎌倉時代の思想なり人間なりの形を感得するといふ事は難かしい業である。別の言葉で言ふと、歴史を記憶し整理する事はやさしいが、歴史を鮮やかに思ひ出すといふ事は難かしい、これには詩人の直観が要るのであります。[36]

右に見られる「歴史を記憶し整理する事」と「歴史を鮮やかに思ひ出すといふ事」との対比が、小林晩年の著作に至っても繰り返し主張されていることを『本居宣長』中に確認できる。つまり歴史の「美しい形」とは例えば「鎌倉時代の思想なり人間なりの形を感得するといふ事」であり、それは「感得する」ことであっても、決して今日否定的に使われるような意味での「主観的」な行為ではないと定義されている。右に続く部分で小林は、繰り返し「己れを空しくして歴史に接する」[37]行為に言及し、そのための努力を肯定してみせている。「無私」であることが、正当な主観映像を得るための条件なのだ。

これらの文言の基盤を、再びシュタイナーの認識論に確認してみたい。シュタイナーは「認識」の本質について次のように説明する。

人間本性の意志、人間本性の傾向を把握する必要がある。たとえば、人間が低次の段階からより高次の完成段階へと教育されていくというような目的性を歴史の中に入れ込むことは、私たちの認識学とは全く相入《ママ》れないものである。……歴史的事件を自然現象のように原因と結果の連続の経過として記述しようとすることも、私たちの観点から見れば誤りであろう。歴史の法則はそれよりずっと高次の本性を持っているからである。……原因、結果について語れるのは、人が全く外面的なところにとらわれているときだけである。……だから、対象に身を任せることが唯一の正しい方法である。その対象を越えていくことは全て非歴史的である。[38]

いわゆる学問的客観的な歴史認識の方法はシュタイナーの「認識学とは全く相入《ママ》れないもの」であり、それは「全く外面的なところにとらわれている」ような方法論だとされる。「歴史の法則はそれよりずっと高次の本性を持っている」のであり、その「本性」をとらえるためには、「対象を越えていくこと」、つまりその対象自体のうちにない要素をもちこんで分析解釈するようなことは避け、「対象に身を任せる」ことが「唯一の正しい方法」だとされる。それはまた、シュタイナーが言う「純粋経験」を起点とする認識方法を指すだろう。

私たちが自己を全く放棄して現実に向かうとき、現実が私たちに現れてくるそのありようが純粋経験である。[39]

右の「自己を全く放棄」する姿勢については、例えば次のように説明される。

この思考生成の過程の中で思考がどのような結合をするべきか決定するのは私たちではない。私たちは、思考内容がその本性に従って展開できるように、場を提供するにすぎない。[40]

「思考」はシュタイナーの用語では、自律的に知覚情報を結合し、秩序ある映像に統一していく作用だった。その結合の様態を、私たちが意図的に操作することはできない。この作用は主体としての私たちの意図や恣意からは自立した働きであり、この働きが世界像を形成してくれるの待つほかはない。しかも「思考内容がその本性に従って展開できるように」留意する必要があり、それは「自己を全く放棄」する姿勢、すなわち意図的な操作を一切排除して待つ姿勢である。

フッサールもまた、意義ある認識のためには「できるだけ悟性を用いず、できるだけ純粋直観(悟性的思考なき直観 intuitio sine comprehensio)を用いるべきである」[41]としている。シュタイナーとフッサール、両者の主張もきわめて近接しているのである。

小林秀雄の説く「己れを空しくして歴史に接する」姿勢、その言いかえと目される「無私」は、右に見て来たシュタイナーおよびフッサールの展開する認識論と齟齬はなく、相互に参照することによって、その文言の意味への理解が深められていくことを、右によって確認できるだろう。

フッサールは、みずからの認識論の核心を「現象学的還元」と呼んだ。これは、意識に直接与えられたのではない知覚や概念を周到に避けることによって、本来認識の起点となるべき「主観」にとって確実な、そしてその人間にとっての意義ある（西田の言い方に従えば「善」なる）認識像をとらえようとする方法を示すものだった。

小林秀雄の「無私」という方法は、以上に見てきたように、それと大きく重なる認識方法であり目的をもつものである。小林秀雄は西欧近代哲学史上に生まれた、西欧に発する近代学問の陥穽を批判しつつその乗り越えを目指してきた思想家たちによる新たな試みを踏まえ、それを批評作品において実践して見せた。小林とシュタイナー、フッサール、西田らとの差異は、この思潮に属する思想家たちが標榜する認識方法を、批評行為において「実践」し得たところにある。それは近代学問に対する挑戦的な実験であったと考えられるし、そこに、小林の独自性があったと結論される。小林秀雄の試みが成功したかどうかについては、現時点で結論を急ぐことはできない（哲学者としての初期R・シュタイナーの認識論モデルや、フッサールおよび西田幾多郎の業績も、現代思想史に新たな方向性をもたらす可能性をはらむ本来の革新性が広く理解されているとはいえず、未だ十分に批判され評価されているとは言えないだろう）。しかし以上のような事実が踏まえられることによって、より正当な批判・評価がなされるはずだと論者は考える。

結

小林秀雄『本居宣長』は、本居宣長という国学者の著作を対象としながら、そこに記述されている古典論そのものに対する議論は（言及はあっても）薄く、もっぱらそこに見られる宣長の、歴史事実や古典に対する認識論、認識姿勢に焦点が当てられ、しかもそれが小林秀雄自身の認識姿勢とほぼ重なる形で、つまり小林秀雄自身の認識論を語る体で語られているという、特異な著作である。

ここで多用される「直知」「よく信じられた自己」「思ひ出」「無私」といった独自の用語は、論理を超越した批評姿勢を示しているかの観がある。しかし実際には、西欧哲学思想史を背景として、その最も先鋭と見られる部分を踏まえ、その思想を文芸批評の中に実践することを試みた、きわめて思想的・実験的な批評作品だった。たとえ『本居宣長』中にも、また同著作に集大成されていったともいえる、とりわけ昭和十年代後半以降の歴史や日本の古典作品、古典的思想家を対象とした批評作品群にも、そうした事実についての特段の記述が見られないのだとしても、多くの事例がそれを明らかに示している。これらはとりわけ、歴史学と心理学を標的に近代学問批判を繰り広げ、そこから排除された観点（端的に言えば、「主観」に基盤を置く認識姿勢）にこそ真の「客観」があるととなえたエトムント・フッサールの『ヨーロッパ諸学の危機と超越論的現象学』（一九三六年）をはじめとする著作からの、強い影響を受けたものだった。

小林の意図は、その「現象学的還元」という方法をすでに実現しているかのような個性をもつ本居宣長と言う日本の古典的思想家に見られる認識姿勢を、その宣長が用いた、いわば「現象学的還元」の方法で論ずるという、きわめて挑戦的な試みであり、実験であったと考え得る。

これまでに、哲学者としての初期ルドルフ・シュタイナーの著作が、現象学者エトムント・フッサールや、西田幾多郎の認識論に暗然たる影響を与えていた事実、両者およびシュタイナーのニーチェ論に多大な影響を受けた和辻哲郎『ニイチェ研究』(一九一三年)からの直接的な影響が小林秀雄の著作に多数見られる事実を、指摘してきた。西欧においても、その後神秘思想家の顔をもつようになったシュタイナーが哲学者として言及されることはまれであり、フッサール、西田、和辻、および小林にもシュタイナーへの言及はない。しかし本稿でもその一部の例を示したように、影響関係を考えざるを得ない共通性がこれらの思想家たちに確認される。

シュタイナーの認識論モデルを発展させ理論化したと見られるフッサールの文章はきわめて難解複雑であり、その高弟たちにも正当に理解されたとは言えない。しかし小林秀雄の著作に見られる認識論は、これまでに挙げて来た事例を見るかぎり、フッサールの主張を正当に受け継いでいると判断できる。これは、シュタイナーの著作の受容が下地としてあったためかもしれないし、西田との関係についても、シュタイナー理解を下地として、西田の認識論への理解が可能になった可能性が高い[42](シュタイナー著『ニーチェ』を下敷きにしたと見られる和辻哲郎『ニイチェ研究』(一九一三)に示されたニーチェ思想解釈の受容も、フッサール理解の補助線として働いた可能性を考え得るだろう)。

要するにこれら思想家たちは、近代学問のいわゆる客観主義とは異なる〝新たな客観主義〟を見出そうとする点で一致している。その論点の可能性については、いまだ十分に理解が広まっているとは言えないし、検証も十分ではないと論者は考えている。それでもそうした状況の中で、その、個人の主観をすべての起点とするユニークな認識論モデルを、批評作品において実践した『本居宣長』の実験は、西欧哲学思想史における、目立たないが着実な前進を達成したものと評価してよいのではないだろうか。

蛇足ながら、小林と西田の近接の様子を、もう一例だけ挙げておきたい。『本居宣長』には次のような記述がある。

物を以てする學問の方法は、物に習熟して、物と合體する事である。物の内部に入込んで、その物に固有な性質と一致する事を目指す道だ。理を以てする教へとなると、その理解は、物と共感し一致する確實性には、到底達し得ない。[43]

「理を以てする」学問を批判し、学問対象である「物の内部に入込ん」で「物に固有な性質と一致する」方法論を説くのだが、これも一見すると非論理的・非客観的な物言いにしか見えない。そこで、右に対応する、西田『善の研究』（一九一一年）の記述を参照する。

我々が物を知るといふことは、自己が物と一致するといふにすぎない。花を見た時は即ち自己が花となつて居るのである。花を研究して其本性を明にするといふは、自己の主観的臆断をすてゝ、花其物の本性に一致するの意である。[44]

ここで西田のとなえる認識方法と小林のそれとの類同性を確認できるだろうが、右の意図を理解するのは困難かもしれない。西田はこれに続く部分で、対象と「一致」するための「想像」力の使い方を次のように説明している。

想像も美術家の想像に於て見るが如く入神の域に達すれば、全く自己を其中に没し自己と物と全然一致して、物の活動が直に自己の意志活動と感ぜらるゝ様にもなるのである。[45]

つまり対象が「自己の意志活動」そのものと感じられるくらいに「自己」を「没し」つつうまく想像せよ、と言っているわけであり、フッサールの言う、「まざまざと」鮮やかに対象が知覚できるまで、悟性を停止して待つべし、という主張とほぼ同義である。西田もまた、「我なき者即ち自己を滅せる者は最も偉大なる者である」[46]として、悟性の停止をとなえている。「精神の統一者である我々の自己」とは「元来実在の統一作用」そのものであり、その統一作用に身をまかせて無私に対象に向かえば、善なる認識を得られると言うのである。

注

海外原書の出典表記は原則としてMLA形式（第9版）に従った。一部、引用出典（訳書）による表記に従った箇所もある。引用文において適宜旧字は新字に改めた。引用文中の〔　〕内は論者による補足である。引用文中の中略・省略は「……」で示した。

1　歴史論の流行について早くは、綾目広治「小林秀雄と京都学派――昭和十年代の歴史論の帰趨」（『国文学攷』広島大学国語国文学会、一九八六年三月）に指摘があり、昭和十年前後から「伝統、さらには歴史への関心」を持ち始めた小林が、当初「歴史的事実の妥当性を肯定する歴史主義」に近接していたが、「昭和十六年あたり以降」、「静的で観想的な歴史観へと傾斜してい」き、「現実に背を向け」ていったという見方をしている。

2　Husserl, Edmund. "Die Krisis der europäischen Wissenschaften und die transzendentale Phänomenologie: Eine Einleitung in die phänomenologische Philosophie." *Philosophia*, 1936, Belgrad. *Husserliana*, Band 6, Martinus Nijhoff, 1954, Haag.（『フッサール全集』第六巻）、エトムント・フッサール『ヨーロッパ諸学の危機と超越論的現象学』細谷恒夫・木田元訳、中公文庫、一九九五（平成七）年六月（原著一九三六年）、以後『危機』と略記する。

3　『危機』（「第二部　近代における物理学的客観主義と超越論的主観主義との対立の起源の解明」）より。

4　小林秀雄『本居宣長』（新潮社、一九七七〈昭和五十二〉年十月）第四節、『小林秀雄全集第十四

巻　本居宣長』新潮社、二〇〇二（平成十四）年五月十日、五六頁

5 小林秀雄『本居宣長』第四節、『小林秀雄全集第十四巻　本居宣長』五七頁

6 小林秀雄『本居宣長』第二十四節、『小林秀雄全集第十四巻　本居宣長』二五一頁

7 同、二五二頁

8 同、二五二頁

9 小林秀雄「本居宣長補記　II」（『新潮』一九八〇〈昭和五五〉年二月）、『本居宣長補記』（新潮社、一九八二〈昭和五十七〉年四月十一日）、『小林秀雄全集第十四巻　本居宣長』新潮社、二〇〇二（平成十四）年五月十日、六五五頁

10 エトムント・フッサール『現象学の理念』立松弘孝訳、みすず書房、一九六五（昭和四十）年十月十日（初出一九〇四年講義）、五四頁（〔　〕内は訳者による補足）、Husserl, Edmund. “Die Idee Der Phänomenologie Fünf Vorlesungen.” 1904. *Husserliana*, Band 2, Martinus Nijhoff, 1950, Haag.（『フッサール全集』第二巻）

11 同、五四頁（〔　〕内は訳者による補足）

12 同、一〇〇～一〇一頁

13 エトムント・フッサール『イデーンI―I　純粋現象学と現象学的哲学のための諸構想《イデーン》　第一巻　純粋現象学への全般的序論』渡辺二郎訳、みすず書房、一九七九（昭和五四）年十二月十五日（原著一九一三年）、二三八頁、Husserl, Edmund.“Ideen zu einer reinen Phänomenologie und phänomenologischen Philosophie, Erstes Buch, Allgemeine Einführung in die reine Phänomenologie .”

14 1913. *Husserliana*, Band 3-1, Martinus Nijhoff, 1950, Haag.（『フッサール全集』第三巻）
小林は次のようにも記述している。

宣長には、「古意」については、言はば完了した像が體得されてゐた。説明しようとしなければ、それは、掌を指すが如く明瞭に、彼の心に映じてゐた筈である。「からごゝろ」を説かうとすれば、彼は其處から出發しなければならなかつた。言つてみれば、終點から引返して來るやうな書き方に、おのづから誘はれたので、さういふ筆者の心の動きに、努めて添ふやうに、その文を讀んでみるといい。さうすれば、筆者が、烈しい自省力で、己れの解り切つた體驗の、出來る限り正確な分析的記述を作らうとした事が感じられるだらう。

（小林秀雄「本居宣長補記　I」第二節（『新潮』一九七九〈昭和五十四〉年一月）、『小林秀雄全集第十四巻　本居宣長』五八七頁、傍線は論者による）

15 ルドルフ・シュタイナー『自由の哲学』高橋巖訳、ちくま学芸文庫、二〇〇二（平成十四）年七月十日（初版はイザラ書房一九八七年十二月二十七日刊）、「第一部　自由の科学」一一四頁、（原著一八九四年）、Steiner, Rudolf. *Die Philosophi der Freiheit*, Dornach / Schweiz, 1894.

16 西田幾多郎『善の研究』弘道館、一九一一（明治四十四）年一月三十日（「第十章　人格的善」）一九五頁、『西田幾多郎全集　第一巻』岩波書店、二〇〇三（平成十五）年三月、一二一頁

17 同

18 同

19 小林秀雄『本居宣長』第四節、『小林秀雄全集第十四巻　本居宣長』五三頁

20　『危機』（「第二部第十五節　われわれの歴史考察についての反省」）、一二八頁

21　エトムント・フッサール『イデーンⅡ―Ⅰ　純粋現象学と現象学的哲学のための諸構想《イデーン》　第二巻　構成についての現象学的諸研究』立松弘孝・別所良美共訳、みすず書房、二〇〇一（平成十三）年十月一日（原著推定一九一六年頃、公刊は一九五二年）、「第四六節　〈自我人間 Ich-Mensch〉という実在を構成するうえで重要な感情移入の意義」一九八頁、Husserl, Edmund."Ideen zu einer reinen Phänomenologie und phänomenologischen Philosophie, Zweites Buch, Phänomenologische Untersuchungen zur Konstitution." um 1916. *Husserliana*, Band 3-2, Martinus Nijhoff, 1952, Haag.（『フッサール全集』第四巻）

22　同、一九八頁

23　小林秀雄『本居宣長』第四十七節、『小林秀雄全集第十四巻　本居宣長』四八一頁

24　小林秀雄『本居宣長』第三十節、『小林秀雄全集第十四巻　本居宣長』三三五頁

25　小林秀雄「傳統」（『新文學論全集』第六巻、一九四一〈昭和十六〉年六月）、『小林秀雄全集第七巻　歴史と文學・無常といふ事』新潮社、二〇〇一（平成十三）年十月十日、二五〇頁

26　同、二五〇頁

27　『危機』一二九頁

28　同、一三〇頁

29　小林秀雄『本居宣長』第九節、『小林秀雄全集第十四巻　本居宣長』九五頁

30　同、九七頁

31　同
32　同、九八頁
33　小林秀雄「歴史の魂」（『新指導者』一九四二〈昭和十七〉年七月）、『小林秀雄全集第七巻　歴史と文學・無常といふ事』三七三頁
34　同、三七四頁
35　同、三七四頁
36　同、三七五頁
37　同、三七五頁
38　ルドルフ・シュタイナー『ゲーテ的世界観の認識論要綱』浅田豊訳、筑摩書房、一九九一（平成三）年六月（原著一八八六年）、一二四頁、Steiner, Rudolf. *Grundlinien einer Erkenntnistheorie der Goetheschen Weltanschauung*. 1886.
39　『ゲーテ的世界観の認識論要綱』三一～三二頁
40　同、五二頁
41　『現象学の理念』九二頁
42　和辻哲郎『ニイチェ研究』東京内田老鶴圃、一九一三（大正二）年十月
43　小林秀雄『本居宣長』第三三節、『小林秀雄全集第十四巻　本居宣長』三五七頁
44　西田幾多郎『善の研究』（「第二編　実在、第九章　精神　六）、『西田幾多郎全集第一巻』七六頁
45　同（第三篇　善、第一章　行為　上）、『西田幾多郎全集第一巻』八六頁

46　同（「第二編　実在、第九章　精神　六）、『西田幾多郎全集第一巻』七七頁

あとがき—本書上梓までの経緯

大学院修士課程に在学していた一九八〇年代後半、ニーチェ研究者の友人（石井慎一郎氏）の話を聞くうち、ニーチェの説く思想が小林秀雄の主張に似ていることに気づいた。影響関係があるだろうと直観した。調べてみると、同じことを言う批評家（本書第九章注3参照）が見つかったが、何らかの論証・裏づけをした人は皆無だった。[1] そこで自分が挑戦してみようと思った。ただ小林秀雄は、フランス文学・哲学の影響を受けたとされている批評家であり、研究者は、ニーチェとの影響関係には言及すらしていない状況だった。「そんな研究テーマは茨の道だよ」と先輩研究者から忠告された。しかし自分の直観が間違っているとは思えなかった。

いろいろと文献を探すうち、和辻哲郎の『ニイチェ研究』（一九一三年）が、一種神秘的でさえあるニーチェ解釈をしていること、その中の多くの用語や言い回しを、小林が（「引用」だとは断らず）借用していることに気づいた（ニーチェと小林の関係を示唆した批評家も、この書に言及はしていた）。この方向で間違いないと信じて調べるうちに、同書が「大正生命主義」と呼ばれる思想潮流が日本に生まれたことを示す、大変重要な著作の一つであることがわかってきた。またこの潮流が明治初期に始まる芸術教育と深い縁を持ち、さらに主として大正期に流行した国語教育の一潮流としても発展していったことがわかってきた。そこにも同書は少なからぬ影響を及ぼしている。

『ニイチェ研究』で解説されているニーチェ思想は、意識を超えた自分自身の深い内奥にある「生の根本力」を伸ばすことが最も重要だとしている。精神も身体も主体も客体も、すべてが混然と一体となった経験こそが本当の生の経験であり、そのためには恣意的・意識的な「我」を消し去り、その「力」の方向に身をゆだねて行為すれば、すべてが自然と調和していくのだと言う。そうした主張は、「生命主義国語教育」（論者による呼称）思潮に属する論客たちにもはっきりと共有されている。[2]

また一九九〇年代初めに、同じ日本近代文学研究者仲間（花田清輝研究者の渡邊史郎氏）が西田幾多郎の思想に言及する研究発表をした。引用された文章の多くには、和辻哲郎『ニイチェ研究』および小林秀雄の諸著作と同じ発想の根があると直観した。ここにも影響関係を予感し、のちに、まずは『善の研究』（一九一一年）を読んでみると、果たしてその文言には和辻や小林と酷似する部分が多く、予感が的中した思いだった。

この書の全編を通して西田は、真正なる認識とは何かを懇々と説いている。西田の言い回しは晦渋なので、やや自己流にパラフレーズして言えば以下のような趣旨である。生きる力に直結するような善なる認識は「人格の力」と直結している。その実現のためには対象に対して「無私」であることが重要であり、「無私」になるほどに「本当の自己」（「人格」の働き）が現れる。その対象の中に無心に没頭して味わっているような時、「本当の自己」が対象を映す「鏡」となって現れる。凪いだ水面のようなその鏡に映る映像を、自己と対象一体のものとして味わうことで、はじめて本当の理解というものができるのだ。言葉を換えて言うなら、こちら側の意識や理性のみで対象をとらえようとするとき、そこには対象と自己の「人格」との統合・一体化は存在せず、認識として不完全なのだ。

西田が言う理想の認識とは、たとえば私たちが物語を読み耽っている時、自分という意識が消えて物語の世界に没入してしまうような体験そのものであるように思えた。西田の言葉を借りて言えば、人はこのような体験の中にこそ現れる「本当の自己」を知るために、物語の世界にのめり込むのかもしれない、と。こうした、心情的には共感できるものの客観性を重んずるはずの「哲学」思想としてはやや異色だと思われる内容が、今日の日本で最も有名な哲学書中で堂々と主張されている事実に大変驚かされた(上記が曲解のそしりを受けるであろうことは予想しているが、『善の研究』の解釈について論者は機会をあらため、筋道だった「論証」を行うつもりでいる)。同時に、とくに中期から後期にかけての小林秀雄の主張との親近性を見出した。

調査をすすめた結果、やはり『善の研究』をはじめとする西田の著作からの、「引用」とは断っていない引用が小林の文章中に多数ある事実を特定することができて、自分の直観が間違っていなかったという確信を持った。

この場合、影響関係を特定するということは、単に何かがどこから来たかを跡づけるというだけのことではない。それは、ある思想の成り立ちを知ることで、その思想の成立背景を知り、主張の背後にある文脈を知り、より高い精度でその思想への理解を深めるための足掛かりを得るための作業なのである。逆に言えば、見当違いの批判や評価を排除していくための作業でもある。

こうして小林秀雄の「謎」を解くための一つの足掛かりは得た。しかしなぜ西田、和辻、小林は、同じ発想を共有しているのだろうか。三者に共通する要因は何だろうか。その疑問を解くための探索を続けるうち、前二者の著作が、神秘思想家・教育学者として高名なルドルフ・シュタイナーの影響を受けていると指摘する論考に出会った（本書第六章参照）。著者は在野の研究者である。そして西田・和辻がシュタイナーの著作を「剽窃」した、という極端な主張をしていることにもよると思われるが、学界からはほぼ黙殺されている状況だった。シュタイナーと西田幾多郎の思想の類似はすでに知られていた事実で、両者を比較検討した論考もなくはないが[3]、影響関係に踏み込んだものは他にない。管見の及ぶ限り、現在もその状況は変わっていない。それでもその論考に目を通してみれば、あげられている多くの事例は、剽窃とまでは言えなくとも、確かに多大な影響の跡を残すものだと判断された。

　シュタイナーは、若くしてゲーテの自然科学論文集の編集者に抜擢され、哲学思想家としてキャリアを開始している。その初期著作は、ゲーテの世界観に学ぶことによって形成された認識論をテーマとしている。人間の生きる活動と直結した認識姿勢を主張するその初期思想が、西田、和辻（『ニイチェ研究』にほぼ限られるが）、小林らの思想に繋がっていき発展していったと考えれば、小林の文章中のさまざまな不可解な記述を整合的に理解することができた。すると西田と交流のあった、そしてジャック・デリダらによって「生の哲学者」のひとりと目されていた、エトムント・フッサールの哲学思想も視野に入ってきた。

「現象学」の概念を明確化させて以降のフッサールの思想は、シュタイナーの認識論が持つ独特のアウトラインと酷似する核心部分を持ち、時にやや神秘論的色彩を帯びることのあるシュタイナーの主張を、論理的に克明に跡付けようとする試みであるように見えた。あたかもフッサールの著作が、シュタイナーの著作に対する詳細な手引き書・注釈書として存在するかのような観さえ呈している。ここにもおそらく影響関係があるだろうと論者は考えており、本書中でも事例をあげて、いまだ不十分ながらも、ある程度の論証を試みたつもりである。シュタイナーとフッサールの思想の類似自体については、これもすでに知られている事実であり、両者を比較検討した論考も存在する。[4] フッサールはシュタイナーと同じくブレンターノに師事し、彼から学んだ「志向性」(認識対象と認識主体が関係を結ぶ様態)の概念を発展させて現象学を完成させたと考えられている。しかし両者相互の影響関係については、管見では今のところ指摘はない。

昭和十年代、特にその後半以降の小林の文章には、「現象学」の概念を明確化させて以降のフッサールの著作からの、多くの借用が発見される。そこでは、フッサールがその代表著作群で標的とした近代学問としての「心理学」や「歴史学」への批判姿勢が、そのまま踏襲されてもいた。そこに影響関係を見ないほうが不自然だと思われる水準での類同性が、両者間にあると考えられた。その判断が正しければ、小林秀雄は、確かに「生の哲学」あるいは「生命哲学」思潮に属する、近代学問の乗り越えを模索した哲学思想家の一人なのだった。ただフッサールと小林の影響関係についても、これまで明確な指摘は見られない。

以上に縷々述べてきたように、論者は本書の主張をいろいろな意味で孤立無援だと感じている。突飛な空論とのそしりを受けるだろうことも覚悟の上である。それでも本書は特段に新説を説こうとしたものではない。小林秀雄の文章を読むために必要であるような文脈を復元し、なるべく本来の意図に即した方向で理解されうるための足掛かりを探索してきた、地道な注釈作業としての努力の結果を、世に問うつもりでいる。読者諸兄の御批判と〝歴史の判断〟を待つばかりである。

注

1　小林秀雄と近しい関係にあった郡司勝義もまた後年、ニーチェと小林の「相似点」に詳しく言及しているが、「小林は、ニイチェと資質的によく似たものを、生まれつき具へてゐたのであらう」と結論している（『批評の出現　わが小林秀雄ノート・第二』二〇〇〇年十月十日、二〇一頁）。

2　本書著者紹介に示した拙稿「〈眼の陶冶〉と帝国主義（一）～（四）」などでその一部に言及した。

3　西井美穂「ルドルフ・シュタイナーの人間観と宗教性――西田幾多郎の『善の研究』を手がかりに」（『アジア社会文化研究十三』二〇一二年三月）など。

4　本間夏海「理科教育における主観的な体験の必要性――シュタイナー学校の6学年の鉱物学を事例として」（『立教女学院短期大学紀要』二〇一七年）など。

【初出一覧】

第一章　「教育論の中の大正生命主義――小林秀雄と芸術教育論」（『文学部論集』佛教大学文学部、二〇〇一年三月一日）

第二章　「生命主義芸術教育論の勢力圏――武者小路実篤、片上伸、小林秀雄の〝自己表白〟」（『文学部論集』佛教大学文学部、二〇〇四年三月一日）

第三章　「初期小林秀雄と生命主義――「生の哲学」と人格主義との接点」（『文学部論集』佛教大学文学部、二〇〇七年三月一日）

第四章　「小林秀雄と生命主義美術批評――「人格」主義から「肉体」の思想まで」（『京都語文』佛教大学国語国文学会、二〇〇七年十一月二十四日）

第五章　「生命主義哲学から生命主義文芸論への階梯――生命主義者としての西田幾多郎、その小林秀雄に与えた影響の一側面」（『京都語文』二〇一一年十一月二十六日）

第六章　「小林秀雄の「無私」と西田幾多郎・シュタイナーの認識論――正当な解釈と評価のために」（『京都語文』二〇一八年十一月二十四日）

第七章　「小林秀雄「様々なる意匠」の中心素材――シュタイナー、西田幾多郎の「純粋経験」と生命哲学思潮」（『京都語文』二〇二〇五年十一月二十八日）

第八章　「小林秀雄の「現象学的還元」――『本居宣長』執筆前夜のフッサール受容」（『京都語文』

二〇二一年十一月二十七日）

第九章　「小林秀雄「無常といふ事」の現象学的認識論――「思ひ出」される歴史と「純粋自我」」（『京都語文』二〇二二年十一月二十六日）

第十章　「直知される《本居宣長》――小林秀雄の現象学的実験と近代諸学の危機」（『文学部論集』佛教大学文学部、二〇二五年三月一日）

〈著者紹介〉

有田和臣（ありた　かずおみ）

1962年生まれ。早稲田大学第一文学部卒、立教大学大学院博士前期課程修了、筑波大学大学院博士後期課程単位取得満期退学、現在佛教大学文学部教授。主要論文:「〈女性の身体〉を奪還する少女—山田詠美「風葬の教室」と一九八〇年代のフェミニズム動向」(『京都語文』2019年11月)、「『「ごん狐」における物語の〝起点〟と〝源泉〟—猟師生活と兵十・茂助（茂平）の位相」(『京都語文』2016年12月)、「『春琴抄』と『小説の筋』論争—〈鳥〉に喩された芸術論小説」(『京都語文』2013年11月)、「『千と千尋の神隠し』論—『千の顔をもつ英雄』とニュータウンの幻影」(『京都語文』2011年11月)、「『伊豆の踊子』における〈裸体への視線〉—エキゾチック空間を生きる『私』と栄吉」(『京都語文』2010年11月)、「川端康成「古都」と〈トポス〉としての京都—千重子〝再生〟の主題と「四神相応」への夢」(『佛教大学総合研究所紀要別冊』2008年12月)、「眼の陶冶と帝国主義（四）—大正期文芸教育論と生命主義芸術教育論」(『京都語文』2003年11月)、「〈眼の陶冶〉と帝国主義（三）—大正期芸術教育論に見る国民国家形成の影」(『文学部論集』佛教大学文学部、2003年3月)、「〈眼の陶冶〉と帝国主義（二）—大正期文芸教育論の源流」(『京都語文』2002年10月)、「〈眼の陶冶〉と帝国主義（一）—大正期文芸教育運動の芸術愛好」(『京都語文』2000年10月)、「一葉『たけくらべ』における『水』の意味—水辺の遊興空間と文明開化」(『京都語文』1999年10月)、「三島由紀夫と『卵』—戦後から経済成長へ」(『京都語文』1998年10月)、「マンガを使った『読み方』の技術」(『教育技術』明治図書、1997年10月)、「初期小林秀雄の思想形成—ニーチェ『力への意志』と『宿命』」(『稿本近代文学』1994年11月)など。

小林秀雄の批評思想形成

—〈生の認識論〉と
西欧近代知の危機

2025年3月15日初版第1刷発行

著　者　有田和臣

発行者　百瀬精一

発行所　鳥影社 (www.choeisha.com)

〒160-0023 東京都新宿区西新宿3-5-12トーカン新宿7F

電話 03-5948-6470, FAX 0120-586-771

〒392-0012 長野県諏訪市四賀229-1（本社・編集室）

電話 0266-53-2903, FAX 0266-58-6771

印刷・製本　モリモト印刷

ISBN978-4-86782-149-7　C0095